DATE

01
02
03
04
05
06
07
08
09
10
11
12

庙略

下

长洱◎著

中国致公出版社·北京　　知音动漫

I'm singing in the rain
Just singing in the rain
...
I'm singing and dancing in the rain
Dancing and singing in the rain

If I can stop one heart from breaking,
I shall not live in vain;
If I can ease one life the aching,
Or cool one pain,
Or help one fainting robin
Unto his nest again,
I shall not live in vain.

# 目录

福安花园14栋·文成世同学收

全新任务：
拯救一被失落的时刻

01

02

03

04

05

06

07

08

09

10

11

12

愿您将你的未来人生，
不远硬路，终见光明。

東哩

# 01.
# 大 会

　　宏景八中高三下学期扬帆动员大会暨高三上学期表彰大会，于周五上午九点准时召开。

　　高三年级的全体老师和学生齐聚礼堂，林晚星和足球队的学生们也被通知需到场参加。

　　学生们刚考完摸底考试，又要来学校开会，内心都有些忐忑。

　　林晚星让大家提前在体育器材室集合，把前两天考试的卷子全部下发。

　　近日专攻学习，学生们的成绩肯定令人惊喜。但比起卷面上的分数，他们已经更习惯在意试卷本身，于是立刻在体育器材室里讨论起题目来。

　　学生们问题很多，恨不得立刻解决，林晚星帮助他们梳理着知识点薄弱部分。等到典礼快开始，一群人才意识到还有会要开。

　　"快！要来不及了！"

　　秦敖一声大喊，学生们疯也似的夺门而出。

　　足球队的脚力非林晚星能及，她只能关上体育器材室大门，慢悠悠地跟在后面。

校园里，柳树长出新芽，春风拂过校舍。

付新书的脚似乎也好得差不多了，完全能跟上队友们的速度。

林晚星踏入礼堂时，主席台上主持人已经就位。

足球队的学生们在最后排冲她挥手，角落还有个空位，是给她留的。

高三年级的大会大致流程相似。

主持人宣布开始，校长发言后是学生代表发言。

再然后，高三年级的年级组长对学生们高三下学期开学考成绩进行了相关质量分析，并结合高考形式，鼓励学生们明确目标，脚踏实地。

从最后排往前看去，小礼堂人头攒动，不一会儿工夫温度就直线上升，再加上老师的发言内容太过"专业"，从前到后的学生们都昏昏欲睡。

直到颁奖典礼开始——

"接下来，我们将表彰一些同学，他们在省市举办的高三上学期各科竞赛中取得优异的成绩，为校争光。"

教务主任开始一一宣读学生名单和所获奖项。

"宏景八中田径队，在省冬季运动会上取得了优异成绩，更值得一提的是，陈卫东同学在高中男子400米跨栏项目中夺得银牌，实现我校在跨栏项目上奖牌零的突破。"

"陈卫东"三个字，让足球队所有人不约而同抬起头。

取得了优异成绩的学生们列队上台领奖，陈卫东走在队伍末尾。他穿着校服，身材高大，看起来比在足球队时更壮实一些。礼堂灯光下，他胸前的银牌很是打眼。

足球队的男生们或坐或靠，都安静地看着远处的主席台。

校长给获奖学生再次颁发了奖状，大家列队合影，全场鼓掌。

林晚星边鼓掌，边看向她的学生们。

颁奖典礼和大部分学生没有关系，所以偷偷玩手机的大有人在。而在最后排的晦暗空间里，男生们面容沉静，没人有任何动作。

获奖的学生们依次走下领奖台。

省市三好学生的奖项后是学校的奖项。

教务主任继续说道："其中，高三（1）班的文成业同学，高三（2）班的柳如水同学，在高三上学期的学习中取得显著进步。他们用实际行动告诉我们，无论你们一开始基础如何，只要努力学习，就能得到回报。我们将为他们颁发'最快进步奖'。"

几乎像是按下什么按钮，足球队所有人都唰地抬头，看向主席台。

高三（1）班在阶梯教室最前面的位置。

文成业站起身，同排学生为他侧身让道，后排也有些微动静。

文成业确实很惹眼。他天生皮肤白，今天穿了校服，里面又是白衬衣，站在台上，像天生的好学生的样子。

林晚星想，在场或许只有三个人知道，文成业的"最快进步奖"是怎么来的。

校长微笑着给两位学生颁奖，文成业弯腰致意，校长轻轻拍了拍文成业的肩膀。

再抬头时，文成业目光如炬，遥遥地盯着后排的某一处。

林晚星转过头，只见秦敖大马金刀地靠坐在椅子上，冲文成业做了个鄙视的手势。


晚上，梧桐路7号小教室。

林晚星下班回家，整个楼道少见地静悄悄的。

教室的投影仪终于又开始播放比赛录像了。

这些天来，王法不是没有训练安排，却一次都没有给学生们复盘比赛，分析思路。

如果说学生们是草原上悠闲踱步的绵羊，那头掌管羊群的边牧，好像最近都躺在草地上晒太阳。

林晚星见过"边牧"认真工作的样子，所以总觉得他是故意为之，或者说，他在等待什么。

推开门，小教室墙壁上的投影仪正在静静地播放比赛。

屋子里，学生们都抬着头，神情严肃地观看着比赛。他们每个人桌上都摆着纸笔，可林晚星一眼望去，没人写任何东西。

紧张的复习备考后，总还是要把注意力分些给即将到来的比赛，这很合理。

但投影仪中播放的录像，却是学生们最不愿意重复观看的部分。

王法没有站在幕布前主导复盘，而是靠在教室最后，远望着比赛视频中的"小羊们"。

林晚星手里拿着罐可乐，是王法刚发消息让她下班带的。

她把可乐递过去。

刺啦一声，王法单手拉开易拉罐。

听到响动，秦敖立刻回头。可看到喝可乐的人是王法，男生想说的话又给憋回去了。

"教练。"换陈江河开口。

"嗯？"

投影仪上比赛继续，遥控器和激光笔在王法手上，他边喝可乐，边淡淡地应了一声。

"您究竟是为什么非让我们看这场？"郑飞扬心直口快地问了出来。

"我刚才表述得不够清晰吗？"王法倒是很闲适平和，"我想听听大家对于十人队伍排兵布阵的看法。"

幕布上，雾气蒙蒙的球场画面推进。

禹州银象边锋带球从肋部插入，将球挑传到禁区中路。郑飞扬在中路补位，而文成业并未防守后点，他选择前插，跑出了禁区。

那是他们前几日对阵禹州银象的第一粒失球。

足球被摆渡到了后点，因为文成业防守失位，球被禹州银象前锋轻松起脚射入球门。

秦敖从头到尾冷冷地看完，然后骂了一句脏话。

王法按下暂停键。

学生们齐齐回过头。

王法喝了口可乐，问："有什么想法吗？"

"教练，你就非拿文狗恶心我们吗？这能有什么想法，不就是他防守的问题？"郑飞扬咬牙切齿地说。

王法没回答，他放下可乐，伸出手。

林晚星从口袋里掏出一卷红色胶带，放在他手里，这也是王法刚让她买的。

王法走到投影幕布前，顺手撕开一截胶带，把文成业的身影贴去，然后问台下："看着舒服点儿了吗？"

学生们撇撇嘴，不说话。

"教练，我总觉得你话里有话。"陈江河说。

"对这场球有很多想法的人是你们，不是我。"王法很直接，"请你们把注意力放到回答我的问题上来，去掉文成业以后，这球该怎么办？"

学生们抬头看向投影幕布。

教练动作随意，但态度足够认真严肃，所以学生们也不由自主地观察起来。

在林晚星看来，文成业的身影反射在通红的胶带上，显得异常刺眼。

她和学生们一样，不清楚教练究竟想说什么。她只知道，自己必须要对这场比赛足够专注。

"好像……"画面中另一位关键球员终于开口。

"我必须争赢这个头球。"郑飞扬这么说。

秦敖听到这话，立刻插嘴："老郑你别抢着背锅啊，这球是文成业的问题，和你有什么关系？"

所有学生都看着定格的投影。

这时，禹州银象中锋在和郑飞扬争抢第一落点，而他们另一名前锋已悄然前插到禁区内空当处，且不越位。这意味着禹州银象的前锋可以随时接应到中锋头球摆渡，然后直面门将冯锁。

把文成业从画面中擦去，防守问题确实就变得简单清晰起来。

郑飞扬必须争赢头球。

所有人都安静下来，似乎默认了这一答案。

"然后呢？"王法的声音于黑暗中响起。

学生们看向他们的教练。

"郑飞扬争赢这个头球以后，怎么办？"王法问。

学生们感到疑惑。

如果球场上只有十个人，能争赢头球已属不易，还要有然后吗？

付新书："教练你的意思是，反击？"

王法把激光笔交给他，示意他对着比赛画面继续。

付新书司职中场，更了解策动反击。他开始观察整个球场画面。

王法的暂停画面非常刁钻。

其中，禹州银象两个边后卫已经前压，中后卫也上了一个，后场只留了另一个身穿3号球衣的中后卫。

也就是说，禹州银象的大部分力量都在边路和中路，能够及时回防的，只有两个人。

而宏景八中方面，陈江河在中圈弧顶一带，秦敖已经开始回防，也就是说……

"如果郑飞扬争到了第一落点，能将球顶到弧顶一带，那这里没有敌我双方的任何球员，是个空当！"付新书说到这里，突然看向幕布。

在那里，王法刚贴上的红色胶带格外刺眼，像道刚割开的伤口。

箭头所指，文成业正朝着付新书标出的空位移动。

老式投影仪工作过热的嗡嗡声在这个空间内响起，付新书的脸色在光影下白得彻底。

教室里没有人说话。

最先动作的还是王法。他按下播放键，比赛视频继续向前播放。

秦敖从惊愕状态中恢复，他看到付新书苍白的脸，深吸一口气，说："教练，其实你想说的是，我们不能把输掉比赛的问题完全归结在文成业身上，他其实有自己的想法？"

"我认为，接下来是你们最后的两场比赛了，不如少想一点儿谁的问题，把有限的精力专注于赛场本身。比方说好好想一想，如何用十人阵容继续比赛。"王法停顿下来。

林晚星坐在教室最后面，王法看了她一眼，说："继续认真看比赛，把你们的想法写下来，交给我。"

虽然林晚星很清楚，王法这是让学生们自己思考，但她总觉得王法这教学方式有借鉴嫌疑。

晚上洗完澡，林晚星在天台上工作，笔记本摆在木制餐桌上。

她正在整理学生们的姓名和身份信息。

根据组委会最新赛程安排，他们和永川远大青年队的比赛，将于下周日早上八点开始，所以大家要提前一天去永川。

学校大巴不能跟他们外出过夜，第二天还有其他用处。所以她和钱老师商量了下，怎么处理学生们出行的食宿问题。

钱老师觉得最近天气不好，老起夜雾，因此让她给学生们订高铁票，外出安全第一。

于是林晚星先核对完学生们的身份信息，订好高铁票，又按照预算，定下了比赛场馆附近的旅馆。

楼下的夜间新闻从高速抢劫案转到最近打击的黑恶势力团伙，主持人的声音铿锵有力。

对门的房客正在洗澡，水声和新闻声成了林晚星工作的背景音。她忙完这些事情，王法正好洗完澡，推门出来。

春天晚上的天台还是很冷，风带来了柠檬薄荷味沐浴露的味道。

外面下起小雨，林晚星光着脚，打开一个邮件页面。

她把赛程安排和一些其他内容上传，噼里啪啦敲完信，按下发送键，最后才抬头向王法抱怨："就因为你让他们写小作文，刚楼下奶奶说，孩子们走的时候都不高兴，让我们少给孩子压力。"

一条大毛毯从天而降，盖住了林晚星的脑袋，柠檬薄荷味瞬间将她包裹起来。她挣扎了下，调整姿势，把脚缩进毛毯里。

"和小林老师学的。"王法用华夫格毛巾擦着头发，在她对面坐下，"教学方法与时俱进。"

"与时俱进地偷懒！"林晚星笑了起来，端起旁边的易拉罐喝了一口，才发现雪碧罐子空了。

王法已经在煮茶了。

桌上有包油纸包住的茶叶，上面是"皖南村茶厂制"几个印刷红字。

柔软的华夫格毛巾搁在手边，春天夜里温度有些低，小火炉带给人暖和安静的感觉。

林晚星一直觉得，虽然王法在国外生活了很久，但并没有太多明显的异国他乡生活习惯。他话不多，中文讲得没问题，偶尔还很幽默。

想到这里，王法的目光正好飘了过来。

林晚星和他目光一撞，不由得轻咳一声。

"小林老师想问什么？"王法问。

"呃！"林晚星刚准备开口，忽然看到电脑屏幕中的一个画面，她按了下暂停键，问王法，"其实教练一开始就发现了吧？"

林晚星看的，是他们最早同永川远大比赛的视频。林晚星的足球知识都是最近一点点积累的，但她能感觉到，视频中文成业不完全是故意捣乱不想好好防守，他有时也像警惕的猎犬，时刻准备冲锋。

"发现什么？"

"就是文成业……"林晚星想了下，说，"文成业其实没有刻意不配合，他有自己的想法。"

"哪里？"王法这么问。

林晚星干脆掀开毯子，搬着笔记本电脑准备坐到王法身边一起看比赛。只是她屁股还没碰上长凳，就看到王法的视线落在长桌对面的毯子上。

她赶紧放下电脑，噔噔噔跑回去把毯子拿回来盖好。

王法这才收回目光，看向笔记本电脑屏幕。

水刚刚煮上，还未烧开，空气里有柴火燃烧发出的轻微噼啪声。

球场上，每次文成业有所动作时，林晚星都暂停一下。

"这是在摆烂乱踢。"王法说。

林晚星尴尬了一秒，让视频播放一会儿，又按暂停："这个呢？"

"很不错的反击想法。"

"这里呢？"

"判断失误。"

天台昏黄的灯光下，林晚星每次暂停，王法总能给出对文成业意图的判断，好像他把这些比赛看了很多遍。

还有一种可能是，在球场上这些动作发生的当下，王法就已知晓球员的意图和比赛走向了。

或许也不只是比赛，每日训练中、比赛复盘里，他对球员的想法都了然于心。

林晚星突然发现，其实王法一直在放牧他的"小羊们"，虽然看起来懒懒散散，但他会在"小羊们"要踏出边界时把他们拽住。他始终在掌控这支球队，那声果断的"弃权"就是最好的证明。

但为什么他之前没有对文成业的表现发表任何看法，而是在矛盾激化，解散了不踢了，才让球员们在冷静下来后回头再看当时的比赛呢？

铁壶里的水将将烧开，报警声响了起来。

林晚星思考着，笔尖轻轻点在草稿纸上。

王法烫了遍茶盏，面容沉静，开始一系列悠闲的喝茶程序。

许多次，文成业训练时不听话跑位的样子在林晚星脑海中浮现……

一杯新茶放到手边。

林晚星下意识端起，喝了一口，霎时觉得唇齿生香。

草稿纸翻过一页，林晚星忽然发现，她今天用的草稿本是以学生们旧作业纸装订而成的。

上面是一道古诗词填空题——

《望江南·超然台作》[宋]苏轼

春未老，风细柳斜斜。试上超然台上望，半壕春水一城花。＿＿＿＿＿＿＿＿。

寒食后，酒醒却咨嗟。休对故人思故国，且将新火试新茶。＿＿＿＿＿＿＿＿。

答题的笔迹歪歪斜斜，但很难得，那两句词都填对了。

再看左上角，姓名那栏里写的是"文成业"。

林晚星转了圈笔，在上面打了个钩。


夜幕中，绵绵细雨从城市的一侧向另一侧推移。

福安花园是宏景最早的别墅小区，也因为建得早，这里每栋楼看上去都有些破旧。

爬山虎光秃秃的茎挂在砖墙上，小区没有人车分流，所以坐在房间里，也能听到外面的汽车碾过小路，在窨井盖上咯噔一下，发出刺耳的声响。

福安花园14栋。

总的来说，这是间很热闹的屋子。

一楼的保姆刚收拾完餐桌，太太们的牌局还在继续。

近几日家里并不安宁，墙上的画框和家里很明显残缺的瓷器摆件，都证明这里发生过激烈打斗。

但这也不代表家里是不温暖的。

老别墅没有地暖，可女士们的麻将桌旁架着两个油汀。保姆端着茶和蛋糕走到旁边，感受到热烘烘的气息扑面而来。伯爵红茶倒出来的汩汩茶汤是琥珀色的，她听到了桌上女士们的对话。

李女士在讲最近新遇到的柜台小哥，王太太则说那肯定不是什么好东西。她们边打麻将，边抽空分析了柜台小哥的朋友圈，看干不干净，有没有搞头。

最后，陈太太看了眼家里的主人，说："这种事情文太太有经验的呀。"

保姆正好在倒茶，差点儿吓得把茶汤倒出杯子。

不过她家太太倒是处变不惊，她拍出一张一筒："有什么经验哪，不就是我那死去的前夫天天在外面找女人吗？我也是没想到，春节出去度个假，他也能把合作伙伴带的女秘书给睡了，搞得我们滞留在冰岛那种鬼地方。"

"老文死了？"

"你们离了？"

桌上的女士们都惊呆了。

"死不死、离不离的，有什么两样？"文太太悠悠地说道。

"那家产分了没啦？"

"你们之前股权架构怎么做的？"

霎时，诸位太太又开始八卦。

看着牌桌上大家吃惊的样子，文太太满意地笑了起来，她翻出一张刚摸的麻将，拍开："自摸了。"

桌上的女士们吵闹起来。

文太太："我的钱一分不会少的，我还有儿子。我儿子今天又领了学校的奖状回来，最靠得住的还是我的乖宝宝。"

陈太太很明显地翻了个白眼。

李女士低头继续翻柜台小哥的朋友圈。

一时间，牌桌打乱，麻将重砌，屋子里再次响起了洗牌的哗哗声。


声音可以透过楼板，但热气却不能。

二楼尽头的房间昏暗冰冷。

说不清是空调坏了，还是因为房间主人的喜好。总之偌大的房间里，只有电脑屏幕的光，冷得人手脚发麻。

屏幕中，召唤师峡谷地图上只亮着一小块，大部分地方视野全黑。

耳机内，队友被击杀的提示音接连响起，画面中的剑姬却自顾自拆着眼前的防御塔。

霎时，游戏中飒爽的美女周围接连蹦出问号，公屏上队友正骂剑姬不参团。

一双手抚上键盘，在对话框输入：/mute all，按下回车键，然后继续一个人的游戏。

游戏过程跌宕起伏，却和剑姬没有任何关系。

右下角的头像明明灭灭，队友死去又复活，身着冠军皮肤的剑姬却只是重复着吃兵、推塔、被杀，然后再出门的操作。

双方互推高地，我方水晶前，队友接连倒下。峡谷另一端，剑姬砍出最后一刀，水晶爆炸出蓝光。

胜利的图标闪现。

与此同时，屏幕右下角，邮箱提示新邮件送达。

一只手轻按在鼠标上，下意识想要点关掉，却在看到发件人时停了下来。

片刻后，窗口切换，邮箱被打开。


楼下的争吵是从那辆黑色轿车回来开始的。

一开始是响亮的汽车引擎声侵入夜色，随后车胎嘎吱一下刮过窨井盖，刹车声响，车门打开又被砰地关上。

牌桌上，文太太脸色很明显地变了下。

随之而来的，是猛地被推开的家门。

寒风细雨灌入屋内，文先生的身影出现在门厅吊灯下。

婚姻几近破灭的夫妻根本不用讲任何情面。

文先生鞋也不换，直接走到牌桌前。

桌上四位女士刚换上震惊神情，文先生就一脚踹翻牌桌，麻将暴雨惊雷般落了满地。

"臭婊子，搞男人搞到学校去了！"

随着一声怒吼，楼上冰冷的窗框随之抖了几下。

麻将牌滑过地板，哗啦啦砸得到处都是。"破鞋""贱男人"之声不绝于耳。这些声音被空间骤然拉高，向小楼的每个角落倾泻而去。

二楼房间的那张书桌前，电脑窗口已切换到了收件箱。

亮白色光线从屏幕中投下，却仿佛有奇异魔力，将那些听上去格外凄厉的争吵声暂时隔绝。

窗口中是一排邮件。

最上面那封的标题是《宏景八中足球队赛程及相关作业安排》。

一只冻得发白的手握住鼠标，双击，点开了邮件。

随着信件徐徐打开，让人头皮发麻的背景音渐渐淡去，轻快的女声跳跃而出——


你好，文成业！

1.接组委会通知，青超联赛最新赛程安排在下周日早上八点，我们将客场迎战永川远大青年队。比赛地址定位见附件。

2.教练今天布置了复盘作业，让大家写一篇小论文，题目是：《浅述十人校园足球队战胜永川远大青年队之方法》。希望你在下周日前按时交作业。

3.比赛复盘视频我将以网盘方式发送给你，自己去下载哦！

另外，我们坐高铁去永川，时间和车次附后，届时刷身份证有惊喜。

最后，我作业呢我作业呢我作业呢？什么时候交我作业？

你敬爱的老师　林晚星


比赛地点示意图、网盘地址和车票截图全部附在邮件最下方。

正经与不正经的语气混合，文成业把那些截图拖到最后时，一种荒诞感在心里蔓延开来。

过了很长一段时间，久到楼下声音渐渐平息，他才切换电脑窗口。

复制、粘贴、输入密码……

鼠标在下载键上停留了下。

老别墅的木楼梯发出咯吱咯吱的声响。

文先生踏上二楼，一把推开房门。

楼道光线涌入室内，房间里反而更暗了。

"乖儿子，这几天在学校怎么样？"文先生换上了温和的笑容。

电脑窗口被迅速切换，文成业的手指动了动，用草稿纸盖住桌上的作业，目光冷漠地看向房门口。

"下个礼拜天，爸爸给你约了出国机构的老师，早上八点钟，张师傅会来接你，早点儿起来啊。"

没有任何动静。

"乖儿子早点儿睡啊。"文先生关上了门。

楼下的女人哭得更加撕心裂肺："文子桓，你别想把我儿子带走！那是我儿子！"

门被重重摔上。

屋内重归寂静。

电脑屏幕成为屋内唯一的光源，依稀照亮被纸遮住的那几页。

光标移动。

——是否确定下载该内容？

书桌前的人拿起耳机再次戴上，往手心呵了口气。

然后，他轻轻地点了下鼠标。

# 02.

# 概 率

是选择这样，还是选择那样？

是选择好好学习，还是选择一个微小的希望，在最后的高中足球生涯里再拼一把？

没有人知道答案。

离比赛还有一周时间。

足球队的学生们都上交了自己对新阵容排兵布阵的想法。

从战术上来说，因为缺少文成业，他们后防空虚，势必有人要从中场回撤。这一点，每位学生的小作文里都提到了。只是谈到具体人选时，大家又有不同想法。

球场上，王法的目光扫过他的"羊群"。最后，他手指轻点。

付新书睁大眼睛。

学生们纷纷感到奇怪。

宏景八中中场三人——付新书、郑仁、智会。

其中郑仁高、智会壮，而付新书又是中场组织者，怎么看，回撤的那个也轮不到他。

王法："付新书的脚刚受伤，后防球员跑动较少，可以减少消耗。"

付新书："教练，不用考虑我的脚伤，我已经没问题了，其实我觉得……"

"不是随便踢踢吗，那你在什么位置又有什么关系？"王法反问道。

付新书顿时语塞。

王法："如果你想随便踢，就随便防守一下，保护好自己身体是最重要的，这是你在这场比赛中的目标。"

"那如果我想认真踢呢？"少年问。

球场上的风，拂过王法浅绿色的卫衣，向更远处的苍山峻岭奔去。

他说："那就利用你中场的直觉，更加敏锐地判断对手的进攻路线。在保护好自己的前提下，成为后防线上的中坚力量。"


比赛日期不断向前推进，东南沿海早春的雾气也如浓烟般滚滚而来，覆盖大地。

林晚星推开门，举目四望，看不清天台栏杆的界线。整座城市就这样被乳白色大雾笼罩。

今天是他们出发去永川的日子。

林晚星的手拂过空气，雾气*丝丝缕缕*，穿过她的指尖。

关于永川这座城市，似乎已很久没有具体的形象在她脑海中出现。但借着目的地变成车票上确定的字眼，"永川"又再度变得清晰。

宏景—永川

D7016 9:29发车

候车大厅显示屏跳了下。

因为大雾，公路运输受阻，高铁站人头攒动，到处是忙碌的旅人面容。

时间尚早，落地窗外的雾还未散，周围是茶叶蛋和泡面混合的味道。

"老师，你在看什么东西？"

声音响起，林晚星回过神来。

郑飞扬脖子上甩着一双钉鞋，正兴奋地问她。

她看了会儿才反应过来，男生是把两只鞋的鞋带系在一起后挂在脖子上的，明黄色的钉鞋在他胸口左右晃荡。

林晚星无奈："鞋子怎么不放包里？"

"我包里都是吃的，怎么能放一起？！"

还挺爱干净。

林晚星下意识低头看了眼手机。

秦敖："刚问你你就扯开话题，现在看手机干吗，在等谁呢？"

林晚星举起手机，展示钱老师的头像和备注："我肯定在等我领导，不过你呢，你觉得我在等谁呀？"

秦敖一脸吃瘪："别恶心我。"说完转头就走。

钱老师很快就位。他有很多带队出去比赛的经验，还给每人准备了一顶小黄帽。

学生们很不情愿戴，但钱老师可不好说话，他是拳击选手出身，板起脸来很有威势。他们小学生似的接过帽子，再不情愿也要别在背包上。

林晚星和王法也拿上自己的。

帽子是网上团购的，大家都一样。

林晚星和学生们戴上以后，明显矮了一截。

可王法戴上时，整个人都显得英俊明亮，和他们大相径庭。

甚至连学生们都说："教练你戴帽子为什么比我们帅？！"

"可能是人的问题？"林晚星笑着打趣。

帽子发到最后，多出来一个。

钱老师环视四周："谁没拿，上厕所去了吗？"

明明是闹哄哄的高铁站，可钱老师问话的瞬间，他们站立的这一小块区域骤然安静了下来。

气氛莫名的诡异，钱老师也感受到了。

林晚星："文成业没来。"

"啊，怎么没来呢，马上检票了啊！"

学生们脸色僵硬，没人想说话。

林晚星简单讲了事情的经过。

"你们说要十个人去永川，和永川远大青年队踢？这怎么行！"听到大家最后的打算时，钱老师突然拍了下行李箱拖杆，表示这真是胡来。

林晚星："这也没办法。"

"你也不劝劝？"钱老师盯着她。

林晚星："也不是离婚分手的大事，劝什么？"

钱老师被气得不行："那你知不知道，文成业的父母在闹离婚，孩子心情不好闹脾气，男孩子之间有什么天大的矛盾？"

足球队其他学生听到这话都惊呆了，他们完全不知道这件事。

林晚星则很平静："我知道。"

学生们纷纷看向她，露出更加不可思议的神情。

"老师？"连付新书都不由自主地喊她。

林晚星并不准备解释太多，她扫了眼学生们，最后点了秦敖："你觉得呢？"

"他爸妈离婚怎么了？说得好像我爸妈没离一样。"秦敖语气很是不屑。

学生们也没再说什么。但大家飘忽的目光，和随后很长一段时间的沉默，还是出卖了他们的真实情绪。

发车时间越来越近。前列火车驶出宏景站，D7016列车位次不断跳向上位，直到它后面亮起"正在检票"的字样，那顶空着的帽子仍然挂在钱老师的拉杆箱上。

广播通知检票声响起。

学生们背着自己的背包，一个接一个通过高铁检票闸机。

付新书走在最后。

他回望后方，只见滚滚人流，匆匆步履。


更远处的雾气被风吹开，仍看不见天。

暗红色塑胶跑道，劲爆的鼓点声。歌是韩国新晋神曲，不断重复的旋律听得人心脏爆炸。

一遍、两遍、三遍……

终于，响起的电话铃声打断了令人窒息的重复的音乐。

少年没有第一时间接通电话，他喘着粗气，拿起扔在环湖塑胶跑道边的书

包和外套。

四周空旷无人，冰凉的湖风拂过他的身体。

他慢悠悠地穿好外套、背上书包。就在电话几乎要没耐心地挂断时，他才将之接起。

"乖儿子，课上完了没啊？"

少年简单地"嗯"了一声，算作回答。

"那快点儿回家哦，妈妈让阿姨给你炖了汤。"

声音热情洋溢，却令人感受不到任何温暖。

他挂断电话，拉上外套拉链，低头看今日跑步的记录。

环宏景湖3周，17787米，总耗时97分钟。

这是一段漫长的距离，并且因为使用了变速跑设置，整体时间更久了。

久到家人认为他应该上完课了。

久到驶出车站的火车理应抵达它的终点。

文成业看了眼时间——11:06。

永川是座大城市。它和宏景的差别直接体现在点评软件上，比如人均300元以上的餐馆，永川有279家，而宏景全市只有9家。

下高铁后，从火车站到永川远大郊区训练基地的距离，也近乎宏景到永川的高铁时间。

雾气终于散了。一路上，能看到公路沿线的青绿色芦苇丛，弥漫延展，与天际相接。

林晚星订的青年旅舍在基地附近。

路上，公交车经过永川大学城，在一所又一所大学门口车站停车。青春洋溢的大学生们上上下下。

林晚星把帽子盖在脸上，沉沉睡去。

等公交车抵达终点站，车上就只有足球队这些人了。

林晚星睡眼惺忪地下车，被扑面而来的湖风吹清醒。

永川远大训练基地在东明湖边。

学生们坐了很长时间的车，觉得骨头都快要散架了。

"给我们折腾这么远……"大家边唠叨边伸着懒腰，拿行李下车。

林晚星看了眼手机，时间已经过了中午十二点，微信上没有任何消息。

"决赛场地在永川远大主场，在市里，我记得附近有很多好吃的。"她这么说。

"老师你开什么玩笑？"

"我在陈述事实，没有开玩笑啊。"林晚星反问学生们，"你们在期待什么？"

学生们吃瘪，说不上来。

日程安排方面，林晚星早已和青年旅舍及永川远大训练基地方面核对过。他们大约一点左右办理入住，稍作休息后，下午三点永川远大训练基地会开放场地，让他们做适应性训练。

虽然做了相关安排，但林晚星还是征求学生们的意见："你们要去适应性训练吗？"

大家坐在青年旅舍的餐厅长桌边。

旅舍靠湖，落地窗外是茫茫的湖水。

听到这个问题，他们你看我我看你。

"有机会去，肯定适应下草皮最好啊，小林老师你这是什么问题？"钱老师开口了。

"哦，我想你们难得来永川一趟，或许想出去玩呢？"林晚星笑了笑，没再说下去。

"小林老师这话不对啊，我们队既然来了，虽然阵容不太完整，还是要力争胜利的，怎么能满脑子想着玩？"钱老师握拳，给学生们鼓劲。

林晚星笑了下。

钱老师之前还让她好好盯着孩子们学习，现在又说要全力争胜。她觉得不只是孩子，大人也很容易被不同意向拉扯。

"胜利是不可能的，最后两场比赛了，我们就想踢的过得去就行了。"秦敖很理智地说。

"你这话说得不对！"钱老师拍了下桌子，"什么叫最后两场比赛？我们小组赛出线，就有四分之一决赛、半决赛，还有决赛！"

"我们小组积分垫底，这轮我们打永川远大。禹州银象和申城海波互殴，不管他俩谁赢，就锁定出线，我们没机会了。"

钱老师问："一点儿机会没有了？"

"也不能说完全没机会。"一直负责算分的付新书开口，"有两种可能，第一是我们靠十人阵容踢赢永川远大青年队。"

钱老师"呃"了一声，觉得确实没可能。

"那第二呢？"他又问。

"第二……第二就是这轮禹州银象和申城海波打成平分，那他们各自再积1分，我们在下一轮就还有机会。"

"这不是很大的希望吗？"钱老师不解。

"怎么可能，他们上次打平了，这次还打平？"俞明说，"就算他们打平，下场我们还要靠十人阵容赢了申城海波才能出线，您觉得可能吗？"

钱老师摸了下嘴角，觉得这概率确实不大。

学生们越聊越丧，借口困死了，直接回房间里休息。钱老师不放过他们，追着一起去宿舍，继续思想教育。

正是淡季，他们人一走，青年旅舍的客厅霎时空了，只剩林晚星和王法两个人。

王法从头到尾没参与讨论，一直在翻看书架上的一本玄幻小说。

林晚星："教练不去休息吗？"

王法："我在等小林老师说完正事，邀你去散步。"

从青年旅舍往南走一段距离，是一片小商业中心，有很多餐饮商家。

王法选了一家快餐店，推开店门。

林晚星觉得奇怪："是青年旅舍的饭不好吃吗？"

"困了，小林老师要咖啡吗？"王法问。

"我以为教练只喝现磨手冲。"

说完这句话，林晚星停下脚步。

她的瞳孔微微放大，不由自主地拉住王法的胳膊，是很明显要拉他离开这里的下意识动作。

王法顺着女生的目光，往旁边柜台看去。

那是一群师生模样的人，他们挤挤挨挨，站在柜台前，正商量着点餐。

学生们喊着"付教授请客"，看上去师生关系非常融洽。

站在最前面负责掏钱的，就是那位教授了，年纪稍大，但也不比后面三位学生年长多少。

"请问你们需要点什么？"柜台里的服务生问道。

王法垂眸。

林晚星已经松开轻挽他胳膊的手。她眼睫低垂，长发散落，很明显不太想让人看到。

其实王法早注意到，在经过永川大学城的时候，她也是同样不想出现在任何人的视线中。

这里让她不舒服，她不想被发现，下意识想逃避。

可因为她是林晚星，所以能控制得很好。

王法："突然想喝隔壁那了。"

"没事。"林晚星只回了这么一句，然后她抬头，很确定地对柜台后的服务生说，"两杯冰美式。"

"您是在餐厅用餐还是外带？"

"带走。"

旁边的队伍吵吵闹闹，并没有在意他们这边。

咖啡从机器中流下，装杯，服务生压上塑料盖，将咖啡递给他们。

从头到尾，林晚星都专注地盯着服务生的动作。

但王法能感觉到，她很紧张。

因此，拿到冰凉的咖啡时，他们都松了口气。

"谢谢你。"林晚星冲服务生笑了下，接过咖啡，将其中一杯递给王法。

他们转身离开，后边的客人接上去。

就在这时，旁边的队伍也结束点餐，有人抱着一纸袋食物绕过他们，然后不经意地一瞥，惊讶且不确定的声音响起："林……林晚星？"

林晚星身形一僵。

王法抬眼。

可能因为美式咖啡加多了冰块，她握着塑料杯的指尖冻得发白。

但她却强装镇定。

"付教授。"林晚星声音平静，颔首致意，算是打招呼。

面前那位付教授在得到林晚星的回应后，很明显也紧张了下："你怎么在这儿啊？"

"我回老家工作了，这次带学生来参加比赛。"林晚星说。

"老家？"

"宏景。"

"哦哦。"付教授看上去温和善良且不善言辞，他单手抱着纸袋，另一只手搓了搓裤缝，像是想到什么，忽然问，"什么比赛？"

"青超联赛，足球比赛。"

"欸，足球比赛吗？在这附近，是永川远大这次的对手吗？"闻言，付教授旁边的女生蹿出来问。

"我带的是高中生，和他们青年队踢。"林晚星看了眼年轻的教授，问："您呢？"

"这有点儿巧，我们刚好有个球场暴力行为识别的项目，今天刚在永川远大基地做完问卷调研。"付教授说，"过几天去别的队。"

林晚星点了点头，好像问也只是客套，这些事都与她无关。

付教授也觉得尴尬，继续擦了擦手。

这时，教授后面的男生看了眼微信消息，说："付教授，向师兄问我们还要不要喝点儿什么别的饮料？"

塑料杯里，冰块互相撞击。

林晚星还是微低着头，手指轻轻颤动。

刚才叫住林晚星打招呼的付教授忽然看向门口。他像突然想到什么似的，对林晚星说："那我也不打扰你了，你快走吧。"

林晚星没再说话，她微微欠身，握着冰咖啡，和王法一起离开了。

店门关上，门上的铃铛叮当作响。

目送年轻男女走后，围在付郝身边的学生们终于忍不住八卦起来："教授，是你前女友吗？"

付郝的脸色立刻变了："不要乱说！"

"不是吗？那女生真漂亮。"

柔软的棕色毛衣外套，简单的格纹裙，男生回想着刚才那位女生白皙的脖颈和纤弱苍白的手指，咂了咂嘴，忍不住回味。

"就是以前教过的学生。"

店门的铃铛再度叮当作响。

提着一袋便利店饮料的男生走进来。

"怎么了？"他问。

"向师兄，周远刚看到个漂亮的小姐姐，好像是我们的学姐，现在春心荡漾了。"

"什么学姐？"向梓将咖啡一杯杯取出，"没走远的话，去要个微信啊。"

"好像叫……林晚星？听上去有点儿耳熟欸。"女生这么说。


漫长的河堤，一直走下去，仿佛能走到水天相接的地方。

手里的冰咖啡已经换成了纸杯装的关东煮。

刚才离开后，因为咖啡太冰，她的手一直抖，王法给她买了一份热乎乎的小吃。

林晚星知道自己的反应不够冷静，也知道王法看出了她的异常。可就算这样，王法也只是接过她手里的冰咖啡，带她站在小摊前，问她是要海带结还是萝卜。

当人陷入不良回忆时，确实需要这样的帮助。放弃和自己较劲，保持平和，将注意力放在一些别的事情上，无关紧要的事情也可以。

所以林晚星捧着关东煮，开始阅读纸杯上面关于店铺的简介。等她再次反应过来时，已经和王法坐在长椅上，不知坐了多久。

湖风冰冷，苍茫湖面反射着刺目的阳光。

而林晚星靠在王法肩头，她能感觉到坚实的肌肉和属于成年男性的体温。

冰咖啡已经喝完一杯。

王法回头，看了林晚星一眼。

他的睫毛很长，因此目光呈现一种温和的颜色。

林晚星低下头。

她控制着自己的手，从关东煮的杯子中拿出一串鱼丸，然后轻轻地咬了一口。

鱼丸鲜嫩，热乎乎的液体进入口腔，感觉很美好。

"好吃吗？"

一个无关紧要的问题。

"还不错。"

林晚星停顿了下，然后举起鱼丸，放到了王法嘴边。

王法转过头瞥了眼鱼丸，没有动作，只是深深地望着她。

"干吗，都分了这么多吃的，这会儿嫌弃我了吗？"

原本淡色的目光变得更深了些。

王法握着她的手，很自然地停顿了下，然后从她手里咬下一颗鱼丸，说："味道确实不错。"

林晚星收回手。她能感觉到，王法握住她的手，只是想确定她是否恢复了些，绅士关怀恰到好处。

"刚才那位，是教我犯罪心理学的大学老师。"林晚星挑出一大块萝卜，咬了一口。

"已经是教授了吗？看起来很年轻。"

"副教授，当然他本人也姓付，所以是个梗，大学生就是很无聊。"林晚星说，"就算考上研究生，也是每天伺候老板做项目，不过付教授应该算是不错的老板了。"

"如果你还在永川读书，会和他们一起来伺候老板吗？"王法问。

"不会，我们不是一个研究方向的，我对他们那些东西不感兴趣。"

"我记得你是学教育心理的？"

"是。"

"你对这感兴趣？"

"以前算是吧。"

"现在呢？"

"现在，我也不知道。"

东明湖边的夜晚，水雾弥漫，不见星月。

越临近比赛，不安和躁动的气氛就越浓。

明天比赛开始很早。晚上九点，青年旅舍里，宏景八中学生们的临时宿舍的灯早早就熄了。

这是一间最便宜的宿舍，六张上下铺，可以睡十二个人。

均匀的呼吸声在寝室里响起，似乎所有人都陷入了熟睡。

然而实际上并不是。

今天下午，王法和林晚星散步回来后，学生们就跟着他们，一起去了永川远大训练基地。

要怎么形容那种感觉呢？

他们明明也去宏景明珠俱乐部踢过球，可那完全是两个基地。

刚到基地门口，就有工作人员开着观光车来接他们。

工作人员很认真地接待他们，带他们参观基地。他们先是去了宣传陈列室，在那里，他们看到了永川远大拿过的奖杯和整个基地建筑的全貌。学生们才知道，这里有三块11人制的标准球场，还有专门用于训练的笼式足球场以及坡度跑道。

工作人员又带他们去了高规格的健身房和游泳馆。大家看到从未见过的低温冷疗室，以及比他们五川路体育场专业很多的恒温泳池和按摩放松池，羡慕得流口水。

最后，在送他们到明日比赛场地前，工作人员为他们指路食堂。意思是明天为他们准备了早饭以及比赛后的午饭，都是自助餐，他们报名字就能进。

大片大片的绿地，和五星级酒店一样的高档宿舍楼，远处的东明湖湖面波光粼粼。

雾气散尽，学生们闭上眼睛，就能想到那片被阳光覆盖的明媚场地。

陈江河在黑暗中睁开眼睛，看着面前黑黢黢的床板，他突然有一种想说话的冲动。

上铺的人翻了个身。

话在喉咙口，陈江河却发不出声音。

要说什么呢？

梦里才出现过的基地，忽然有了具体的模样。

他想起自己和林晚星认识的那天。

那个经纪人说的那些光明的前程，描绘的那些美好的场景，他不是没被吸引。但"永川远大俱乐部"和"集训"，这些词都太过美好，美好到让人不敢相信，不相信自己能得到那种机会。

但是今天，他却真的走了进去，完全没有真实感。

"你们睡了吗？"声音在上铺响起。

蒙眬中，陈江河以为那是他在说话。

一瞬间，房间里很多双眼睛都睁开了。

但是整个房间依旧沉默。

不知道过了多久，祁亮的声音响了起来："是傻子吗？睡了怎么回答你的问题。"

骨碌一下，秦敖直接坐起身、爬下床。他站在地上，叉腰看着对面上铺的人。

祁亮也坐了起来。

他们对视了几秒，彼此都说不出话，好一会儿才开始一问一答。

"你想干吗？"

"我不知道，就是睡不着。"

"睡不着和我说有什么用，要我哄你睡吗？"

"你也睡不着吧？"

这几乎是一种多年训练养成的奇怪默契。

宿舍里，一个又一个男生爬了起来，穿上运动鞋和外套。也不知谁提议，又或者根本没人提议，他们走出了房间……

林晚星披了条羊毛围巾当外套，窝在靠湖的落地窗边的沙发里。

一群学生顶着奇怪的脸色从房间里出来。

她犹豫了下，刚要开口，学生们却沉闷地推开店门，跑进了夜幕里。

林晚星看向对面。

在那里，王法拿着下午看的那本玄幻小说，几乎快看完了。

踢踢踏踏的脚步声逐渐远去……

林晚星用眼神询问。

王法说："应该是睡不着，夜跑去了。"

几乎每隔半分钟，林晚星就要往窗外张望一次。

终于，门外再度出现学生们的身影。

青年旅舍店门被一把推开，夜风灌入，学生们满头大汗地回来了。可他们谁也不说话，进来以后就习惯性地围坐在长桌边，开始倒茶壶里的水，一饮而尽。

林晚星犹豫了下，试探着问："是谁打呼太响，要换房间吗？"

"就是……"秦敖靠在椅背上。

"很烦。"陈江河端正坐着，看向暗色的湖面。

薄雾飘荡在水面上，太过安静，几乎能听到湖水拍打石岸的声音。

林晚星把膝盖上的电脑放回茶几，穿上拖鞋，也跟着坐到桌边。

学生们依旧闷闷地坐着，连喝水和擦汗的动作都停止了。

"早点儿睡吧，明天还有比赛。"终于，林晚星提醒道。

"明天我们赢不了吧。"忍了很久，终于有人开口。

诸多情绪堆积，连空气都变得沉重，难以排遣。

王法靠在窗边沙发里，手里的小说已经翻到最后。窗外夜色衬得他面容清俊，眉目深邃。

"确实赢不了。"

他放下书，这么回答。

# 二十

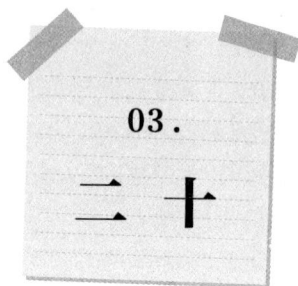

到底是什么样的情绪呢？

明明已经准备放弃，也做了那么长时间的心理建设，许多次告诉自己此路不通，宽慰说另一条路也很不错。可在某个瞬间，还是会在梦中睁开眼睛。

这种难以解释的，捉摸不透的，伴你入眠又令你无法入眠的情绪，它到底是什么？

黑暗中，林晚星睁开了眼睛。

手机显示是早上六点。

她起身，拉开窗帘。

湖面雾气弥漫，不见天日。

这注定是个让人难忘的比赛日。

七点整，林晚星带着学生们，在永川远大训练基地门口集合。

永川远大依旧保持标准的接待流程。门卫打了个电话，不多时，一辆观光车开了出来。

四野的雾未见消散，球场略显曚昽，离湖越近，水汽就越重。

一路上，学生们都没有说话。

甚至永川远大的工作人员问他们是否要去食堂用餐时，也无人作答。

"我们订的旅舍包含早餐，大家都吃过了。"林晚星说。

于是工作人员很客气地将他们送到更衣室外。

走下观光车回望。不远处是一片青绿球场，更远的地方，湖水微荡，不知尽头。

按照以往的习惯，大家先前往球场热身。

时间很早，永川远大青年队的球员们还没有出现。

草地湿滑，球场上除了组委会的官员们在布置场地、架设设备外，没有其他人。

今天的雾比他们在禹州比赛那天更大。

在付新书的带领下，学生们开始热身。

林晚星站在场边。

王法走上球场，踩着草坪跑了一段，然后又跑回来。

林晚星以前也见过王法检查草皮，但今天似乎格外认真。

"怎么了？"她问。

"场上没什么积水，不过保险起见，还是得让他们换上长钉球鞋。"

雾气弥漫间，林晚星走上球场。

下雾后的草皮确实比平时更滑，球场能见度也不好，水汽好像要堵塞人的每一个毛孔。

"会暂时停赛等雾散吗？"她问。

"这样的能见度不会停。"王法看了看慢跑热身的学生们，淡淡地道，"而且如果下雨，地面情况会更恶劣一些。"


"会下雨吗？"

更衣室里，学生们刚热身结束，换上了干燥温暖的比赛球衣。听到等会儿可能要在雨中奔跑，他们更加烦闷。

"不喜欢下雨？"王法站在战术板前，反问道。

"就觉得……"

"下雨比赛很烦。"

"而且我们最近都没下雨的时候训练过，没经验。"

屋子里开了暖气，但仍显湿闷。学生们刚做完热身，他们呼吸粗重，如此回答。

"如果下雨对防守方有利，你们也会认为雨很烦吗？"

战术板打开。

今日的战术布置，学生们已经练习了一个多礼拜。

在确定付新书回撤担任后卫后，王法摆出了531阵容。

从右到左分别是：后卫——林鹿、郑飞扬、付新书、祁亮、俞明；中场——智会、郑仁、陈江河；前锋——秦敖。

中场郑仁、智会也将负责防守，陈江河回撤，前锋只留秦敖一人，他同样被要求经常回防，十人球队很难不摆出铁桶阵。

再次说完战术布置后，王法平淡地总结道："这场比赛的目标很简单，少输一点儿。"

学生们很不可思议地抬起头。

长久以来，竞技体育的态度永远是争取胜利。就算没有希望，教练也应该给大家鼓鼓劲，钱老师就是这么做的。

可王法不一样，他很明确地指出了比赛结果和比赛目标——少输一点儿。

如果要在"一点儿"后面加上具体的名词，那肯定是"球"。

少输对面几个球。

少让对面进几个球。

比分别太难看。

这些明明是他们之前自己提过的内容，可从王法口中说出，却莫名地令人憋闷。

陈江河松了松领口。

"知道了教练，我们会努力守住的。"秦敖说。

"守住哪一球？"王法合上记事本，把笔插到口袋里，很随意地问他的球员们。

学生们既不清楚王法的用意，又一时想不到答案，所以无人作答。

林晚星坐在更衣室的凳子上，看着站在战术板前的青年，看着熟悉的浅瞳色和柔软的发丝，有种熟悉又陌生的感觉。

"我可以告诉你们一些数据。"王法拿起战术板前的黑色水性笔，边写边说，"近一年内，永川远大青年队，一场比赛最少发动17轮进攻，最多发动36轮进攻，平均每场比赛发动22.5轮进攻。他们的射门次数，最多34次，最少12次，平均19.17次。"

他插上笔帽，把笔扔在板槽内，又问："所以我问你们，在这些球里，你们想守住哪一球？"

17  36  22.5

34  12  19.17

战术板上的数字，潇洒随意。可在学生们看来，却有种肃穆之感。

"我们……"

"不知道。"

他们只能说出这些字句来。

"没关系，你们可以慢慢想。"年轻的教练这么说。


空气沉闷得令人窒息。

学生们穿好球鞋，戴好护具，列队前往球员通道，等待在裁判员的带领下，进入比赛场地。

基地刚刚重新装修完，窄窄的球员通道里还有刺鼻的油漆味道。

宏景八中的学生们列队走到时，永川远大青年队的球员们已经先到了。

和学生们沉闷的情绪相比，永川远大青年队的球员们非常轻松悠闲。他们三三两两地聊天，似乎还在谈新上映的电影和刚回归的女团。

走廊内响起清晰的脚步声。

秦且初回头，视线落在身后的队伍身上。

他们今天的对手看起来士气低落。更重要的是，1、2、3、4……

他点了下人数，然后讶异道："欸，你们真的十个人啊，那个谁呢？"

嚣张的少年显然不能准确说出对手的名字，因此用"那个谁"来替代。

"哦，想起来了，就老乱跑的那个。"

鞋钉擦过地砖，无人回答。

少年笑了起来，露出一口洁白的牙齿："十个人就想打我们，是不是看不起人？"

他显然有些生气了。

原本在闲聊的永川远大青年队的球员们纷纷安静下来。他们用一种好奇且略居高临下的目光，打量着他们本轮的对手。

作为宏景八中的队长，付新书原本站在队伍最前面。

见其他人都不想说话，他只能走回到队伍中段，有些艰难地向秦且初解释："是文、成业……他有点儿事，今天来不了了。"

"他不会后悔吗？和我比赛这种千载难逢的机会，他有事？"秦且初指着自己的鼻尖，很不可思议地看着付新书。

"他不会后悔的。"付新书低着头，扒拉了下队长的袖标。

"那就让他后悔吧！让他看看自己的队伍输得有多惨！"秦且初突然兴奋起来，他掰着手指，像是突然找到了比赛的动力，"上次灌了你们十二个球，这次你们才十个人，我们努力点儿，再多进八个！"

他双手高举，在对手面前嚣张地比出了"2"和"0"。

"让那个叫文成业的看到自己的队伍被揍得鼻青脸肿，让他痛心疾首，我们让文成业后悔怎么样？！"

少年嚣张的声音在球员通道内响起。

裁判员依旧在闲聊，似乎完全没听到后面讲了什么。

宏景八中的学生们缓缓抬起头，昏暗的空间里，他们静静地看着对手比出的那两个数字。

刺鼻的气味，令人窒息的气氛，《运动员进行曲》在球场上空奏响。


手机消息弹窗——

"宏景高速十方路段，再次出现持枪抢劫客车案，现场发生枪击事件。高速交警提醒，过往车辆注意避让。"

站在比赛球场边，林晚星将手机熄屏，心中却有种莫名的不安。

球员们已在绿茵场上列队，国歌声刚刚停下。

空气里水汽重，像在应和着什么似的。

在她的身旁，钱老师的电话铃声在骤然空寂的草场上响起。

胖乎乎的中年老师紧张了下，赶紧掏出手机，想要调成静音。可来电人的姓名，却让他不由得往后走了几步，走到教练席外接起。

电话并不简短。钱老师脸色阴晴不定，似震惊、似不可思议，最后，他脸上竟现出忧虑的神色来。

林晚星不经意看到了钱老师挂断电话时的表情，就在那么一瞬间，她错过了场上的开球。


一场比赛，九十分钟，数不清轮次的进球。

对方说要灌他们二十个球，让他们尝尝惨败的苦果。

而王法问他们，究竟要守住哪一球？

当时学生们并不能立刻回答出来。王法告诉他们，他们有很长时间可以思考。

扔硬币结果，永川远大选边，宏景八中开球。

开场哨声响起。

秦敖率先将球传给陈江河，陈江河回传。

可就在陈江河回传的一瞬，秦且初如猎豹般，闪电似的从他身边冲了过去！

"靠！"陈江河猝不及防，不禁爆了句粗口。

那样的速度和力度，让陈江河的心脏剧烈跳动。所幸他刚才回传力量足够，足球顺利飞到了郑仁脚下。

郑仁显然也被突然加速逼抢的秦且初吓了一跳，他立刻转身，将球传给更靠后一点儿的付新书。

球在很短的时间里倒了两脚，可秦且初却不打算放过他们，他疯了似的加速，闪电一般冲向付新书。

付新书只能抬脚，将球继续传给边路的林鹿。

显然，永川远大的攻势并不止由秦且初一人展开。林鹿触球的瞬间，又一名球员逼到了他的面前。

林鹿前方没有可传球的队友，他只能选择回传，将球交给更靠后的郑飞扬。

郑飞扬为保险起见，选择将球回传给门将冯锁。

可这时，永川远大的逼抢甚至已到达了门前。

冯锁来不及消耗时间，只能将球再传给边路回撤拿球的林鹿。

足球再度来到林鹿脚下。

林鹿注意到，此时他身边已经有两名逼近的对方球员，而不管是他身前的陈江河，还是身边的祁亮，他们周围都有对方球员干扰。如果再横传，肯定会被对方中途断球！

这一刻，林鹿嗅到一丝危机。

要守住多少球？

首先是这一球。

他用力一脚，将球远远踢了出去。

咚的一声重响，足球高高飞起。


"文成业不见了是什么意思？"林晚星拢紧开衫。

钱老师在一个电话后又接到一个电话。他反复向对方解释完比赛现场状况，才来到教练席，告知林晚星和王汰这个消息。

"文成业的爸爸说，昨天晚上睡前还见过儿子。他本来今天早上要带文成业去留学机构面谈的，但早上到儿子房间，却没有人。"

"没有人是什么意思，离家出走了？文成业的电话呢？"林晚星心中有模糊的猜测，却又有种不可置信感。她拿出手机，下意识地要拨打文成业的电话。

"电话关机了。"钱老师说。

——您所拨打的电话已关机。

果然是这样。

林晚星："他们觉得文成业是偷跑来参赛了，所以给我们打电话确认？"

钱老师点了点头。

"但文成业不在这儿啊。"

林晚星打开手机，立刻致电永川远大训练基地的联络人，询问对方是否有学生来找他们。

对方回复很快。

——没有。

薄雾笼绕球场，远处湖水茫茫。

你在哪儿?

在你的人生中，是否有过这种时刻呢?

不想安于现场，突然有股冲动想去做一件事，你决定不顾一切奋力一搏。

可现实却告诉你，那是个傻到透顶的决定，你就是个彻头彻尾的笑话，你不该有这种想法。你很烂，那就应该安心做个烂人。

冰冷的高速公路休息站，背景音却嘈杂凄厉，很多人在吵架。

"为什么我们还不能走?"

"我们已经没事了，还要调查什么?"

"我有急事要赶到永川!"

中年男女的声音尤为响亮，而背着双肩包的少年自始至终都蜷缩在角落的座椅里。他用整条围巾包裹住自己的脑袋，不想出现在任何人的视野内。

疲倦、想吐，梦境几乎是完全的黑色。

如果可以消失就好，他是那么想的。

"人怎么可能无缘无故消失?"林晚星感到不可思议，"小区监控看过吗?"

钱老师说："说是文成业的爸妈还在吵架，就是打电话去学校闹了一通，家里和小区的监控可能都没来得及查看。"

林晚星皱着眉头，看向身旁。

王法双手抱臂："你还是觉得文成业来我们这儿了?"

林晚星拿出手机，打开网盘下载页面。

——下载数量: 1。

"他看了我的邮件，还下了比赛视频看。"林晚星说。

"但他没有到场。"王法说。

"我们假设他想来参赛，那他应该八点前就抵达赛场。时间太早了，除非打车，那他只有坐夜班大巴一条路。"

林晚星想起了什么，把手机消息列表下拉，将那则发生在宏景高速十方路段的突发新闻，展示给王法和钱老师看。

球场上。

因为少一个人，宏景八中被迫摆出531阵容。

付新书被安排到中后卫位置上，填补了文成业的空缺。陈江河回撤到了中场，前方只剩下了秦敖一人。

足球如同一道闪电，向前滚去。

一个人当然没法在对方后卫的包围下拿到球，虽然秦敖在奋力跑动，可是他依旧落后于对方后卫。

永川远大后卫伸出明黄色的鞋尖，将要触碰到足球，在那一瞬间，秦敖咬紧牙关，上去一个滑铲，将对方后卫掀翻在地。

身体与草地摩擦，火辣辣地疼。

主裁判吹响哨子，秦敖犯规。

永川远大获得一个后场任意球。

男生从湿滑的草地上爬起来，拍了拍身上的泥土和草梗，看向对面嚣张的少年。

你的二十球里，这是哪一球？

"你觉得文成业在被劫持的客车上，开什么玩笑？"

钱老师觉得林晚星的猜测可笑极了。

首先，文成业未必是来永川参赛，那孩子心里在想什么，没人能猜透；其次，他就算来了，怎么可能那么倒霉，正好上了一辆被劫持的大巴？

这不是……

这不是……

钱老师搜肠刮肚想找个合适的词，但觉得每个词都带着浓浓的嘲讽意味。

"可以和警方确认一下车上人员名单吗？"林晚星问。

"这怎么确认，说我们的学生可能在车上，麻烦警察帮我们查查？"

林晚星点了点头，说："麻烦您了。"

喘息、奔跑，无望的追赶，永远无法抵达终点的路。

文成业有些分不清梦境与现实。

他记得自己早上四点半的时候，登上了从宏景前往永川的大巴车。那时候天还没亮，大巴里的味道难闻到了极点。

他握着车票，那明明是他最厌恶的车厢，有令人作呕的机油味，可他却感到从未有过的轻松。

他甚至在那种环境中睡着了。

梦里有大片的绿色，一圈暗红色跑道围在球场外沿，他踏上那圈跑道，开始向前奔跑。

然后是枪响，有人劫持了客车。

一瞬间，整个青绿色的世界开始收缩。它不断挤压着跑道空间，芦苇疯长，周围的一切向他压来，连色彩都随着空间坍缩而完全褪去。

芦苇摇曳着，遮天蔽日，他只能看清眼前的路。

暗红的塑胶颗粒，那确实还是条跑道。

劫匪离开客车，高速交警把他们解救到休息站，可他却好像永远困在这段跑道上，怎么也跑不到尽头。

像个彻头彻尾的笑话。


足球高高跃起，直冲云霄。

永川远大教练席。

主教练望着飞出边线后落地滚动的皮球，略感遗憾。

就在刚才，任意球直接从本方后场，开到了宏景八中的禁区内。

永川远大身材高大的中锋方苏伦，力压郑飞扬，打算头球摆渡给接应的秦且初。可惜球刚刚顶下来，及时回防的俞明就抢先出了一脚，将球远远踢出了边线。

如果宏景八中的后卫稍有迟疑，秦且初在接到摆渡球的一瞬间，就有数不清的方式将球送进对方大门。

可惜，那一球被破坏了。

不过没关系，这只是开始。

永川远大青年队的主教练想到这里，不由得看向对手教练席。

在那里，他的对手似乎在焦急地说着什么无关紧要的事情，并没有把注意力放在赛场上。

事实上，作为永川远大的青训教练，他当然知道对面教练是谁。谁也没想过，对方会选择执教一支名不见经传的校园足球队。

正因为对方教练是"他"，所以他和他的队员们一开始都非常期待和宏景八中交手。

但第一次交手的结果是"不过如此""没有意思"……期待破灭的比赛，令人心生不满。

不过那时候，大家都觉得他才刚执教这支校园足球队，所以可以多给他们一点儿时间，看看会被调教成怎样的队伍。

可今天，期望完全破灭，对面甚至只派出十人阵容。他们根本没有好好准备，甚至没有想认真踢完这场比赛！

原先的不满变成愤怒。

他甚至从秦且初现在在场上的专注表情，就知道这臭小子处于何等暴怒的状态。

而对他自己来说……

他收回目光。

宏景八中小组赛战绩不佳，基本上没有出线希望。

或许，本来就没有神话。

## 04.

# 十九

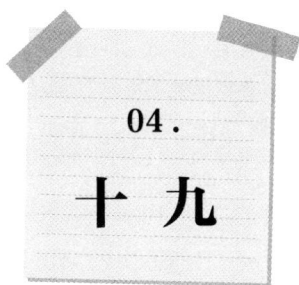

"小伙子，醒一醒。"

肩膀被轻轻拍了拍。

文成业不想睁眼，但对方还是坚持不懈，拍打他的肩膀。

"你好，请你醒一醒。"

那是温柔和煦的女声，和曾听过的那个声音有些像。

文成业微微睁开眼。

看到女警的帽檐，他下意识拉过围巾，试图多遮住一些脸。

"你是文成业吗？"

女警弯着腰。她一只手拿着纸杯，另一只手握着手机，像在对着照片核对本人。

——果然还是被找到了，傻就该有傻的报应。

从逼仄而永无止境的梦里醒来，文成业倒没什么得救的感觉。他看着眼前的警察制服，第一反应是这个。

父母暴怒的争吵声仿佛已经在他耳旁响起。

他既没有点头，也没有摇头，他不想回应任何人。

其实早在决定背上包走出家门踏上大巴的那一刻，他就该知道后果。

为什么要期盼不可能的结果？

为什么要像个傻子一样？

文成业握紧拳头，他不断地想，觉得自己还在那段不见天日的跑道中。

就在这时，一杯温水被塞到他的手里。

"你是文成业的话，赶紧打开手机看看吧，你的老师急坏了，她在找你。"女警这么对他说。

为什么手机关机？

人在犯傻做些事情的时候，当然想保密，不想让全世界都知道。

而当你做的这件事暴露，就更不想被找到，能往后拖延一秒钟都好。

但不知道为什么，一想到警察说"你的老师急坏了"，他就没办法不去想林晚星的脸。

会着急吗？

为什么着急？

文成业慢慢喝完那杯水。最后，他摸出手机，像下定决心般按下开机键。

先是未接来电提醒轰炸了他的手机，然后是各式各样的短信、微信消息。

——长这么大不知道让大人省心吗？

——你到底在哪儿？

——不想去留学不能用嘴巴说？知不知道给你请的机构老师有多难找？

……

看完父母的留言，文成业点回微信主界面，再往下一些，他看到林晚星的头像。

她的头像是只黑色的肥猫。

文成业记得，那只猫叫小球，是他们新村新出现的野猫。小球很胖，林晚星最喜欢胖猫，所以她曾经动过很多次心思，要抓来小球独享。

而现在，肥猫头像上有个鲜红的数字"2"。

——有两条未读消息。

林晚星：[视频]

东明湖畔的足球场上，稀薄的雾气像在逐渐凝聚成实体。

水汽湿重，每一次呼吸，都像要用尽全身力气。但很热，非常热，汗水顺着额头流下，像瀑布一样。

第四球。

秦且初在禁区前沿拿球，强行转身摆脱智会的防守，在郑仁和郑飞扬的夹击下，他找准机会，起脚射门。

足球炮弹般飞向球门，门将冯锁飞扑过去。

下一刻，足球被身体覆盖住，所有人都惊出一身冷汗。

第五球。

永川远大一次边路传中，中锋在祁亮的贴身防守之下抢点，足球将将擦过球门横杠。

祁亮与对方中锋重重地撞在一起，倒下后，他有一段时间没爬起来。


晃动的镜头，带着严重底噪的收音。

那是手机录的视频，为了能拍到球门前的动向拉了焦距，所以画面格外模糊。摄影师本人水平并不过硬，秦且初起脚射门的第一时间，镜头都未追踪到足球。

画面里是一片明亮刺眼的天。

文成业瞬间清醒。

视频结束，画面暗下。

短视频重回开头，文成业紧握手机，点了小三角——重新播放。

对面球员穿蓝白相间的队服，他和他们交过手，知道那是永川远大的人。

播放、拖动、确认。

永川远大起脚射门，球被扑下。

文成业松了口气。

草屑飞扬，画面雾气蒙蒙，但好像又有强劲的风刮过。

文成业心跳剧烈，点开了第二段视频。


永川远大训练基地，球场。

得知文成业在高速公路休息站的消息，林晚星的心稍微放下一些。

她握着手机，球场上的风拂过她的鬓发。

和文成业的对话框中出现了"对方正在输入"的字样，说明文成业已经打开手机。

她思考了下，继续把手机相机切到摄像模式，记录着球场上发生的一些瞬间。

比赛形势完全一边倒。

一场比赛、十人阵容，究竟要守住多少球？

林晚星也不知道答案。

永川远大青年队的攻势凌厉。

宏景八中的球员们已经没有时间概念，只知道不断地防守、防守。

他们很被动，只能跟着球奔跑，用盯人和跑动让对方传球受到干扰，力求防守不露破绽。

至于这道防线有多严密，只有他们的对手最清楚。

三十米防守区域外，永川远大可以随意传球，不会受到干扰。

可是一旦足球进入三十米进攻区域，不管是跑动队员还是持球队员，他们身边都会有宏景八中球员的密集防守和贴身逼抢。

跃起、顶断、碰撞、断球……

哨声响起。

然后又是新的一轮进攻。

体能训练能在短期内看到效果。

宏景八中这些高中生，在比赛中展现出的跑动和对抗能力，已让永川远大青年队的球员们结结实实吃了几次亏。

距离上半场结束还有十五分钟，秦且初所叫嚣的二十球，还未完成一球。嚣张跋扈的少年并未焦虑，他甚至感到少有的兴奋。


第三十五分钟。

永川远大教练席。

主教练和助理教练对望一眼。

虽然球队迟迟未攻破对方球门，场面和他们所设想的也有所不同，但这同样不足以让他们感到焦虑。只是这段时间内，宏景八中球员们整体透露出来的体能实力和防守实力，让他们有些惊讶。

宏景八中的防守模式几乎如下：

持球后，他们开始后场不断倒脚。

在被逼抢到无法倒脚时，宏景八中后卫会将球回传给门将。门将直接一个大脚，将球远远踢出去。

前锋立刻朝球落点处奔跑，有时他能在他们的后卫夹击中抢到球，但更多时候不能。那时，他会不惜一切代价，立即开始逼抢。

在前锋努力逼抢拖延时，因之前传球而略凌乱的宏景八中防线会趁机恢复有序。

简单、耗费体力，但又明确而高效。

"您认为他们还能守多久？"助理教练喃喃地说。

永川远大青年队主教练没有立刻回答。

宏景八中将死缠烂打的防守发挥到了极致，只要能干扰他们拿球，宏景八中就会不惜一切体能代价。

这种举动极不明智，可是宏景八中的球员们就这样做了。

他们根本不怕受伤，只是在不断地跑动、对抗，以及防守。

因为大雾，草地湿滑，他们经常会摔倒，但他们会一声不吭地马上爬起来，继续防守。

在这样的跑动中，他的球队进攻机会开始变少。

就在永川远大青年队主教练思考时，换位到边路的中锋方苏伦通过个人能力突破，获得了一个角球。

角球开到禁区内，虽然宏景八中的前锋回防禁区，立刻将球顶了出去，但足球离宏景八中的球门已经足够近了。

隔壁教练席的女生差点儿跳起来。

场上所有宏景八中的相关人士都惊出一身冷汗。

对方占据着明星选手的优势，而宏景八中人员缺失的问题，在这种个人能力配合整体协作的进攻中，显露无遗。

文成业捧着手机。

他刚才突然接到好几个来电，他在高速公路休息站的消息估计已经传回家里。所以他很干脆地挂断父母的来电，继续看新收到的那段视频。

依旧是雾蒙蒙的球场，比赛进行到第四十三分钟。

画面里，回撤的秦且初从中圈开始拿球，然后一路长驱直入，连续晃过了三名球员。

在接近弧顶一带的时候，他被斜侧方杀出的付新书直接撞翻，主裁判判给永川远大一个位置很好的任意球。

秦且初本人站在了球前，主罚这枚任意球。

宏景八中的球员们排出了六人人墙，将大门一侧封锁得严严实实的。他们有信心，就算秦且初打出漂亮的弧线球，他们也能够将之挡住。

主裁判吹响主罚哨声。

然而秦且初却并未直接射门，他将球吊向了禁区右侧！

在那里，一名永川远大的边路球员正在高速前插。与此同时，另两名一同前插的永川远大前锋同时插入禁区。

三人像利刃般向前，边路球员直接接球，轻轻一挡，足球划出一道轻盈弧线，刺破保持的僵局。

球，进了！

高速公路休息站，昏暗的角落。

大厅里似乎发生了新的争执，文成业独自一人坐在靠窗的角落里。

他捧着手机，眼睁睁看着主裁判吹响长哨，将手指向中圈。

最后的哨声响亮极了，几乎要刺破弥漫整片球场的大雾。

文成业的手轻轻颤抖了起来。他重新按下播放键，并迅速将播放条拖到永川远大三叉戟式突入禁区的瞬间。

如果他能在场上……

如果他在场上，他不会将注意力全部放在对方可能的射门上，那不是他的任务。

他能够反应过来这是个传球，只要他及时回撤，在禁区内干扰一下，这个球就可能进不了。

1：0。

门将冯锁跪在地上。

他非常懊悔，都已经守到上半场快结束了，就差那么一点儿，他恨自己为什么没能更快一点儿。

他的手重重地捶击地面，一下、两下……

暗红色的钉鞋出现在视野里，有人走到他身边。

肩膀被轻轻拍了拍。

冯锁抬头，看到了秦敖严肃的面容。他脸紧绷着，目光看向不远处。

在那里，永川远大的核心球员秦且初比了个"1"的手势。

他咧开嘴、露出牙齿，声音却是严肃且认真的："你们很不错，我要踢死你们。"

秦敖没有理他，只是弯下腰，捡起球门里的足球。

场上的雾气更浓了。


那是什么样的感觉呢？

文成业一段一段地看着林晚星发来的比赛视频。

他知道，主裁判已经吹响中场结束的哨声，暂时不会有新的视频发来，可他还是握着手机，聊天框保持在和林晚星对话的界面上，一遍又一遍地看着那些画面。

混乱的镜头，晃动的画面，跌倒又爬起的球员。甚至还有足球向镜头飞来，那位拍摄的女老师忍不住发出的惊呼声。

有时画面太模糊，他忍不住用手擦拭屏幕。

他不断地看。

看着宏景八中的队服逐渐被草屑和泥土染上颜色，看着每一次防守，看着场面越来越胶着，看着秦且初的突破，看着最后那粒让人无能为力的进球。

明明再守一会儿，他们就能将0：0的比分拖入中场休息。

0：0，半场打永川远大，战绩足以让人骄傲。

可是他们没能成功。

就差那么一点点。

如果能守住这一球就好了。

　　如果他在场上就好了。

　　当这个念头滋生的时候，它开始无休无止地蔓延，甚至取代了跑道四周遮天蔽日的芦苇。

　　可眼前的跑道还是只有那么一截，就那么一截。

　　他在高速公路休息站里，他哪里也去不了。

　　电话已经不响了，取而代之的是父亲愤怒的微信消息。

　　——我已经在路上了。

　　——好好想想自己做了什么。

## 05.
# 答 案

主裁判吹响中场哨，但无论哪一方，对此都很不满意。

经过上半场疯狂的防守，宏景八中的球员早已耗尽体力。他们身上已经被汗水完全浸湿。

天还是很冷，冷得人牙齿打战。

林晚星收起手机，招呼大家赶紧回更衣室休息。

更衣室的暖气很足，空气却异常的沉重和压抑。

没有人说话。

原本的中场休息，是教练总结上半场比赛得失，布置下半场比赛的时间。可王法只是压低帽檐，坐在位子上，似乎并不准备发言。

而学生们……

林晚星光是看着他们的表情，就知道他们还沉浸在丢球的懊恼中。

"十九，"简短的数字从秦敖口中吐出，"呵呵。"

付新书习惯性地把头埋在毛巾里，搁在腿上的拳头轻轻颤抖。听到秦敖的话，他说："是我布置后防出了问题，我没想过他们会打配合。"

俞明："我补位慢了。"

冯锁："不，是我的问题，我可以扑到的。"

所有的话意思都是——我本可以。

钱老师忧心忡忡，左看右看，想说点儿什么，又不知怎么说。

林晚星有些犹豫。

就在这时，王法抬头看了她一眼。

虽然他没有说一个字，但目光中的意思坚定且明确。

林晚星深吸一口气，对所有人宣布道："文成业过来了。"

一开始，更衣室的球员们还沉浸在失球的痛苦中。

他们明明可以守住上半场，却在最后时刻被突破。加之秦且初一开始放的狠话，每个人都憋着一股劲，就差那么一点儿的失落感笼罩在每个人心头。

所以他们没有第一时间对林晚星的话做出反应。

过了一会儿，最先反应过来的是秦敖。

"你说谁？"秦敖微微仰头，几乎用一种狠厉的语气在问。

"文成业。"林晚星很确定地说。

"来了？"秦敖甩开毛巾站起来，赛场上的种种屈辱忽然涌上心头，他在更衣室里左看右看，甚至差点儿掀开衣柜，"你开什么玩笑，他来了，他人呢？"

"我没有开玩笑，他早上四点半上了宏景到永川的大巴，但他坐的车被劫持了，所以没能赶到。"林晚星陈述了事情经过。

学生们都瞪大眼睛，甚至有人揉着耳朵。但比起文成业过来了这件事，他没能成功抵达球场的原因更加令人不可思议。

"他跟你说的？他骗你的吧？"

"怎么可能？大巴还能被劫持？"

学生们对文成业很不信任，他们首先就不认为那个自私自利的冷漠小人会登上来永川的大巴。

"你们现在打开手机，查询宏景十方路段，就能看到客车被人持枪抢劫的新闻，不信的话自己确认下。"

学生们立刻去找手机。

他们用脏兮兮的手在网页上翻找，过了会儿，发现这竟然是真的。

"我们已经和警方确认过了。"林晚星说。

离奇的、荒诞的、诡异的，像一幅巨大的黑色画作，把每个人都吸了进去。

整个更衣室再度陷入沉默。

"脑残吧他。"秦敖放下手机，深深吸了口气。

"他是不是有病？"

"为什么要来？"

"那他现在没事了吗？"

"没事了。"林晚星答。

"那个休息站离我们是不是很远，他到得了吗？"

林晚星摇了摇头，说："来不及了。"


知道消息的前十分钟，宏景八中的高中生们其实没完全反应过来。问题很多，都把他们搞晕了。

不可思议后，随之而来的是巨大的茫然。

为什么会发生这种事？

他为什么要来？

为什么？

中场休息，只有短短十五分钟时间。

他们来不及消化，就要重新回到球场上。

双方球员分散在场地上，准备开球。四周是他们此次要迎战的强敌。

湖风从球场西南吹来，吹得所有人一凛。

秦敖抬起头。

对面，永川远大的两个前锋站在中圈开球点，他们身后，四个中场站成一排，再往后，又是四个后卫。对手阵容整齐，每个人看上去都做好了冲烂他们的准备。

而他们呢，五个后卫站在禁区前，三个中场站在中间的地方，位于最前面的，只有他孤零零一个人。

他忽然回头，看着身后防线的空位。

原来，他、他是想来的吗？

高速公路休息站的落地窗外，也有一片湖泊。

茫茫的青绿色芦苇地包围着浅蓝色的湖面，风一吹，周围泛起成片的青绿色涟漪。

中场休息的那段时间，可能是文成业这辈子从未有过的折磨他的时刻。

他不断打开和林晚星的聊天页面，明知休息时间还没结束，可他就是不断地点着。

他又看了几遍林晚星发来的视频，不断地看那粒进球。

明明可以守下来的。

突然，休息站内传出巨大的争吵声。

他茫然地抬头。

不知道这是怎么了。似乎有闪光灯，还有别的什么事情在发生。

可他完全不在这个世界里。

他始终被困在那片芦苇丛中。

他忽然在想，他为什么不早一点儿呢?


微信电话响起的时候，秦且初的射门刚刚被林鹿拦下，地面湿滑，两人双双摔倒在地，裁判给林鹿亮了一张黄牌。

因为场上局势紧张，所以林晚星没有第一时间注意到手机的振动。

王法看了她一眼，指了指她的手机。

林晚星这才意识到，她的电话响了。

那是一个视频电话。

接通时，她只看到一片灰白的地砖，画面在轻轻颤抖。

林晚星退了几步，坐回休息区的长椅上。

带着水汽的湖风拂过她的耳畔。

"文成业。"她平复了下心情，缓缓开口。

有那么一段时间，视频那头只有轻轻晃动的地面。

天上的阴云，似乎更浓了。

"我来不及了。"声音从电话那头传来。

一滴雨水落在她的手背上。

那是什么样的感觉呢？

你明明以为，上半场最后时刻的进球，足以压垮这支队伍。

很多比赛都是这样，大家憋着一股气，气泄了就没了，就开始摆烂了。不是麻木不仁地防守，就是毫无章法地随意进攻。

可宏景八中不太一样。他们明明已经没有希望了，明明下半场开场那会儿，这些人还在失魂落魄。为什么开球后，他们迅速恢复了原先坚固的防守阵型？

秦且初不理解。

不过没关系，他不需要理解对手的想法。再坚固的墙体，总有无法抵御冲击的时候。

所以开场后，他们直接开始不知疲倦地进攻，疯狂冲击宏景八中的防线。

一力破万法。

秦且初迅速拉边，用强行突破创造一个空当，然后立刻抬脚将球传出。

足球突入禁区内，双方中路球员都没有碰到，球飞向了后点。

永川远大的球员在冲刺中甩开了付新书的防守，迎着落下来的足球直接起脚射门！

那砰的一声重响，仿佛是给宏景八中球员们的当头棒喝。

足球撞击横梁，高高弹开。

这是一个绝佳的机会，就差那么一点点！

就连永川远大青年队的主教练也不由得在场边跳了起来。

足球弹出球门的瞬间，秦敖完全清醒了。

一滴冰凉的液体落在他的眉心。

他突然在想，这是多少球来着？


第十六球的时候。

天空中堆积的阴云，终于化作雨点落下。

场边的视频电话仍拨通着，但没有人说话。

林晚星举着手机，尽量让电话那头的人能看清比赛情况。

明明是淅淅沥沥的小雨，可落在教练席遮雨棚上时，却能发出噼里啪啦的巨大声响。

雨水让本就滑腻的草坪变得更加湿滑。

禁区前沿发生了相当惨烈的碰撞。付新书和永川远大的11号中锋重重地撞在一起，双方捂着额头，都一时没能恢复。

趁此暂停空当，永川远大的球员们下场换上长钉鞋。

永川远大青年队的主教练用脚掌搓着湿滑的草地。

没有队伍喜欢比赛下雨，草叶沾水后会变得格外湿滑，球场经常跑动的位置被踩烂后还会变得泥泞。不管是湿滑还是泥泞，都会让球在地面滚动时受到更大影响。

防守队伍讨厌下雨，而下雨对进攻方的影响更大。

不经意间，他再度看向隔壁的教练席。

那个人从头到尾，没有任何指挥球员的动作。

他只是沉默地伫立场边，无论防守成功与否，他都不像其他人一样投入任何情绪，好像在看一场与他无关的比赛。

可他一开始就让球员们换上了长钉鞋。

他的球员们会有更大的体能消耗，抵消多出来的抓地力，同时牺牲跑速，换取他们不会无缘无故摔倒，减少可能出现的防守失误。

永川远大青年队的主教练突然感到一种超越胜负之外的比赛用意，可又一时无法理解。他只觉得对面也在赌，但就算你赌天会下雨，我们进攻会更困难些，可那又怎么样呢？

你们没有任何反击的手段。

这是一场注定不会有希望的比赛。

你在赌什么？


一脚一脚踩在泥泞的草地上。

付新书浑身湿透，他站了起来，头还很疼，似乎肿了，但没有关系。

他同样清楚教练的用意，这就是一场防守的地狱试炼。

身体已经很疲倦了。

刚才他才知道，比赛已经进行到第六十一分钟。

原来他们已经守了这么久了。

对面是永川远大，1：0的比分维持到了现在。

那如果再多一个人呢？

这种想法不可能不出现在他的脑海里。

或许他们努力维持的防守阵线会被那个人轻松撕烂，或许他们会争吵、谩骂，或许他们根本没办法配合。

就像他之前坚持认为的那样。

但如果……

如果他在这里呢？

他们是不是也有另一种可能？

雨幕下，付新书感到有堵高耸入云的墙横亘在他的面前。

他曾以为，无论他多么尽力奔跑，都没办法越过这堵名为命运的高墙。

可现在，他站在或许是他人生倒数第二次比赛的赛场上，站在名为命运的巨大分界点上时——

他才骤然意识到，他的"曾以为"是多么可笑。

他不可能越过这堵墙，不是因为他不够努力奔跑，而是因为他放弃了。

他认为文成业不想赢，所以他也放弃了。

可现在，他很不甘心。

他很后悔。

非常非常后悔。


冯锁其实不知道，那是永川远大全场组织的第二十轮进攻。

永川远大都是偏技术型的球员，可雨水阻碍地面进攻，他们只能高举高打。不用讲什么战术什么配合，就是不断朝禁区内长传冲吊，然后抢点。

他们不断地从两翼起球，从中路起球，直接将球传到禁区寻找机会。

他们起码有四五个球员在禁区内准备抢点。

谁都知道，宏景八中不可能组织有效进攻，他们不用有太多的忌惮。

秦且初回撤拿球，然后分球到边路。

边路球员强行突破林鹿的防守，虽然林鹿顽强地转身追赶，可是他的步伐已经跟跟跄跄。

永川远大边后卫一口气甩开林鹿，切入禁区。面对过来补位的郑飞扬，他轻巧地将球挑传到后点。

方苏伦巧妙跟进，迎球就是一记高空轰炸。

足球高速飞来，雨水让冯锁的视线一片模糊。

他整个人扑向足球。

下一刻，他重重地撞在门柱上，然后摔倒于球门线上，浑身都是泥水。

足球被他牢牢护在身下。


文成业捧着手机，他仿佛也在那场大雨中被完全浇透了。

视频画面里，门将久久没有爬起来。

他能听到场边林晚星和教练的一些对话，但并不能完全听清。

实在太远了。

他握着手机边缘，指关节完全泛白。

手机电量已经有些危急，微信又弹出了一条提示消息。

——你跟你妈一路货色。

文成业并不觉得愤怒。

休息站实在太冷了，他蜷缩在椅了上。

他只觉得，这说得或许也没有错。

如果他们不一样，他就不应该坐在这里。

他明明可以早一点儿出门，明明可以好好沟通，明明可以尝试配合。

可是他没有。

他没有低头。

所以他在这里，不在那里。

他被困在自己心中这条永远望不见头的狭窄跑道里，所以失去站到那片球场的机会。

他很后悔。

他不甘心。


球场上的雨越下越大。

祁亮飞身头球解围，永川远大的球员来不及收脚，钉鞋直接踹上了他的脸。

林鹿把自己整个扔出去，阻挡了一次传中。

秦敖已经摔倒，还在用身体强行阻挡方苏伦，带着对方一起摔在了泥泞的草地里。

……

永川远大的球员开出角球。

足球靠近球门，冯锁出击准备去拿球。

然而一阵风吹来，雨水打在他的眼睛里，他眨了眨眼睛，慢了一步。

冯锁没能拿到球，球从他手前飞过，飞向了后点……

林鹿在那里起跳，准备将球顶出去。

永川远大助攻上前的后卫依靠自己的身材，力压林鹿，甩头攻门。

足球瞬时改变方向，飞向空门！

守在门前的秦敖飞身扑了过去，伸脚将球踢了出去！

就在这时，秦且初突兀地出现在了足球的飞行路线上。

没有人知道他是从哪儿冒出来的。

角度刁钻，他姿势别扭，那种情况下根本就没有余地射门，他只是用胸口拦在了足球飞行的路线上！

秦敖解围出来的球，撞上秦且初的胸口，然后反弹，飞进了球门。

雨幕铺天盖地。

主裁判的哨声响彻云霄。

可球场上却静得可怕。

秦敖跪在球门前，低着头，看着自己的手。

他想起自己站在讲台上说："我们已经做好迎接失败的准备！"

去他妈的失败！我根本没有准备好！

"啊！"

他仰天大喊一声，然后狠狠地锤了下地面。

他的肩膀被轻轻拍了拍。

付新书站在他的身边。

队长的额头还肿着，脸上也沾上了泥土和草屑。

"我一直觉得他不想赢，但其实他比我们更想赢。"他低着头，对秦敖这么说。

秦敖看着自己撑在地上的手，忽然想起他挥向文成业的那一拳。

付新书向他伸出了手："好歹从现在开始，我们不能输给他，得比他更想赢一点儿。"

秦且初站在两人身边，再也比不出任何手势。他看到秦敖把手搭在付新书的手中，看到他用尽全身力气，再次站了起来。

秦敖想，王法问他们想守住哪一球，不是哪一球。

而是这一球！

还有下一球！

这是一场无论你守住多少球，都无法迎来胜利的比赛。

为什么还要继续呢?

因为不甘心。


终场的哨声，在东明湖畔响起。

0：2。

宏景八中四连败。

雨不知何时渐渐小了。风拂过湖畔的球场，吹起层层雨雾。

所有人都停在了原地。

时间仿佛在那一刻停了下来。

林晚星手机微信中没有任何声音。可她仿佛能听到，文成业那边芦苇丛轻轻翻滚的声音。

"我真是个傻缺。"文成业说，"我做了这辈子没做过的傻事，遇到了最傻的结果，我感觉自己是个笑话。"

他明明坐在休息室里。

窗外水鸟啁啾，青绿色芦苇随风摇荡。

可他真的累极了。

他已经跑了那么长那么长的路，那是条始终望不到尽头的狭窄跑道，尽头是他永远无法抵达的终点。

名为命运的分界线，横亘在前。

向前一步仍是苦海，还可能会遇到最可笑的境遇、最离奇的遭遇，永世不得解脱。

但为什么还要向前呢?

空间里响起暴怒的脚步声，父亲的身影出现在大厅中。

文成业站了起来，向他走了过去。

下一刻，耳光扇上脸颊，耳朵里是嗡嗡声。

芦苇丛中，白鹭惊飞。

文成业看着父亲狰狞的脸庞，却感觉格外轻松。

虽然他没有抵达那里，但他也没有站在原地。

脚下的暗红色跑道不断地向远处延伸，他看到了那条路。


手机通话结束。

林晚星忽然转过头，看着王法。

青年的帽子不知何时被风吹到地上，他只是微微仰头，看着天空。蒙蒙细雨打湿了他的发梢和睫毛。

"我觉得你们很像。"林晚星对王法说。

她很清楚，在这一刻，王法的那个问题已经有了答案。

足球是什么?

是竞争，是对抗。

是数不清争吵后也不知为何想和队友一起站上球场的冲动。

是普通的孩子想要放弃，又最终没有放弃，坚定地继续走下去的那颗心。

是不认命，和不甘心。

## 06.
# C D

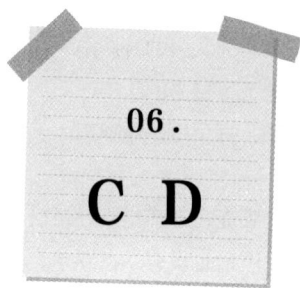

那是一张CD，这年头已经不多见了。

它被装在一个牛皮纸信封内，信封正面写着——福安花园14栋　文成业同学收。

信封既没有贴邮票，也没有贴快递单一类的标识，这说明它很大可能是被直接放在文成业家信箱里的。

距对阵永川远大的比赛已经过去两天了。

输给永川远大在意料之中，但比赛过程却有些惨烈。

十人阵容和永川远大打出0：2的战绩已足够令人骄傲，但输了就是输了。

学生们一开始并不能从失败中走出来。

越是绝境，越是拼到极限的比赛，就越能令人看清内心的渴望。

赛后的一长段时间，学生们都沉浸在比赛失误的那些细节里，"我本可以""我为什么不"这些想法充斥着他们的头脑。

如果不是还有文成业的事情，林晚星认为不断闪回的画面会折磨他们很久。

虽然嘴上不说，其实大家都很关心文成业。

比如他们赛后第一时间就想知道文成业人在哪里，会不会来永川。

当他们得知文成业被他爸爸打了一巴掌带回宏景后，甚至动了"劫狱"的念头。

听到"劫狱"两个字的时候，林晚星真是很无语，这都什么跟什么啊！

但她还是给文成业发了条微信——你的队友们说可以提供"劫狱"服务，你有这个需求吗？

文成业没有第一时间回复。

过了很久，久到他们已经在青年旅舍收拾完行李，即将登上返回宏景的高铁。

"文狗给我发了个'傻×'。"秦敖拿着手机，突然在站台上跳了起来，"他什么意思！他被他爸抽傻了吗？"

一听是文成业的消息，周围的男生全围到秦敖身边，抢着要看他的手机。

祁亮看了眼自己的手机，发现并没有文成业的消息，冷笑了下："他真喜欢你啊。"

秦敖立刻得意起来："你是不是嫉妒了？他就给我发了。"他边说边拿起手机，当着祁亮的面给文成业回了个"凸"。

总之，这就是那天比赛后发生的一些事情。

然后，就是在两天后的现在，文成业拿着这个信封，再次走上天台。

正值晚饭后，大家正常摆烂。

轮值学生在洗碗，林晚星抢了个阳台的木沙发打盹，天台门被推开。

穿着校服和运动裤的少年，就这么背着个书包，拿着信封，出现在门口。

他迎风而立，外衣猎猎飞扬，夜色中，静静望着天台上的所有人。

队员们一开始没反应过来。

发现是文成业后，他们竟有点儿不好意思。一伙人和文成业隔着菜园遥遥相望，很有画面感。

最后，还是林晚星先受不了。

"好了好了，还要看到什么时候。"她招呼文成业进来。

然后，文成业就递给她这个信封。

如果说信封正面是"文成业同学收"，那么信封反面——

反面印刷着宏景市第九初级中学的联系方式和地址，显示是非常正规的学校专用信封。

"这是什么，有人寄给你的吗？"林晚星问。

"嗯。"

"谁寄的？"

"不知道。"

"那第九初中，是你们待过的初中吗？"

学生们纷纷点头。

这样的投递模式，很容易就让林晚星想到了学生们曾经收到的一些东西。

比如陈江河收到的借球卡，又或者是秦敖收到的香烟盒，甚至是最近的关于文成业的外卖单……

虽然表现形式不同，可这种神神秘秘奇奇怪怪的感觉，让人觉得出自一人之手。

旁边的学生们也是同样的感觉。

"谁给你的？"陈江河问。

"不知道，就放在我家信箱里。"文成业说。

"你什么时候收到的？"

"上学期学期末……"

"……"

听到这信还是上学期的，学生们都无语了。

"所以你是早收到了，但没拿过来？"

"里面就一张给我的CD，我为什么要拿过来？我拿给谁？"文成业反问道。

这话听上去好像也很有道理。

"那你现在为什么要拿过来？"秦敖问。

"因为里面还有一张纸条。"文成业没好气地说。

秦敖眼疾手快，倒了倒信封，里面空空如也："没有啊！"

"我早扔了。"文成业很干脆地说。

"你是真的狗啊！"

其他学生都惊了，这人竟这么厚颜无耻且理直气壮。

"那纸条上面写了什么？"林晚星忽然来了兴趣。

文成业会直接扔掉，恐怕里面不是什么好话。

果然，文成业满脸不爽，其中还夹杂着一丝尴尬。

他的唇缝里漏出字来："致我未来的明星小球员们……"

呃！

这句话确实一瞬间让大家都尴尬了起来。

但也只是一瞬间。

很快，学生们开始猜测会说这句话的人是谁。

他们眼中逐渐有奇异的光彩，虽然不可思议，但好像只有一个答案。

"是教练吗？！"学生们异口同声道。

他们口中的教练，当然不是王法，而是那位从小教他们踢球，把他们从带球后路都走不稳的小屁孩教到能和职业青年队一较高下的蒋教练。

"教练寄给你的？"

"为什么之前不拿出来？"

"你实在太狗了！"学生们异口同声地说。

文成业很安静。

其实他也能猜到寄信人是谁，所以自始至终没有扔掉CD和信封。

学生们七嘴八舌，对光盘中的内容越来越感兴趣。

现在找一台能读CD的电脑，也有难度了。但幸好元元补习班里，有爷爷奶奶留下的旧机子，它能完成这个任务。

学生们屏气凝神，近乎小心翼翼地按下光盘弹舱，咔嚓一声，弹舱打开。

光盘被放进舱内，关上，随后是咔嚓咔嚓的读取声。

老式电脑反应很慢，总之按照林晚星的观感，整个读取过程持续了很长时间。

"我的电脑"文件夹内，出现了"省长杯"的CD-ROM文件名。

双击光盘分区，文件夹刷新，一个视频文件出现在显示屏上。

再次双击，打开视频。

白炽灯静静高悬，远处星光明亮。

比画面更早出现的，是音乐。

男声哼唱着一段英文歌曲，嗓音略沙哑，但又轻快悠扬，歌声随着插在电脑上的老旧音箱，在整间教室中回荡。

前奏乐器交织，完全是20世纪好莱坞电影的配乐。

几乎闭上眼，脑海中就能浮现出黑夜中的街道。漫天大雨，主人公愉快地收起伞，在闪烁着点点雨光的街道中起舞。

I'm singing in the rain

Just singing in the rain

……

紧接着，老旧显示器上显现出清晰度不高的画面。画面质感粗糙，甚至还有仿佛灰尘般的粒子浮动着。

那是昏暗的休息室。

随后，孩子们明亮的笑脸出现。

他们面孔黝黑，一张张笑脸一下子占据着画面，然后是叽叽喳喳的背景音。

林晚星愣了下，看向四周将近成年的学生们，将之勉强联系起来。

略显稚嫩的声音通过音箱，在教室里此起彼伏。

有人在喊"速度速度"，有人在说"冲"，还有人在吹牛说"我上次那个带球过人如何如何踢翻了对面"。最后那个，当然是秦敖。

他们叽叽喳喳。

虽然是在昏暗的更衣室，仿佛还充斥着球衣球鞋和汗味，但那些明亮的笑容却似乎沐浴在阳光里。

紧接着，画面一变，显得更加亮了。

户外的草坪球场上，两队初中生球员列队，场边有家长模样的观众，总体人还是很少。

看到某一帧定格画面，让林晚星想起了在林鹿家看过的合影，应该是同一场比赛。

裁判吹响哨子，球赛开始。

孩子们在球场上飞奔起来。

画面中，一切都灿烂光明。

夜晚的教室里，老旧音箱里还播放着愉快的《雨中曲》配乐。

初中生们在草地上奔跑、跃起，黑白相间的足球滚动着。

他们呐喊、欢呼，也因碰撞而哀号，一切显得生动而活泼。

有进球，又被进球，有滑铲，有过人。

最后，哨声响起。

林晚星甚至不清楚具体比分是多少。只见大家聚成一团，神情颓丧。学生们的心情完全能反映在他们的脸上。

有人召集着男生们，让他们快点儿。中年人的声音在背景音中响起："快快快！去握手了！"

"急什么，明年还有比赛！"

"加油加油！继续加油！"

男生们被催促着、鼓励着，列队和对手握手。

下一刻，画面一暗，又是昏暗的更衣室。

沙哑的背景音乐响起。

还有很多很多嘈杂的声音。

"大家来说一下我们明年的目标。"是中年人的声音。

"什么是目标？"有孩子问。

"就是你们明年想干什么！"

"继续踢球啊！"

"废话，肯定继续踢啊！"

"教练是问我们，想要什么成绩！"

"肯定是冠军！"

"冠军！"

仿佛有一场突然而至的太阳雨飘泼洒下。

背景乐仍在哼唱着——

I'm singing and dancing in the rain

Dancing and singing in the rain

……

视频播放完毕。

屏幕已经暗下，教室里还是静悄悄的。

很难说清楚是什么样的感觉。

小时候踢球简单快乐，想法单纯，就算这次输了，难过一会儿，下次赢回来就好。没有那么多困难，仿佛无所不能。

学生们有一段时间安静无言，就静静看着屏幕。

直到林晚星将CD弹出，咔嚓一声轻响，才将大家唤醒。

"教练……"

"是教练吗？"

他们显得有点儿组织不起语言来。

——蒋教练为什么要做这张CD？

——为什么要把CD给文成业？

大家的问题应该是这样的。

林晚星想了想，问："这段录像是蒋教练拍的吗？"

学生们纷纷回忆。

"我记得那天教练拿了DV吧？"

"是叫DV吧？"

"对，他说问朋友借了DV机，拍下来给我们留念。"

林晚星却有些奇怪："那你们之前看过这段录像吗？"

"没有。"

"也就是说，蒋教练在你们初中时拍摄了这些视频，后来做了剪辑和刻录，最近送到了文成业手里？"林晚星摸了摸下巴。

学生们也觉得奇怪，不过他们觉得奇怪的点还是集中在文成业身上："为什么蒋教练单独送给你啊？！"

"可能因为他比较不听话。"祁亮说。

这句话听上去很有道理。

其他人长长地"哦"了一声。

林晚星也算知道为什么文成业宁愿给秦敖发消息了。

总之，虽然还有颇多疑点，比如蒋教练为什么不亲自现身，而用这些神神秘秘的东西来引导学生们，又或者钱老师在其中扮演着怎样的角色，但对学生们来说，其实细节没那么重要。

毕竟刚才播放的录像，是蒋教练拍摄的无疑。

东西是寄给文成业的。

虽然小文同学直接把字条扔掉了，也没看过光盘刻录的视频，但无论是字条还是光盘，应该都能使他想起些事情来。也不能说是一张字条就促使他下定决心，登上前往永川的大巴。

但无论如何，收到"礼物"的学生总会有所触动。

那些"礼物"给了他们一个理由，间接地推动他们，解决困难，重新在一起。


文成业带来了信封和CD，也带来了两份作业。

当然，后者是队友们离开后，他才别别扭扭地从书包里掏出来的。

一份是交给林晚星的，写在作文纸上，题目是《足球是为了胜利》。

另一份，当然就是王法要收的复盘总结。

林晚星收到催了大半个月的作业，非常震惊。

文成业努力保持冷淡的表情，他等了一会儿，像还是觉得很不好意思，转身要走。

"等等。"

王法翻过一页纸，抬起头，喊住了文成业。

教练还是颇有威信的。文成业转身回来，格外乖巧。

"说说你的想法吧。"王法看完复盘总结的最后一行，对文成业这么说。

文成业愣在原地。

月色正好。下了两天雨，气温回升了，天台上并不冷。

"我的想法？"

"你的复盘总结只写了你认为比赛的问题在哪里，但没有改进意见。"

"改进意见？"文成业停顿了下，"我说了你会听吗？"

王法认为小文同学这句话是废话，没有回答。

"我觉得我们的进攻太疲软了。"文成业直接说道。

"继续。"

"以前蒋教练就老这么说，防守防守，防守是进攻的基础，但就算完美地守九十分钟，还是0：0的平局。我们需要加强进攻。"

"不够直接。"王法评价道。

文成业脸一僵。

"反正下一场输了，你们也不会有别的比赛了，再不说，就来不及了。"王法很平静，他抬眼审视着面前的少年。

文成业也这么看着他。

林晚星忽然想起那天比赛结束时——

永川远大青年队的主教练走到王法面前，问："你到底想做什么？"

这句话听上去很奇怪。

王法在球场上一贯高冷，也就没有回答。

文成业眉头紧蹙，垂在身侧的拳头逐渐紧握，像下定决心似的，他说："我来踢中场。"

林晚星惊呆了。想起先前王法让付新书移位到后防线的做法，她转头看向身侧。

"好。"王法答。

文成业同样怔住了。

他没想到教练这么轻易就答应了，不敢相信自己的耳朵。

"那……那我变中场了？"他指着自己问。

"可我同意，并不代表你能踢好中场这个位置。"王法的身体微微前倾，他不是随意的姿态，而是很认真地与文成业进行这番谈话。

夜风里，少年微怔，他像是陷入沉思："我还要做什么？"

"就像你说的，防守并不能取得胜利，那么单纯的进攻也同样不能。你觉得呢？"

"你是说团队？"文成业讲到这里，眉头紧皱。他显然早就明白王法的意思，可还是不愿聊那些。

王法看了下时间，很干脆地对文成业说："明天中午十二点，你可以直接向你的队友们阐述你的想法，说服他们。当然，我是说如果你想的话。"

文成业不确定地来，更蒙地离开。

据说他的父母正在为离婚开战，所谓的"管他"都是离婚官司里的手段，他大部分时间都很自由。

天台铁门砰的一声关上，四周恢复夜的宁静。

林晚星低头，认真看完了文成业交来的小作文。

然后在某个瞬间，她托着下巴，转头开始端详王法。

王法的侧脸还是很能打的，当然正脸更好看，林晚星想找点儿小说里会用的形容词来拍下马屁。

就在这时，王法忽然转头看她。林晚星脑内的形容词弹幕瞬间被清屏。

大概是她的样子太呆滞，王法盯着她看了一会儿，蜜糖色的眼眸里涌上笑意："小林老师想问什么，需要我也给你个机会吗？"

林晚星怔住，然后轻拍了下桌子："再就业的机会明明是我给教练的。"

"那别的机会呢，小林老师可以给吗？"

那瞬间，林晚星当然明白王法的意思。

夜风温柔，他们依旧保持着刚才的距离。

王法姿态轻松，刘海和鬓角因为刚洗完澡没多久还是湿的，但他的目光很是认真诚恳。

空气里是花木和柠檬洗发水的味道，他们的手离得很近，差不多轻轻抬起就可以握住手指。

气氛很好。

但谁都有想装傻的时候。

林晚星也想装傻。

所以她问王法："那我给教练个机会，讲讲你的打算。"

王法眼眸中一瞬间闪过诸多情绪，但他很快平静下来，笑着反问："小林老师是在问我对球队的规划？"

"嗯。"林晚星笑了下，说，"感觉教练早有打算。"

"其实没有。"王法说。

"但你安排付新书去后防，也支持文成业争取中场位置。"

"我是说，过程没有你认为的那么有计划性和预见性。"王法顿了顿，"他们一起踢了很久，是个完整度很高的队伍。其实这样很了不起吧，小时候一起玩，长大了还能做队友。"

林晚星很清楚，王法年少时辗转多地，成年后又见惯队员更替，他始终认为，像宏景八中这样的队伍非常难得。

她笑道："你这句话可千万不能让他们听到，不然当场给你表演恶心心。"

王法给自己倒了杯水，也笑了起来："但完整度有时候是把双刃剑，球员们思维固定，打法僵化。就算有矛盾，也是在旧舢板上修修补补，风浪一大，很容易碎。"

听到这里，林晚星忽然能体会到王法为什么没有一开始就整肃更衣室。

宏景八中足球队是个队伍，他们可以依靠固定阵容和努力训练来战胜一些对手。可比赛越来越难，输球后自然会互相责怪。

陈卫东的退出，只是矛盾的开始。

文成业的到来，加剧了队内矛盾。

这时，王法作为主教练，其实只有两个选择——继续修补这条小舢板，或者看着它被巨浪冲毁，然后想办法重建。

想到那天更衣室的斗殴，沉重而压抑的空气，林晚星沉默下来。

"但不一定能成功啊。"她这么说。

有时候碎了就碎了。

文成业和其他队员是否会因此改变，他们能否重组为一支有战斗力的队伍，这些都是未知的。

"但我们永远追求更好的可能性。"王法说。

林晚星看着王法。

顶棚的白炽灯洒下淡金色的光，他面容清俊平和，这是深思熟虑后的做法。

他不要似是而非的选择，也不要勉强稳定的队伍。

就算是一支普通的校园足球队，他也希望他们能追求更好的可能性。

林晚星发自内心地觉得王法很了不起。

## 07.

# 可 能

未知，永远是最大的挑战。

"你什么意思？"

第二天中午，元元补习班。

学生们按照王法要求的时间集合，文成业在讲台上硬着头皮讲了两句自己的想法，底下瞬间炸开锅。

他们既不能理解为什么文成业敢上讲台说自己想踢中场，也不能理解王法为什么同意文成业上台。

台下群情激奋，文成业站在台上有些慌乱。

王法坐在台下，球员们回头想看教练的意思。

"不是，教练你也觉得老付该给文狗让位置？"

"我没有倾向性。"

"上次我们踢永川远大，你让付新书打后卫。"陈江河突然想起什么来。

"付新书在后防线发挥了他的优势，不是吗？"

"可是……"

学生们还是说不出的纠结。

这是他们从小到大习惯的阵容，突然要改，还是队长要给最不合群的人让位置，心里总觉得不舒服。

文成业深吸了口气，说："这是我的问题，不是说付新书中场踢得不好，是我不喜欢后卫的位置。"

"你不喜欢，别人就得让你？"

林晚星举手纠正："可以把不喜欢换成不擅长。"

文成业冷着张脸，很艰难地改口道："我不擅长后卫这个位置。"

措辞一变，座位上的反对者们突然就语塞了。

但仔细一想，好像确实是那么一回事。

文成业这人天生就没集体精神，喜欢独来独往，眼睛里只有对方半场，你让他好好防守他就浑身难受。

相反，付新书的集体精神很好，细致且有大局观，很适合做后防线的中流砥柱。

从个性上来说，他们互换位置似乎是个不错的选择。

但是，要临时改变一支配合多年的队伍，去迎战强敌申城海波吗？

那很有可能是他们最后的对手了。

每个人都陷入深思，无法抉择。

直到付新书站了起来——

"我同意。"他这么说。

B2B中场，全称为Box-to-box midfielder。

Box指的是禁区，意指能从本方禁区覆盖对方禁区的全能中场。

B2B中场全攻全守，防守跑动范围极大，可以出现在球场的任意位置。从地位上来说，他负责组织进攻和防守，是全队当仁不让的核心人员。

这就是王法给文成业的场上定位。

学生们听到那个英文词的时候，已经张大了嘴巴。而等他们听到王法给予文成业的场上权限时，都惊得说不出话来了。

第一反应当然是：他凭什么！

连文成业本人都受宠若惊，完全没想到自己会被教练摆到如此重要的位置上。

看着学生们的反应，林晚星忍不住叹了口气，深感王法老奸巨猾、老谋深算。

先让小文同学主动提出要踢中场，然后再将他摆到高位，承担重任。

原先的文成业，是个游离在后防线外的自由灵魂，现在的文成业身挑重担，从前到后，啥活都得干。

"我……我不知道B2B中场该怎么做，没踢过。"文成业很诚实，突然置身重压之下，谁都会有些退缩。

"大部分时间，你都很自由，往你想去的地方跑。"王法看似随意地说道。

与其让十个人配合文成业一个，不如让他一个配合球场上其他十人。

这就是王法人员换位的核心思想。

整个球队的阵型变换后，从右到左分别是：后卫——林鹿、付新书、郑飞扬、祁亮、俞明；中场——智会、郑仁、文成业；前锋——秦敖、陈江河。

除了文成业与付新书两人换位外，王法也让郑飞扬更多地担任清道夫的角色，帮两个冲杀在前的后卫查漏补缺。

换作之前，其他学生当然不能接受文成业当核心来调度他们、控制全队的攻防节奏。

可架也打了，彼此的不满也发泄了，最艰难的防守战也踢过了。文成业先低头，大家再聚首很不容易。

所以达成共识、更换位置后，他们要好好踢完最后一场比赛。

落实在训练场上，就是文成业全场飞奔到处救火。进攻调度有他，防守补位有他，门前角球争顶还是他。

一开始对文成业核心定位稍有不满的学生们，见到他累如狗，简单训练结束球衣也能拧出水，就什么意见都没有了。


给文成业加码的，不仅有教练的期待，还有禹州银象和申城海波的赛果。

让人意想不到的是，两队再度1：1战平。

小组赛第五轮赛况——

申城海波1：1禹州银象

永川远大2：0宏景八中

积分方面：

永川远大15

申城海波5

禹州银象5

宏景八中3

也就是说，只要他们宏景八中下轮比赛击败申城海波，获取3分，小组积分就有6分。

因为大魔王永川远大太强，禹州银象很难获胜。那么他们宏景八中就能以6分总分，力压后两支5分的队伍出线！

而永川远大赢得比赛……

不能说希望很大，只能说——

"要是秦且初这崽子赢不了，我就去永川揍他丫的！"秦敖如是说。

本以为上一场是为了大家的最后一球而拼命，现在这最后一场球，又有了更进一步的可能性，大家都憋着一股劲。

随着日程推进，宏景八中与申城海波的比赛日很快到来。他们将前往申城，客场迎战他们小组赛的最后一轮对手。

"我买了高铁票。"临出发前一天，林晚星宣布集合出发事宜时这么说道。

学生们都挺意外，毕竟申城离他们宏景高铁只有二十分钟，怎么看都是大巴点对点更方便一些。

"你们都没有发现文成业晕车吗？"林晚星问。

文成业坐在角落，忽然抬头。

然后，其他男生纷纷看向他，他又不好意思地低下了头。

学生们这才意识到，文成业每次比赛前的臭脸，好像也不单纯是给他们甩脸子。

明明对阵申城海波，是决定他们能否出线的重要比赛，打之前有很多遐想，可真到这么一天，仿佛又变成自然而然的一件事。

申城海波的主场很大，就在申城高铁北站旁，步行十分钟可达。

当日蓝天白云，天气晴好。

等到了场馆，学生们发现，看台上竟然还有观众。

是的，申城海波安排了标准体育场做比赛场地。

他们以前很多比赛都在笼式球场里踢的，虽然也是标准球场大小，但场地小，和面向公众的标准体育场完全不能比。

体育场看台密布，零星的观众很像撒在看台上的几颗芝麻。

林晚星站在申城海波的场边，第一次有一种"人真渺小"的体会。

"好大的场馆啊。"林晚星感慨。

王法转头看来。

"你们以前的主场比这个大吗？"

"比这个小，我们圣玛丽球场大概只有三万两千张座椅。"

"那申城海波这个呢？"

"这是五万人的体育场。"王法说。

不知是否因为场馆太正式，学生们在热身时，竟显得有些紧张。

一是他们之前输过申城海波，有心理压力。二来对手看上去真的很专业，场边有专业团队，替补席上坐满了穿黄马甲的替补球员，整个队伍看起来志在必得。

事实上，对于申城海波来说，他们完全没想到自己这种职业梯队，竟要和校园足球队打小组赛出线生死战。

不过虽是生死战，但出线形势对他们来说仍然相对有利。

倒霉蛋禹州银象最后一场要踢永川远大，他们申城海波则对上了宏景八中。要知道，上次对阵宏景八中，他们可是5：0大比分获胜。

怎么说，都是校园足球队更好对付。所以对赢得比赛，他们有巨大信心！

申城海波的信心，同样表现在赛场上。

天气晴好得过分，阳光落下，申城海波球员们的每块肌肉都在阳光下熠熠生辉。

开赛前，双方球员握手。

对方肌肉虬结，秦敖的手被对面握得生疼。他不服气，狠狠地瞪了申城海波11号一眼。

双方球员握手后分散在场上，等待主裁判哨响开球。

吕立伟是申城海波青年队主教练，此刻，他正注视着赛场。

他在这个圈子混，当然也听过对方教练的大名。他倒没有看不起王法的意思，只是在他看来，教练水平再高，球员素质不行也没用。

而现在，吕立伟当然知道，对方更换了阵容。中场摆了个陌生面孔，原中场兼队长被主教练摆到了后卫线上。

他对王法这种换阵举措很不看好。

就好像……还没学会走路，就想着跑步。


裁判吹响开场哨。

咚、咚、咚！

看台上突然响起擂鼓声，林晚星被吓了一大跳。

虽然看台观众几乎等于没有，但来的人却很明显地身着申城海波主队球服，擂鼓队旗一样不缺，申城海波球迷的铁杆程度可见一斑。

有了球迷鼓劲，申城海波的球员们更加严肃认真。

比赛一开始的时候，他们的表现和上场对阵看起来没有太大差别。

他们按照教练的部署，稳扎稳打，很耐心地通过不断传递抓住机会射门，试图用大量进攻来取得进球。

宏景八中则守在本方禁区内，直接摆大巴。无论申城海波如何有序进攻，都会像撞上堤坝的洪水，被阻挡下来。

经历了上一场在十个人的情况下防守永川远大的艰难比赛，学生们在防守申城海波时显得游刃有余。他们相互协作配合，该上就上，绝不犹豫，身后露出的空当，也会有队友马上填补。

对于防守一方来说，能做到这一点，非常不容易。

所以很快，申城海波就感受到宏景八中防守的严密。

该怎么形容呢，就是宏景八中的人根本不要命。

他们疯狂跑动、补位、逼抢，凶悍得像一百年没进过球或者只要被进一球就要全体被处决一样。

这种不要命似的拼抢，从一开始就震慑住了申城海波习惯稳扎稳打的球员们，他们拼命想抓住射门机会，显得很急躁。

申城海波主教练吕立伟当然看出了这一点。

但是，虽然防守严密，宏景八中却并未组织起任何有效的进攻。

当比赛进行到第二十三分钟的时候，宏景八中有了一次反击的机会。

申城海波传中，被补位的郑飞扬头球顶出来，而回撤的付新书在禁区弧顶一带拿球，他看到文成业在不远处跑动。

他立即抬脚将球传了过去。

文成业拿球转身，趁申城海波后防线还未形成合围，飞速将球踢了出去！

足球如离弦的箭，飞向了对方半场。

然而那里却没有他们自己人。

秦敖和陈江河在文成业开出长传球后，才开始狂奔。以至于前场空荡荡的，出击的申城海波门将顺利把球拿到，然后踢给了回防的队友。

如此轻易地，宏景八中就结束了一轮进攻。

吕立伟重新坐回教练席，皱着眉头，示意己方球员要更专注一些。

不过和他设想的一样，宏景八中并无有效的反击手段。

申城海波组织了新一轮的进攻。

林晚星刚刚激动地跳了起来，现下站在场边吹风。看台上的两个球迷也被这次进攻吓了一大跳，重新开始擂鼓。

咚咚咚！咚咚咚！

鼓声隆隆，显得整个球场更加宽广邈远。

林晚星很清楚，刚才的进攻失败，是因为后卫线上付新书传球慢了一步，迫使文成业必须要第一时间传球。而秦敖则因为想看文成业的动作，没有第一时间启动。

总之，一步慢，步步慢。

虽然大家磨合训练了一段时间，可文成业毕竟是新任中场，彼此的配合总不那么流畅。

五分钟后，宏景八中又迎来了一次机会。

几乎是同样的一次头球解围，这次是文成业主动回撤，接到被争顶出的球。然后，他抬头看向了前场，秦敖已经冲了出去……

文成业周围有三名申城海波的防守人员逼抢，没有空间，他只能将球塞给一旁的郑仁。

在对方的逼抢下，郑仁护不住球，足球被挤出边线，球权再度回到申城海波脚下。

如果换作之前，文成业这次失败的传接球，一定会被指责为自己想拿球出风头。但这次，飞奔半场的秦敖只是在对方控球后再回撤，甚至还冲文成业拍了拍手，示意没关系，下次再传。

"这次是文成业传球的时候犹豫了？"林晚星问王法。

王法点了点头，不过他顿了下，说："不过这算有利有弊。"

"为什么？"林晚星一愣，"好的方面是啥？"

"他们在努力跟上彼此的节奏。"王法说。

"那不好的呢？"

"太客气了。"王法看了她一眼，这么说道。

其实林晚星一开始没懂王法所说的"客气"是什么意思，但慢慢地，随着比赛的推进，她有些理解了。

可能是因为大家吵架以后和好，都比较在乎对方，所以他们很在意彼此之间的位置和配合，总想先依对方的意思行事。

可组织进攻本身就很精妙。拿球时机多一秒、少一秒，区别都非常大。接球瞬间是直接接下，还是调整后立刻传球，都决定了进攻的顺利与否。

当然，主要是因为他们一直被压着打，所以没那么多机会实践进攻战术，好在学生们的防守实力着实过硬。

她刚刚想到这里，一声哨响打断了她的思考。

智会在中场绞杀时，有一次明显的犯规，将对方进攻的11号球员撞倒在地。裁判判罚给申城海波一粒位置绝佳的前场任意球，由被撞倒在地的11号球员主罚。

阳光变得火辣辣的，林晚星有些紧张地看向罚球点。

足球划过一道优美弧线，直接吊进禁区，引起门前一阵混乱。

郑仁两次解围都没能将球解围出去，申城海波的前锋乱军之中脚尖触球，眼看足球就要吊射进宏景八中的大门！

门将冯锁果断出击！

他双拳一顶，咚的一声，将足球重重击打出去。

隔壁教练席齐刷刷地站起一大片人，原本都已经准备欢呼庆祝了，此刻只能懊恼地抱着头。

场上的球员们都呆愣了几秒，显然也受到惊吓。

从顶棚吹来一阵绵长的风，林晚星深吸一口气，觉得背上冷汗直冒。刚才那会儿，她真有种心跳到嗓子眼的感觉。

她很清楚，此番门前混乱，申城海波已经打出气势。一旦开始下轮进攻，他们必定会继续狂轰滥炸。

幸运的是，裁判很快吹响了上半场结束的哨声。

上半场比赛结束。

0：0，双方暂时战平。

林晚星松了口气。


申城海波更衣室。

吕立伟走来走去，脚下生风："太急了，你们踢得太急了！很多机会，只要你们再耐心一点儿，细腻一点儿，完全可以抓住机会，就像最后一个球！"

他直接点名批评前锋："你完全可以用外脚背射门，那个角度很好。"

主教练发火，整个更衣室噤若寒蝉，球员们大气不敢出。

"为什么这么着急，你们看不起对面，就想狂轰滥炸，多进几球，好来点儿个人表演是吗？"吕立伟犀利地指出队员们浮躁的心态问题，"你们要知道，我们就算打平，积分也比他们多2分，可以直接出线的。"

刚因教练训话而显得情绪低落的年轻球员们听到这话，情绪恢复不少。

确实，申城海波的目标是小组出线，就算打平，积分也比宏景八中高，没必要那么着急。

"下半场还是稳扎稳打，首先做好我们自己的防守工作，按我们的节奏来，不要心急。我们可以多打控制球，引诱他们攻出来，他们要是攻出来，那我们反击进球就容易得多，你们要相信自己的实力！"申城海波的教练打一巴掌给一颗甜枣，信心十足地对球员们说。

"有没有信心？"吕立伟冲球员们喊道。

"有！"

申城海波更衣室的气氛激烈昂扬。

宏景八中则相对很安静。

因为上半场的艰难防守，大家消耗了很多体力，休息间大家都在忙着擦汗喝水，没人说话。

不过这已经很不错了，毕竟他们最近踢比赛，中场都在吵架。难得大家相安无事，令人感动。

让林晚星惊讶的是，王法中场休息时一般不爱说话，但这次他一反常态。

等球员们缓了口气之后，他直接从座位上站起来，拍了拍手，示意所有人看向他。

"上半场比赛，我很满意。"他说。

学生们都猛地抬起头，不可思议地看着王法。

这好像是他们第一次听到王法在比赛中说踢得很好？

"真……真的吗？"秦敖不敢相信地问。

"为什么不是真的？"王法很确定地说。

他今天没有戴棒球帽，身形高大而颀长，气质沉稳认真，令人觉得无比可靠。

"在上半场的防守中，我看到了你们经过上次地狱式比赛磨炼出的顽强的防守能力。在进攻中，我也看到了你们互相想配合进攻的努力。"王法说。

学生们都呆若木鸡。

他们以为王法只是夸夸他们，没想到教练还能说出这么一长串表扬词。

"但我们的进攻失败了。"陈江河很实在地说。

"那我们就让它在下半场成功。"王法开始分析球员们上半场两次关键的反击，"第一次反击，文成业第一时间传球，秦敖却没有按照自己习惯的方式前插，是不是想要看清楚文成业的传球意图，好配合他？"王法问秦敖。

秦敖默不作声，有点儿不好意思。

"第二次反击，秦敖前插，文成业却没有第一时间传球，是不是因为自己第一次传球失误了，所以想配合秦敖跑动才传球？"王法问文成业。

文成业也不说话。

气氛有些沉闷，毕竟也算被教练指出问题，谁都会不开心。

于是王法向林晚星示意了一下。

林晚星接收到要调节气氛的信号，笑着说道："嘴上不说，你们彼此还是很在乎对方的呢。"

"老师你不要血口喷人！"秦敖率先嚷嚷起来。

"不要恶心人。"文成业面无表情地说。

"我们下半场到底要怎么做？"付新书思考片刻后，认真地问道。

"进攻。"王法说。

"进攻吗？"付新书很犹疑，"可是我们都没怎么练过进攻，防守反击练得多……"

"反击也是进攻的一种，把我们之前传递的套路用起来，就是我们的进攻。你们在训练中已经尝试过很多次了。不知道将球交给谁的时候，就传给文成业，让他来组织进攻。"王法说。

"我……"文成业被再次点名委以重任，很难得地说，"我觉得我上半场做得不好。"

"文狗你转性了？"

"让你做你就做，怎么还扭扭捏捏的。"

男生们纷纷说道。

"不光是文成业，我希望大家在下半场都踢得任性一点儿。"王法说，"人的下意识反应，先于思考。"

"但我们进攻练得有点儿少，真的要和对面拉开对攻吗？"

学生们全身心信赖王法，他们怀疑的是自己的能力。

王法："我们一路都在比赛中成长，这次还是一样。我希望你们在下半场比赛中全身心投入，感受我们在那么多次的训练和比赛中究竟成长了多少，享受比赛的乐趣。"

心理学中有个词叫"心流"。

讲的大概是，全身心投入某项工作时，会带来高度的兴奋感和满足感。他们所展现出的专业水平和取得的成绩，也会高于平时的基准线。

许多运动员都体验过"心流"感，大概就是篮球场的手感火热，百发百中。

放到足球场上……

林晚星不是很确定。

日渐推移，时间已到晌午。

蓝天白云，天气异常晴好。球场草坪保养得油光瓦亮。

两边球员重新站在球场上。

随着裁判一声哨响，全场所有人包括看台观众在内，都浑身一凛。

对申城海波的球员们来说，这是他们的生死战，只要守住平局就能出线，形势一片大好。

而对宏景八中的球员们来说，他们本来还有心理包袱，但教练都说了他们踢得不错，让他们放开手脚踢。

看台上响起稀稀拉拉的球迷呐喊声。

文成业触球后，目光冷峻，直视前方球门。这次他没有多想，直接将球开向前场。

砰的一声重响回响在体育场上空，吹响宏景八中的进攻号角。

紧接着，宏景八中的球员们与申城海波展开激烈绞杀，抢夺球权。

他们每次抢下后不再倒脚分球，而是不断地传向前场。

看到对手开球后居然拉开对攻架势，申城海波的球员们有点儿想笑。

——你们什么水平，居然敢压上进攻？

吕立伟一开始也被宏景八中前压的气势吓了一跳。他不由得看了眼隔壁的教练席，但很快就平复了心情。

像宏景八中这种校园足球队，就算压上进攻，也只是一时心气调动，他们可能几分钟里会突然变得难以应付，但只要扛过这一阵，等他们体力消耗得差不多了，就好对付很多。

对这次的晋级机会，申城海波上下包括俱乐部高层都是看重的，吕立伟前两天还被叫到经理办公室，领导向他传达了俱乐部主席的关注。

想到这里，吕立伟站起来，对场上喊了两声，让球员们先稳一下，避开对方的锐气后，再做反击。

林晚星一直在偷听对面教练席的动静。听到对面喊要稳一稳，她立刻看向王法。

王法也看了她一眼。

"我们的战术，目前看来骗过对手了？"

"怎么能说是骗？"王法笑了下。

林晚星很清楚，刚才那一阵，宏景八中其实非常危险。

因为他们实际上缺乏磨合，虽然压上进攻，但是是靠凶悍的气势震慑对方，有不少破绽。

如果那时申城海波在中前场不惜体力逼抢，一定能够打乱他们的阵脚，让他们本就惴惴不安的进攻，变得更加的错漏百出。

在这场双方教练的心理博弈战中，申城海波还是太求稳了，才给了他们这样的机会。

足球在宏景八中球员们的脚下不断传递。

套路都是平时训练中无数次练习过的那些。

两个边后卫顶了上来，在边路不断接球，像王法所布置的那样，他们接球遇到阻拦，就传给文成业分球，让他过渡后再发起进攻。

战术并不复杂，但在足球比赛中，能把套路打出来，就非常不容易了。

宏景八中多次在申城海波前场发起攻势，他们传接球的频率很快，也不怕失败。

文成业组织传中。

位置正好的智会接球后，甚至尝试了一脚远射。足球飞过球门，正好冲着看台上几位申城海波的球迷飞去，引起一阵嘲讽似的讥笑。

但智会本就寡言沉稳，并不受影响。他只是回头冲文成业示意，传球很好。

文成业也点了点头回应。

按照教练的安排，申城海波的球员们阻拦几次宏景八中有些拙劣的进攻后，就觉得他们有很多机会可以争取。

如果换成别的对手，申城海波说不定会继续防守，反正他们领先，打平就能出线，守好就行。

可是面对宏景八中，他们已经守了一段时间，按照教练的安排，对面体力应该消耗得差不多了，他们可以稍微前压一些，拉开空位，反击逼抢。

而王法赌的就是对方球员心性定力不够，由守转攻运转不流畅的这一时刻。

文成业再次接球。

这次，他并没有将球传给按照套路跑动的秦敖，而是直接交给拉出禁区的陈江河。

按照陈江河平时的传接球习惯，他本应该拉出禁区后就马上对着禁区内冲刺，因为这时队友会用高空球传给秦敖，由秦敖头球摆渡，他正好前插射门。

可文成业却将球传给了他！

顺利停球后，他观察到原本边路套边的林鹿往回跑了两步，而秦敖也从禁区内跑了出来，准备接应，两人拉开了申城海波防守球员的阵型。

就在这个时候，文成业跑上前。

是很多次练习配合后的默契，是王法说的信任文成业，也是陈江河那瞬间下意识认为最正确的选择。

在三条传球线路中，他再次将球传给了文成业。

前期高强度的进攻调起了文成业的注意力，他非常专注。

原本已经在禁区前沿形成包夹的两名申城海波球员同时一愣。因为他们刚才前压，造成后方空虚，文成业正好精准地插入他们刚露出的一个空当里！

申城海波球员们的反应也很快，边路的球员立即开始朝着禁区外跑动，禁区内的后卫也顶了上来，准备封锁文成业的射门路线。

文成业抬脚将球横传到了边路。

回撤的林鹿拿到球。

陈江河已朝着禁区内跑动，而对方后卫还在补防刚才的漏洞。

后防线被拉扯出一个豁口。

好机会！

林鹿来不及思考，抬脚就将球传进了禁区！

林鹿传中，陈江河前插，对方后卫拉开身位，这三件事几乎是同时发生的。靠的就是比思考更快的下意识反应，和超乎寻常的默契配合。

在那一瞬，禁区内的陈江河身边无人防守。

他立刻抓住这个机会。

停球后，足球落在他脚背上。下一刻，他直面门将，起脚射门！

劲风如刀，刮过对方门将脸侧。

申城海波门将脸上的惊悚神情无数倍放大。

足球重重撞入球网，激得白色网袋飞扬。

球、进了。

场内一片寂静，甚至是静到了极点。

球……就这么进了？

裁判的哨声回荡在球场上空，看台上那几位铁杆球迷们都蒙了。可足球却清晰地躺在申城海波的球门线内，一动不动。

林晚星这才反应过来，她从教练席上跳起来，双手拽着王法的胳膊跳来跳去："进了，进了！"

球场上，学生们都抱作一团。

所有人都去猛拍陈江河的板寸，进球的小陈同学还一脸痴呆，不敢相信球就这么进了。

学生们的庆祝活动结束得很快。甚至林晚星的手还搭在王法的胳膊上，他们已经松开彼此。

文成业和秦敖同时冲进球门……

秦敖抢先捞起球，然后就往回跑！

"再进一个！"他高声喊着。

还处于懵懂状态下的申城海波球员们纷纷惊醒。

——进一个还不够？还要再进一个是什么意思？

这句话彻底激怒了场上申城海波的球员们，他们每个人眼里都冒着火，也是真的急了。如果在接下来的二十多分钟时间里，他们无法扳平比分，那他们将无法闯入淘汰赛。

这对申城海波青年队这种职业梯队的所有球员来说，无疑是灭顶之灾。

包括申城海波主教练在内，整个球队都紧绷起来。

"进攻，压上去，怕什么！"吕立伟冲着场内喊了起来。

刚才那个进球让他知道了，如果让对方长期控球进攻，那么他们的防守总会出现漏洞。

防守是被动的，主动权应该掌握在自己手里。距离比赛结束只有二十多分钟了，没有继续保守的道理。

再次开球后，申城海波通过一次前场抢断，对宏景八中的后防线发起了猛烈冲击！

和宏景八中没有那么娴熟，靠逼抢和灵光一现组织的进攻比起来，申城海波更冷静，因此进攻节奏也稍慢。他们不会盲目远射，而是找到好机会再射门。

但宏景八中的球员们，最擅长打的就是阵地战。

他们开始密集防守，心无杂念。每个人都极度地认真专注，虽然身体已经很累了，衣服湿透。但那段时间，他们好像感觉不到疲惫，完全沉浸在这方绿茵场内的比赛中。

他们的想法很纯粹，表现得也很纯粹。

他们不断抵御申城海波的进攻，并不完全满足于一球领先的比分，阵型也未完全收拢，一有机会就准备发动反击。

比起单纯突破防线，宏景八中这种近乎对攻的无畏架势，让申城海波球员们感到太无理了。

——领先了你们为什么不防守？为什么还要攻出来？

宏景八中踢得越沉稳，申城海波就会越急躁。

球场上的情绪相互之间会有巨大影响。

一定要进球，不然就输了！只要进一球就重新打平，出线的还是他们！

这些情绪萦绕在申城海波球员们的脑海中。

在这样的情况下，他们的进攻变得杂乱无章起来。他们不知不觉将整体阵型前压，试图给宏景八中更多的压力。

比赛进行到第七十七分钟时，申城海波发动了一次非常有威胁的进攻！

申城海波18号边路强行突破传中。

郑飞扬补位不够及时，只来得及勉强将球蹭了一下，足球随即飞向了后点，快速前插的申城海波前锋无人防守，他即刻起脚射门！

球场内外在那瞬间都像被冰冻住一般。

然而下一秒，足球却重重打在了门柱上，弹回禁区！

没等林晚星背上的冷汗冒出来，原本在禁区前沿的文成业开始向反方向移动。

禁区内，祁亮抢在对方前锋补射前，倒地一个飞铲，将球铲出了禁区！

滚出禁区的足球被付新书抢到，对方中场直接前来逼抢。

付新书没时间看文成业的位置，他只是按照文成业可能跑动的路线，直接将球向前场踢了出去！

已经向前跑动的文成业接球，而在中圈线一带的秦敖已经加速开始冲刺，堪堪要接近中圈线的最后一名后卫。

文成业抬脚。

咚的一声重响，他将球远远地踢了出去！

文成业的长传能力不过尔尔，可是在这个瞬间，他只需要将球踢到对方半场内就行了。

足球呼啸着飞向天空，然后飞向申城海波的半场。

秦敖拼尽全身力气奔跑，加速再加速，冲进了申城海波的半场。

在接近三十米区域的地方，秦敖接到了文成业的长传，且并不越位。

申城海波的门将率先出击，可转瞬他又汗毛倒竖。因为他还没走出一半距离，秦敖就已然拿到了球，这时的他处于一个非常尴尬的位置。

秦敖迅速带球接近了他。

对方前锋脸上的那道疤在申城海波门将的视网膜上无限放大。

宏景八中这位身材高大的前锋，用一个射门的假动作将对方门将晃倒在地，顺势蹚过，抬脚将球踢进了空门。

2：0！

申城海波的球员们都呆若木鸡，久久没有回过神来。

而这次，宏景八中的球员们开始了疯狂的庆祝。

其他人从四面八方冲秦敖跑了过去，将他围在中间，不同人的手狂拍秦敖的头。秦敖笑得龇牙咧嘴，像花一样。

过了好一会儿，秦敖才从热情的队友中挣脱出来。他一转头，看到文成业站在他后面擦汗。

秦敖愣了下，举起手，冲他竖起了大拇指。

文成业擦汗的动作停顿下来，他看着秦敖比出的手势，终于也笑了。

对于申城海波来说，第二粒丢球，已经宣告了他们的死刑。

虽然他们在最后几分钟对着宏景八中的球门发起疯狂进攻，急于扳平比分，可越是急躁，胸口的那座大山就越沉重。

这样仓促的进攻，在状态和士气已经达到巅峰的宏景八中球员面前，完全不够看。

在几次看似气势十足实则毫无威胁的进攻之后，主裁判吹响了全场比赛结束的哨声！

球场上，宏景八中的球员们冲向教练席。

林晚星和王法被男生们团团围住。

绿意盎然的草地，刺目的阳光，浓重的汗味，还有喧嚣的风。

胸腔内充盈的快乐无可比拟。

胜利后的喜悦，仿佛能填满整座球场。

一切的一切，都那么不可思议。

人群中，林晚星有些恍惚地看向王法。

青年的神情依然是轻松镇定的，她忍不住冲王法做了个口型："不要装了！"

王法眉眼弯弯，冲她灿烂地笑了起来。

春风拂面，意气飞扬。

# 08

# 自己

没有什么庆祝活动是一顿火锅解决不了的。

如果有，就再加一顿烧烤。

当然，如果要庆祝的事儿足够有分量，那就合二为一！

林晚星坐在天台上。

春日就算到了夜晚，也有万物复苏之感。

清风拂面，她左边靠水池和屋子的位置冒着火锅汤的热气，右边小菜园那块则是烧烤的领地。

学生们忙得不亦乐乎。

所谓合二为一的喜事，当然不仅是指他们战胜了申城海波，永川远大也同样战胜了禹州银象。虽然后者在学生们看来是理所当然之事。

但不管怎样，他们宏景八中确实在青超联赛小组赛的最后阶段，力压两支职业梯队，以总分6分、小组第二的成绩，出线了。

很多事就是这样。做之前觉得遥不可及，做的时候分外艰难，但走到这一步再回过头看，好像也不过如此。

虽然学生们自己也承认，他们的"不过如此"有装模作样的成分。

但做到了，就是做到了。

学生们都吵着闹着要庆祝。

林晚星提了比如大家一起去看电影，或者出去打桌球、露营一类有新意的活动。

大家一致认为露营不错，可到了选择具体地点和制订活动流程的时候，他们话又多了起来。一会儿是地方太远，要带的东西太多；一会儿是费用太高，那边不好玩，总之，攻略做了半天。

林晚星直接做甩手掌柜。

然后她被学生们通知，露营时间定在周三晚上。

而地点……说是等她到了就知道了。

于是林晚星下班推开天台门，就看到了这幕左火锅右烧烤的热闹景象。

天是初春特有的晴好傍晚，虽然没有红霞，但夕阳清透柔软。

一开始的时候，除了火锅和烧烤外，林晚星没有察觉到天台上有什么特别之处。

但很快，学生们拉着她，非要让她感受他们精心营造的露营氛围。

然后，她就看到了火堆。

是的，学生们在天台上点了堆篝火。熊熊烈火下，依稀能看到火焰中木材被码放成堆的样子。

虽然正是傍晚时分，此情此景颇有美感，但林晚星还是一把揪起秦敖的耳朵："兔崽子你在楼顶烧柴火是不是找死！"

"你别急啊，我们铺了防火材料！我们试过了，着不了！"秦敖嗷嗷叫着。

林晚星观察了一会儿，见问题可能不大，这才松手。

"那万一突然刮大风怎么办？"她又问。

"我们还准备了灭火器！"他们又指着旁边放着的灭火器说。

林晚星刚要开口，他们又说："我们还学习了怎么用，做了安全演练！"

这下，轮到林晚星彻底说不出话了。

柴火发出噼噼啪啪的轻微声响。

环视四周，天台上还有一顶令人瞩目的帐篷，王法正坐在帐篷里饮茶。

帐篷外是一张符合户外气质的小折叠桌。为更好地营造气氛，桌上摆着一盏煤油灯。

天色暗了一些，林晚星被学生们推着坐进帐篷里，体验露营的感觉。

晚风和煦，王法喝茶的杯子还是金属质地的。

林晚星接过王法递来的另一只茶杯，里面是热乎乎的大麦茶，于是问："杯子也是露营专用的？"

"金属质地比较轻便、耐摔，还可以放火上加热，是露营首选。"王法很专业地解释道。

"刚学到的知识？"林晚星问。

王法看着帐篷外忙碌的学生们，点了下头。

天色又暗了一些，靛青色天幕上的红霞褪成了浅粉色。

林晚星抿了口茶。

学生们又忙碌了一会儿，随着夜幕一起降临的，还有一串灯。

样子是很多露营照片里常见的满天星灯，细线拉成的一串。估计他们应该也是看到很多露营照片里有，所以才决定要整点儿。

灯星星点点，拱卫着天台围墙，而墙上那条褪色的横幅已经换上了新字。

——热烈庆祝宏景八中足球队战胜申城海波！！！

最后四个字显然被修改过，有很明显的补丁痕迹。在细微灯光的烘托下，有种土味的美感。

左右两块的饭桌升起质地不同的烟雾，火锅汤水雾轻薄，烧烤则烟重火大。

天彻底暗下来，背景色更黑。

灯光下，学生们忙碌的身影则更清晰。

林晚星低头饮了一口杯子里的大麦茶，有些感慨。

好像不知道从什么时候开始，学生们已经不需要她指点了。他们能顺利打理好生活，就连消防演练也能周全地想到。虽然土了点儿，但也算有情趣。

"觉得孩子们都长大了？"王法的声音在耳旁响起。

林晚星蓦地向身边看去。

青年的脸庞隐没在帐篷的阴影里，但因为帐篷外光线射入，他的额发和眼睛都亮晶晶的，更显得鼻梁挺直，轮廓深邃。

这句话听上去好像他们都已经很老的样子。

林晚星还是有些感慨。

帐篷外，学生们吵吵闹闹的声音很清晰。

她静静地看着王法，然后笑着说："是有一点儿啊。"

林晚星往后挪了挪，和王法肩并肩坐在帐篷里。

帐篷外食物已经准备得差不多了。烧烤刚烤出一盘，就被一抢而空，一群嗷嗷待哺的饿狼又冲去火锅摊，忙得不行。

付新书还算有点儿良心，说了句："给老师和教练留点儿。"

不过很快秦敖就说："你少说两句，关你啥事啊，快比灯都亮了你！"

付新书直接"哦哦哦"，然后被拖走。

林晚星假装没听到他们在说什么，她看向王法，对方正用一种略带笑意的眼神看她，感觉被抓了个正着。

林晚星握着杯把手，举起手里的大麦茶，和王法的杯子碰了碰："教练呢，也是这么觉得的吗？"

好像也是在这样的傍晚，那日的红霞几乎烧透了天空，王法决定离开球场。那天晚上，他们聊了很多。

那些不解的、失望的、烦闷的、沉重压在心头的事，不知这些天来有没有被排遣。

"我吗？"王法忽然安静下来，"应该说，每个人对足球的兴趣不太一样。"

"什么意思？"林晚星问。

"有些人喜欢身体力行地赢球，有些人喜欢看球，还有些人喜欢指指点点。"

"那你呢？"

"我大概是喜欢指指点点的类型。"王法说话时倒是很轻松悠闲，端着杯子，一条腿蜷着，另一条腿长长地搁在帐篷边缘，"我的兴趣应该不在于纯粹地赢球，或者培养球员让他们能卖钱，而在于培养球员、组织队伍。"

"养成游戏！"

王法转头看她，乐不可支。

他也用金属杯和她碰了碰："我以前一直觉得，已经完成过的事，再做就没有挑战性，但其实也不完全是这样，有意思的事情，一直有意思的。"

"我们宏景八中足球队，也让你觉得有意思吗？"

王法喝了一口大麦茶："一开始只是完成小林老师的任务。然后是想看看，这虽然是支普通的校园足球队，但球员们一起踢了很久，加入科学的体能训练和系统的战术配合后，不知会变成什么样。"

"然后呢？"

"然后就是，果然还是以前更衣室的那些事，输球以后吵架，找不到方向，赢不了球。"

"那你有没有觉得失望，就好像还在走老路？"林晚星举着杯子伸到王法嘴边，当话筒采访他。

下一刻，林晚星手里一沉，王法握着杯底，就着她递出的杯子喝了一口。

林晚星："！！！"

女生眼睛瞪得圆圆的，鬓发上松松地别着个发夹。她的脸颊很快红了，眼睛却亮晶晶的。

虽然帐篷里看不太清晰，但因为逗她的次数不少，所以王法很清楚林晚星接下来的每一步反应。

果然，林晚星手足无措了一会儿，然后低头盯着杯沿，像要确认什么。

"不要见外。"

林晚星："？？？"

"没碰到你喝过的地方。"

这时，女生的反应更有趣了。

她想了半天，直接拿着杯子转身，跑到帐篷外假装倒水。慌乱的背影在那片夜色中，显得格外单薄。

他那时候有认真想过回答——足球黑白相间，它有32个面。他曾对足球感到很失望，是因为他爬到一个注定会看到足球黑暗面的位置。不只是足球的问题，也是他自己在日复一日的平淡生活中，忘记了最开始让他喜欢上足球的那一面，究竟是什么样的。

如果他那么回答，林晚星大概率会问"那你现在找到自己喜欢的那一面了吗"。

天台，夜风，星月，飘扬而起的烧烤烟火。

前后这段对话，王法想过很多遍，力求完美。

但林晚星没有给他继续说下去的机会。

他那时觉得，林晚星可能是夜里的花。

需要斗转星移，需要阳光、雨露，还有很多很多时间。

但很多时候，机会稍纵即逝，而时间则最最宝贵。


高三生忙，教室黑板上的月计划写得密密麻麻。

小组赛出线后，学生们迅速迎来了第一次模拟考试。

考试周，大家总会比平时显得更忙碌。

一直在梧桐路7号活动的学生们，隔三岔五就要回到学校，接受三天一小考五天一大考的洗礼。大家的生活重心，一下子从梧桐路7号，挪回了八中校园。

重回学校生活、参加大量考试，学生们还有点儿不适应。比如他们要调整训练时间，也没办法午睡。每次中午在食堂用完午餐，大家都喜欢挤到体育器材室。

为此，林晚星失去了她难得的悠闲时间。

她半靠在躺椅上，听嘴上油都没擦干净的学生们吐槽上午语文作文题多无聊。

"四格漫画也就算了，还是动物！"

"就几只蹦蹦跳跳的猴儿，画得还不咋地。"

"看不出来啥意思，让我们根据漫画写一篇文章。"

"那你们写了吗？"林晚星靠着躺椅边磕小核桃，边和吃饱喝足的学生们闲聊。

"写肯定是写了。但也不太确定出题人的意图，不知道写得切题不。"

"一模而已，随便写写。"林晚星把核桃肉挑出来，扔进嘴巴里。

"什么叫随便写写！好歹是一模！"

"作为老师，你不该说点儿有建设性意义的话吗！"

"对啊，或者说点儿什么'抓好基础分，不要被难题影响心态'这种话，多少有点儿建设性作用啊！"

"对！"

除了在球场上越来越齐心合力，学生们在争论中的语言配合也更加默契。

林晚星经常被他们吵得头疼，只能开始敷衍："多说点儿，我录个音，下次讲给你们听。"

学生们一个个都被气到。

林晚星环视一圈，忽然发现器材室里少了个人："文成业呢？"

"他爸爸中午来找他了。"秦敖说。

像是在印证什么事情，林晚星办公桌上很少响起的座机电话忽然响了起来。

学生们下意识地噤声。

林晚星接起电话，那边是温和的女声。

"我吗，现在？"

"对，刘校长请您现在来一趟办公室，办公楼301室。"

电话就此挂断。

林晚星放下座机听筒，学生们都露出紧张的神情。

"散了散了，我要出去一下，你们去准备下午的考试吧。"林晚星思考片刻，把人赶出了器材室。


林晚星还记得，她第一次来宏景八中面试，也是在办公楼。

那栋楼不高，总共才三层，走到楼下时，她正好看到文成业走出办公楼。

那是林晚星第一次见到文成业的爸爸。

父子二人一前一后，在阶梯上站定。

林晚星微微仰头看去。

文成业的爸爸穿了套条纹西装，戴着劳力士金表，看上去像是很会自我打理的大老板。他居高临下地看了她一眼，甚至都懒得打招呼。

文成业转头和他爸爸说了什么话，文父先行下台阶，一个人走了。

文成业随后走下来，在她面前站定。

林晚星看着眼前的少年。

他今天穿了校服，手里拿着一个文件袋。狭长的眼睛在阳光下显得瞳仁略浅，除了头发剪短，皮肤因为这些日子的训练而变成深一些的小麦色外，还是她第一次见到他时的那副少爷模样。

文成业几乎没有和她讲过家里的事情，林晚星只是听说过有"离婚大战"。有钱人家的私事，她也很难帮助解决。

沉思片刻后，林晚星选了个最平和的开场白："今天考得怎么样？"

"你放心，今天我都是自己写的卷子。"

林晚星笑了，小文同学有点儿直接啊，所以她也决定直接一些："那今天你爸爸来学校干什么？"

"他想让我出国，来学校监督我弄点儿资料。"

林晚星怔了下，她从没听文成业说过这些："你要出国吗？"

"就先拖着。"文成业轻描淡写地说，"你不用担心，我们谈过了，我会把高中读完，把比赛踢完，看看高考以后怎么搞。"

林晚星点点头，片刻后，她的目光落在文成业手中的文件袋上："那你呢，你比较倾向于什么？"

"出国对我诱惑力挺大的，主要是再怎么样，去外面读个书，离俱乐部近点儿，哪怕找个很小的俱乐部，都比我在国内好吧。"

文成业应该很理性地考虑过这些问题，心里也有大致的方向，可林晚星却沉默下来。

"你申请国外院校用的是这个成绩吗？"林晚星指了指他手中，还能看到里面的成绩单。

他靠抄袭得来的成绩单。

文成业忽然愣住了。

他缓缓低头，看着自己胸前的文件夹，一开始有些不知所措。但很快，他收起情绪，认真注视着她，想从她的表情里读取一些东西。

孩子总是这样。他们差不多从出生后，就慢慢学会识别成年人的表情，以此理解他们的情绪，这就是他们社会化的开始。

林晚星也保持平和，让文成业观察她。

其实她和文成业彼此都心知肚明，无论球队现在看起来怎么样，他们还是有些没解决的问题存在着。

"我不知道你的答案是哪里来的……"

林晚星刚开口，文成业就打断了她。

"金子阳给我的。"少年嘴里吐出这个名字。

想到学校里近来的传闻，以及金子阳一直以来若即若离的试探态度，林晚星忽然就明白过来："金……金子阳？"

"是啊，你不知道吗，金子阳能听我的话给我答案，是因为他是我妈的小男友，我用这个威胁他。"

信息量太大，林晚星如遭雷击，更无法消化。

大概是她的目光显露出情绪，文成业很直接地说："别担心，我妈出轨，我爸也乱搞。他们都很恶心，我也很恶心，我从来就不是什么好东西。"说着，他甩了甩手上的文件夹，意思明确。

太阳躲进云层，教学楼前刮起一阵凉风。

林晚星很温和地看着眼前的学生，男生确实晒黑不少，人都显得精神。

随着时间推移，人表面上看起来总在不断发生变化。但文成业脸上的冷傲和执拗，好像与第一次见时并没有那么大的区别。足球或许会让他快乐，也能令他下定决心追寻梦想，但并不能完全改变他。

林晚星双手插兜，一瞬间有些悲观。

文成业掉头就走，似乎想追上他爸爸。

"你厌恶你的爸爸妈妈？"林晚星说。

"是啊，那又怎么样？"文成业几乎在第一时间就停下脚步，回头说道。

"虽然表现得很无所谓，但你也厌恶这样的自己。"林晚星说。

文成业很无语，但也显得很畏惧，他从来不准备和她在相关问题上进行任何深入交流。

可他还是忍不住说道："我就是这样的人，我爸妈那样，我这样，我们都很烂。"

"人确实很难改。"

没有再和文成业说什么，林晚星转身走上台阶。

身后没响起脚步声，文成业还站在原地。

林晚星走到台阶顶端，最后还是回过头。

男生站在楼宇的阴影中，脸上茫然、困惑而不解的表情格外清晰。

林晚星想了下，还是对他说："虽然我也有很多问题，但我始终觉得，不管

怎样，你的父母、家庭，以及你所经历的那些事情，都永远没办法决定你会变成什么样的人。"

"那你想说什么能决定？"

"或许是，你理想中的那个自己。"

校长办公室在顶层，背后全无遮挡。

门敞开着，林晚星屈起指关节，敲了敲门板。

透过办公室的窗，能看到远处的天空。

春日天气晴好，远处蓝天高远，白云胜雪。

文成业必然是困惑的。

就算他有勇气踏上那辆前往永川的大巴，也不代表他能披荆斩棘，直面人生难题，做出真正的选择。

毕竟很少有人能清楚地知道，自己怎么做才是对的。

而林晚星也一直不清楚，像文成业这样的孩子，是否会被真正改变。学习、教育，甚至是宽容和爱，这一切的一切，是否能真正地改变一个人。

还是说，人从头到尾，都不过是长成他基因中注定的、他会变成的那个样子。

办公桌前，校长抬起头。

"校长，您找我？"林晚星鞠了个躬。

## 09.
# 急 事

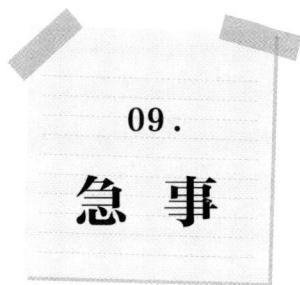

人的消失，有时是有一定过程的。

它的意思是，人并不是突然不见的，而是用一种相对缓慢但有预谋的过程，慢慢将自己存在的痕迹一点点擦干净。

所以一开始的时候，学生们并不认为林晚星消失了。

只是那天下午，他们考完试，照例去体育器材室等林晚星下班时，迎接他们的是紧锁住的大门。

大家一开始敲了敲门，发现没人，嘟囔着准备撤退。

这时，有丰富翻窗经验的陈江河同学提议先到后窗看看。

他们绕道操场，来到体育器材室后窗，向内张望。

灯都关着，光线有点儿暗，里面和他们离开时没什么区别。眼尖的林鹿还发现他之前扔在林晚星桌上的半包薯片。

可这能说明什么？

好像也说明不了什么。

陈江河推了推窗。

果然，之前摇摇晃晃的后窗早就被修好了。

林晚星这人一直认真，她来之后，体育器材室干净整洁很多，修好窗户这点儿小事，更不让人意外了。

那时候，所有人都没觉得有什么问题。

他们勾肩搭背着，从学校操场去往每天训练的足球场。

具体是什么时候察觉到一丝异常的呢？

起码是等到他们结束足球训练，和教练一起推开天台门的时候。

天台上很暗，一切都仿佛蒙着层晦暗的纱。

灯没有亮起，因为林晚星还没回来。

之前也有林晚星下班后没来球场看他们训练的情况。她要不就是因为学校还有事，要不就是一个人在天台上浇菜，当然偶尔也有她辛勤工作，在房间沉思写东西准备材料的时候，但那种情况很少。

无论哪一次，都不像今天。

奇怪的预感转瞬即逝。

他们嘟囔了两句老师怎么还没回来，互相问着谁收到老师打的招呼了，但答案是都没有。

教练已经拿出手机给老师发微信，大家没怎么多想。

训练完，大家都很累，所以争先恐后地去洗澡。

经过林晚星的房门时，付新书站在门口，轻轻敲了敲。

无人回应。

今天负责做菜的人已经开始忙碌。

灯被全部打开，天台上忙忙碌碌的声音响起。

菜园、花架、桌椅，还有堆放在角落里的训练器材，一切都和往常一样。

他们一般吃的是方便的预制菜，都是休息的时候提前准备好的，所以洗完澡，菜很快就端上来了。

一群人围坐在长桌边，饿得前胸贴后背。

"老师回消息了吗？"付新书发完盘子，问道。

教练没换衣服，只是坐在桌边。他再次按亮手机，摇了摇头。

于是大家开始回忆，小林老师中午离开体育器材室的那个电话。

"她接完电话就把我们赶走了。"林鹿向王法解释道。

"谁打来的?"秦敖夹了块鸡排,嘟囔道。

"不知道啊,打的是老师办公桌上的电话,难道是学校内线?"

这时,一直沉默的文成业忽然停住。他神色阴晴不定。

餐桌上的讨论还在继续,过了会儿,其他学生听到叉子和铁餐盘碰撞的响声。

文成业终于说:"你们说老师接到电话然后离开器材室,大概是几点?"

"十二点……四十五分吧?"郑飞扬有些不确定地说。

"那我见过她,她去办公楼了。"文成业说。

"啊?"

"啥?"

"那你不早说!"

其他人纷纷向文成业看去。他们总觉得文成业的眼神有些闪躲,好像在隐瞒什么东西。

"你们之前也没提啊。"文成业很无语。

"不是,为什么你见到她去办公楼了,你也在那儿?"

"是的。"

"就说你小子中午没一起活动,你在那附近瞎晃什么呢?"秦敖突然敏锐起来。

果然,这种事怎么也瞒不住。

文成业说:"我爸中午来,监督我去教务处弄成绩单。"

"为什么?你爸爸突然管你?"

"因为他要送我出国。不过我肯定会在国内读完高中,考完高考再看。"

"什么,你要走?!"

"要出国?"

其他人就像只听到他的前半句一样,整个餐桌都炸开了锅。噼里啪啦的声音响起,远胜于刚才炸鸡排时的油锅。

"那是不是老师也知道你要走?"

"是啊,我跟她说了。"

"凶手找到了，是你把老师气到了吧！"秦敖终于破案似的说道。

"你有病吧！"文成业很无语，"她是能被我气到的人？"

"也对。"

"好像一直是她气我们。"

想到林晚星永远心平气和、一脸微笑的样子，原本激动得跳起来的学生们又重新坐回座位上。

时间已经过了晚上七点，晚饭也在争吵中差不多吃完了。

付新书看向餐桌另一头，只有王法的盘子还是满的。

"教练？"他试探着喊了一句。

王法的手机屏幕适时亮起，弹出林晚星的回复——

"家里突然出了事，我要回家一趟。"

王法看着自己前面发出的几条问询——

"几点回来？"

"等你吃晚饭。"

"还好吗，突然有工作？"

以及后续数次出现的"对方无应答"，他终于有一丝没由来的紧张。

王法毫不犹豫地拿起电话，拨了过去。

大概十几声微信提示音后，他终于听到林晚星的声音响起。

而他的心却没有就此放下。

因为与此同时响起的，还有庞大而嘈杂的背景音，她在一个很忙碌的空旷地带。

"喂。"

电话那头依旧是温和而平静的声音，林晚星的声音。

可不知为何，听到她声音的时候，王法心中一颤。

"你在哪儿？"他问。

他这么问的时候，林晚星似乎故意将手机移开，让他能听到背景音。

叮叮叮咚的火车站特有提示音响起，随后是标准的播报声——

"各位旅客请注意，宏景开往永川方向的G617次列车现在开始检票了，有乘坐G617次列车的旅客，请到候车室3号门检票上车。"

林晚星没说话，几乎是让他听完整段播报音才把手机放回耳边，缓缓说道："我在火车站啊。"

　　"家里的事情很麻烦吗？"王法思考片刻，选了最恰当的措辞。

　　"倒也不是很麻烦，就是有点儿急，妈妈催我现在就回家。"

　　夜风吹在脸上，王法能清晰地分辨出林晚星是在故作轻松。

　　"你老家在哪里？这么晚了，好买票吗？"他问。

　　"我买到了。"林晚星避过了前面那个关键问题。

　　"什么时候发车？我现在过来。"他说。

　　"不用，我马上就走了。"她说。

　　"什么时候回来？"

　　"还不知道，得处理好吧。"林晚星似乎是强挤出一些笑意，这么宽慰他。

　　王法紧紧握着手机，他换了只手拿手机，深深吸了口气，非常认真地问："林晚星，你告诉我，到底出什么事了？无论发生什么事情，我们都可以一起解决。"

　　最后，他用诚恳而认真的语气说道："相信我。"

　　"王法。"

　　林晚星像云般渺远的声音响起，仿佛下一刻就要化作雨点落下来。

　　"不是所有事情，都可以被解决的。"她用他曾经说过的话来还施彼身，然后话锋一转，又用很轻快的语气说，"不过我的事情没那么严重啦，你放心。"

　　电话就此挂断。

　　耳旁是漫长而嘈杂的空白音，远处是霓虹灯闪耀的城市，空气湿漉漉的，像要揉碎所有光影。


　　那应该是一段精心准备好的台词。

　　前面略沉重，中间有刻意宽慰的意味，结尾又轻松起来。

　　很真实。好像她遇到的事情确实棘手，但又都能解决。

　　后来，王法无数次回想林晚星的这通电话，他一直很清楚地知道，林晚星的问题几乎无法解决。她拒绝谈具体事情，回避提供信息，甚至搬出了关系不好的父母。

可那时，他还是被她表面的轻松骗了。

当然，这也是因为当时电话结束得很快，他找不到机会多问。在拒绝人方面，林晚星确实是老手。

林晚星突然离开，让还留在梧桐路7号天台上的大家有些不适应。

这种不适应也是缓缓而至的。

比如学生们经常会喊"老师"或者"林晚星"，喊完后迟迟得不到回应，他们会下意识地回头寻找林晚星的身影，然后才意识到她有事暂时离开了。

王法也经常会有林晚星还在身边生活的错觉。

习惯最最磨人，就好比他已经习惯在晚上做两份茶饮。当他拿出两个杯子，做完两份想去喊林晚星的时候，却发现前方的屋子一片漆黑。然后他才反应过来，林晚星要离开一段时间，于是他迫不得已，只能独自将两杯无酒精长岛冰茶都喝光。

林晚星的离开，并非杳无音讯。所以他们一直认为，用"消失"来形容更为恰当。

她是在用一种非常聪明的方式，缓缓擦除自己存在过的痕迹。

她每天都会和学生们联系，但仅限于微信。

她也会在大家的要求下，分享生活照片。

她甚至能和他们保持通话，虽然时间简短，但从不是完全不接电话。

所以那段时间，大家虽然感到不安，但都因为老师家里出事，下意识地保持乖巧懂事。同时，他们还会给林晚星逐渐减少回复找理由，肯定是老师太忙了！

如果不是后来学校指派了新的足球队带队老师，大家总抱有一种错觉，好像林晚星过几天就会回来。

但那纯属自欺欺人。

随之而来的是青超联赛四分之一决赛。

经抽签，他们将对阵仓门雄狮队青年队。

对方是A组头名，背靠的仓门雄狮队，也是实打实的职业队。

抽完签，大家把消息第一时间告诉林晚星。同时打包发给她的，还有场馆定位、详细比赛日程等等。

林晚星虽然在忙，但他们还是怀抱希望——说不定她比赛那天可以抽空过来呢。

可让所有人没想到的是，在四分之一决赛日程确定的第二天，他们被通知到多功能教室集合。

学校有很多多功能教室，但只有那一间，学生们印象深刻。

因为那是林晚星第一次组织球队开会的教室，也是大家第一次集体见面的地方。

所有人心怀忐忑，在第二天中午十二点半，抵达那间多功能教室。

春天一切欣欣向荣，天气一天比一天暖和。

教室里热烘烘的，窗外阳光灿烂，照得讲台前的人笑容明艳动人。

那是位女老师，烫着栗色大波浪，还有亮闪闪的耳坠，很年轻，很漂亮。

但不是林晚星。

看到讲台前站着的新老师，大家立马明白是怎么回事。

秦敖立刻带头，二话不说掉头就走。

讲台前的人却仿佛早有准备："等一下哦，小林老师有东西带给你们。"她只说了这么一句。

真是……完全拿捏住他们的软肋！

新来的女老师姓许，叫许雨宁。她说他们可以喊她"小许老师"，并自称是受到林晚星的委托。

教室里的桌子被合并成小组讨论的样子，所有人围坐一圈。

自我介绍后，小许老师走下讲台，坐在他们面前。

她当着他们的面，从口袋里掏出一个小本子摊开。

小本子用普通白纸装订而成。封面上写着"宏景八中足球队工作手册"几个手写字，字体清秀，看上去非常眼熟。

学生们坐直身子，想看看小许老师葫芦里究竟卖的是什么药。

果然，小许老师翻开那本工作手册，映入眼帘的简笔画让学生们瞬间意识到，这本小册子是林晚星做的。

那是一幅球队阵型示意图，上面画着球场平面图以及球员们在球场上的

位置。他们每个人都有自己的拟人Q版，上面写着他们的名字、球衣号码，以及一句简短的介绍。

秦敖看到自己一副咋咋呼呼的样子，像喷火龙，立刻嚷嚷："丑化，绝对的丑化！"

林鹿则发现林晚星把他画成了活泼的兔子，很是满意："我确实可爱！"

陈江河的Q版剃着板寸，一脸严肃。

付新书很斯文，有书卷气。

文成业是只黑脸羊。

郑飞扬是只嗷嗷叫的东北小老虎。

俞明是狍子一样的动物。

祁亮同学像卷毛狐狸。

门前的冯锁是高大沉稳可靠的大熊，包括沉默寡言二人组的郑仁、智会都有自己别具一格的Q版。

"林晚星给你的？"

研究半天，秦敖终于对小许老师说了第一句话。

"对啊，是你们小林老师寄给我的，让我能更快认识你们。"小许老师这么回答。

阵型示意图翻过，出现一幢房子的建筑结构图。右上角标着"梧桐路7号"，图中不仅有他们上课的元元补习班教室和天台，还有远处他们每日训练的球场。

学生们更是惊讶地发现，林晚星在画纸右下角还给他们布置了小任务，让他们带小许老师参观这栋楼。

"这怎么还有我们的任务？"

"她还是这么麻烦！"

"那可以带我去看看吗？"小许老师很好奇地问。

"她都这么说了还能怎么办，等会儿你跟我们走呗。"学生们无奈地说道。

在"梧桐路7号"之后，林晚星又用两页纸的版面，大致介绍了学生们每天的日程表、自制食谱，还有协商会议一类的东西。

学生越看越觉得怪异，到最后，他们失去了批评林晚星简笔画的兴致。

所有人都沉默下来。

"她什么意思，搞得跟'托孤'一样，她不会不回来了吧？"秦敖用了个奇怪的词语。

"应该不会。"小许老师轻咳一声，安慰他们，"我眼下主要负责带你们去比赛，并帮你们完成一些文化课。林老师忙完自己的事情，应该会回来吧？"

小许老师的话，在某种程度上还是安慰了茫然无措的学生们。

他们也很清楚，前往仓门的比赛，学校肯定要派人看着他们。还有他们每天的文化课，也得有人给他们上。除了接受小许老师，大家没有别的办法。

更何况林晚星家里有事，他们得乖点儿，让她省点儿心。

这话很恶心，所以没人愿意说出来，但大家其实都抱有差不多的想法。


与仓门雄狮比赛，在一个风和日丽的周六。

小许老师同样给他们订了高铁票，估计也是受林晚星的嘱托。

大家踏上比赛场地，开始热身训练时，都不约而同看向看台。

他们都抱着点儿希望，觉得林晚星会出现在那里，冲他们挥手。

但实际情况是，看台上空无一人。

场间除严阵以待的对手外，就只有仓门的特产——白鹭鸟在草地上踱步。

比赛方面，随着文成业越来越熟悉B2B中场的定位，球队在进攻和防守的运转上更流畅默契。

仓门雄狮也犯了和其他球队一样的毛病，始终不把宏景八中当作一支有特殊战术体系的和青年队实力相当的球队。

虽然比赛进行到淘汰赛阶段，仓门雄狮不会小瞧任何一个对手，可究竟要如何排兵布阵，怎样进行针对性战术布置，因资料欠缺，仓门雄狮并不知道该如何着手。

而宏景八中的教练是王法，他总能棋高一着。

赛前，王法就做出判断，因为对手并不熟悉他们，加上他们堪称黑马，仓门雄狮应当会在开场后采取保守策略，先行试探。所以他们可以利用这段时间，打对方一个措手不及。

于是，他们同仓门雄狮的比赛，甚至比对阵申城海波更顺利。

上半场仅八分钟，陈江河就用一个精彩的鱼跃冲顶，率先敲开了仓门雄狮队的大门。

球队士气为之一振。

仓门雄狮很快反应过来，拉开阵势，与他们展开对攻。而当"缩头乌龟"这种事，简直是他们宏景八中的看家本领。

一直到中场结束，仓门雄狮都没有进球。

下半场开始第二十七分钟，裁判判罚了一个争议点球，由仓门雄狮7号主罚命中，双方战至1∶1平。

好像他们重新组队后的第一场比赛，也有这么一粒争议点球。当时大家群情激奋，恨不得直接打群架，不过这次，他们则很冷静。

他们觉得自己会赢，并胸有成竹。

几乎是那场比赛的复刻，下半场最后时间，宏景八中利用一次防守反击，由祁亮助攻文成业，用一记禁区外兜射再度敲开仓门雄狮的大门。

2∶1的比分，保持到了终场。

很奇怪的是，无论是球员还是场边的教练，对这场比赛的胜利，都保持了相当平静的态度。最最兴奋的，大概是第一次在球场全身心投入看球的小许老师了。

赛后更衣室里，学生们兴奋地给林晚星通报他们战胜仓门雄狮、挺进半决赛的好消息。

但很奇怪，林晚星并没有第一时间回复。

虽然这些天来，林晚星的回复越来越少，也越来越不及时，可学生们总觉得，林晚星的房间还保持着原样，她也从来没回家收拾过东西，所以不可能是真离开了。

况且教练还在！

林晚星可以抛下他们，难道这女人还能抛弃教练不成？

可偏偏，最先接到电话的那个人，就是王法。

在与仓门雄狮队比赛后，他们没等来林晚星的庆贺电话，却等来了楼下小卖部奶奶的电话。

奶奶说，中介正带人在楼顶收拾，要打包房东小姐的东西寄走。

梧桐路7号的房东，只有林晚星本人了。

王法在更衣室中放下手机，才意识到身边寂静无声。

和他之前要走时那种犹豫不决的态度相比，林晚星这样，才是真正决定要离开。

## 10.

# 尘 封

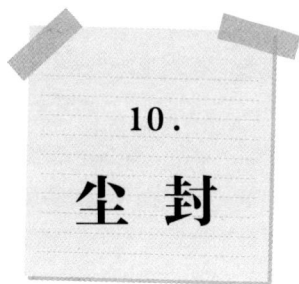

那是一个巨大的纸箱，上面用透明胶带缠了很多圈。

王法还记得，他第一次见到那个纸箱，是在一个秋天的晚上。

那天林晚星刚准备搬来梧桐路7号，球员们也突然找到这里。他下楼买烟时，在门口遇到了乌泱泱一大帮人。

林晚星那会儿笑盈盈地站在路灯下，他和球员们心甘情愿地帮她把这个巨大的纸箱搬到楼顶。

从那之后，纸箱就一直被摆在她家的角落。后来上面盖了层布，变成一个完美的桌子，再没有人动过。

直到今天，林晚星要找人来收拾东西，并运走这个箱子。

林晚星估计也没想到，楼下小卖部的奶奶会这么八卦且警觉。

奶奶首先发现房东小姐很久没回家了，其次在看到中介带人到顶楼天台时，上楼仔细打听对方到底要干吗。最后，她还很好心地给房东小姐的"男朋友"打了电话。

"奶奶也不知道你们为什么吵架，小女娃生气肯定是有理由的，你多哄哄好了。"电话挂断前，王法听到奶奶这么劝解道。

王法当时的茫然无措，感觉差不多要赶上他站在球员葬礼外那会儿了。

他才知道，原来被宣判死刑，也可以不需要理由。

球队从仓门赶回宏景需要很长一段时间，王法已经做好天台人去屋空的心理准备。但他从没想过，推开梧桐路7号的大铁门时，会看到那样多的纸。

昏暗的楼道里，白纸铺天盖地，如雪片般撒满整个烟灰色楼道，让人一时根本无法踏入。

一只破损的纸箱耷拉在二楼楼梯口。

想来是纸箱太重，搬运途中破损，导致里面的东西撒出。

空气中弥漫着纸张和书本特有的油墨味。

王法弯下腰，捡起一张纸，上面有幼稚的儿童简笔画。画作上印有提示语，并被精心编号，应该是林晚星曾做过某种儿童心理学研究的材料。

租房的中介和快递员正忙着收拾残局。

看到王法，中介脸上很明显露出一丝尴尬神情。

王法手里握着纸，没由来地想抽根烟。

"回来啦。"中介把一沓纸叠好，手在裤缝边擦了擦，小心翼翼地踩着白纸间的缝隙，走到他面前。

"是啊。"王法看了眼楼梯间的纸，自顾自蹲下，捡了起来。

"哎哎，别别别，我来就行！"

"她要把东西收拾完寄走？"他边捡边问。

"是……"

"要寄去哪儿？"

中介沉默下来。

王法抬头看了他一眼，无奈地笑了下："她嘱咐过不能说？"

"哎……您也别问了，就……我也是听吩咐办事的。"

"明白。"过了一会儿，王法才淡淡答道。

转眼间，越来越多的学生走进大门。

他们看到满地的纸张书本，听完刚才这番对话，也大概明白是怎么回事了。

他们破天荒地没有吵闹，而是跟着弯下腰，收拾起落满整个楼道的东西。

一时间，楼道内异常安静。

邻居们的炒菜声和电视机里儿童动画片的笑声清晰可闻。

纸箱里的东西确实很多，大概囊括了林晚星整个大学生涯的全部珍贵记忆。里面有她的中英文课本，她的听课笔记，她打印过的论文，还有她曾做过的研究。

她字迹清秀，做事认真细致。

看着林晚星大学时的奖状红红白白撒了一地，他们比以前任何时候都清晰地认识到，林晚星究竟有多么优秀。

然而很讽刺的是，像林晚星这样的优秀学生，却封存了她全部的大学生活。她把这些东西随意地扔在角落，当作摆杂物的茶几，如果不是这次搬运意外，这个箱子大概这辈子都不会被再次拆开。

王法很确定这一点。

楼道内，纸张和书本被一点点收拾干净，露出水泥台阶。

几张被压在最下方的照片显露出来。

王法捡起照片，忽然愣住。

那是几张林晚星的胶片照片，有她自己，也有她和同学的合影。

照片中，女生俯身冲镜头比耶，她穿着亮色T恤和学院短裙，露出一截白皙腰身，眼神清澈迷人，笑容灿烂明媚。

虽然有些夸张，但像有光突然照入，王法从未见过林晚星如此活泼快乐。

他搜肠刮肚，不断回忆。

明明他们赢了那么多比赛，在一起有过很多充满欢声笑语的时刻，林晚星脸上总是挂着盈盈笑意。可无论哪一次，他都没见过林晚星如此放松随意。

王法握着照片，手指有些发白。

也是那时，他才有了一些具体的感觉。

现在的林晚星和曾经的林晚星，几乎完全是两个人。无论她表现得多么轻松自在，却始终生活在阴霾里。

明明楼道内的东西已经被彻底清空，空气却逐渐令人窒息起来。

快递员取来新的纸箱。

王法和学生们都站在旁边。

他们看着林晚星曾经的书籍、笔记本、报告，一件又一件被再度放入新的箱子里。

纸箱合拢，胶带刺啦扯开，一圈又一圈缠绕上箱子。

月光下，胶带反射着凄冷的光。

有某一瞬间，王法觉得那掩埋的不只是林晚星曾经的大学生活，而是她整个人生的全部。

可他完全不知道这是怎么一回事，只能呆呆地站在这里，拿着林晚星曾经的照片，目送箱子缓缓离开。


呼吸沉重，回天台的楼道显得格外漫长。

学生们踢完激烈的比赛，并奔波一天，此刻迈着迟缓的步伐，一步步踏上台阶。

一层、两层、三层……走到楼顶天台铁门前时，队伍却堵住了。

楼道内昏暗不见光。

林鹿走在最前方，他站在铁门前没有任何动作，身后也无人催促。

如此静默了很长一段时间。

"这是为什么啊？"终于，林鹿忍不住回头看着后面所有人，语气中充满茫然无措。

不知谁第一个坐下，其他人都跟着在阶梯上就地落座，根本没人想回去。

王法很清楚他们的心情。

好像他们推门回到天台，就得彻底承认，林晚星已经找人收拾东西要彻底搬走的事实。起码现在，门背后一定很冷，没人想面对天台此刻的漆黑与空洞。

王法低头看着手中的照片，试图从中找出蛛丝马迹，来解释林晚星的行为。

空气中呼吸声粗重，沉默又持续了很长一段时间。

秦敖忍不住掏出手机，给林晚星拨了个电话。

可那头除了漫长的等候音外，没有其他声音响起。

一次又一次，秦敖锲而不舍地拨出电话，却一次又一次听到最后通话失败的机械女声。

"别打了。"终于，付新书苦涩的声音响起。

"到底怎么了！"秦敖愤恨不解地说。

"为什么就这么走了？"

"就这么不要我们了？"

此起彼伏的讨论声在楼道内逐渐响起。

那似乎是个极其幽默的场景。每当他们说话时，楼道感应灯都会亮起，照亮一张张困惑无助的面孔，而沉默后，灯光又会再度熄灭。

"为什么这么走了，都不像她了。"冯锁用力揉着头发，有些口不择言却说出了自己的心里话。

"为什么不像她？"王法收起照片，回头看了眼他的球员。

"就觉得……走得有点儿不负责，我们老师一直很负责。"

"她坚信人的独立自主，对你们最负责的地方，就是她一直以来都试图教会你们这些。你们应该很清楚地认识到，你们都是独立的个体，没人需要对其他任何人的人生负责。"

这是很残忍的一句话，说出来时，王法觉得，这或许是他对自己的宽慰。

学生们再度安静下来，楼道里的灯也同样轻轻熄灭。

不知谁叹了口气，灯又再次亮了起来。这次的灯光是暗淡的鹅黄色，像一层弥漫而上的雾气，一切都显得朦胧。

抬头看了看天花板，原来并不是他们这层的灯。

有人绕过楼梯，出现在他们面前，是一位穿工作服的快递小哥。

"呃……"小哥抬了抬棒球帽，看到楼梯间坐满的人，忽地一愣。

"你们……"他从口袋里掏出一个快递文件，又看了一遍上面的收件名，问，"你们是宏景八中足球队吗？"

快递小哥其实有点儿奇怪，为什么给足球队的文件要寄到居民区，不过他只是来送快递的。

他看了一眼面前坐在楼梯上的高中生们，对方还处于震惊状态，于是他又问了一遍："快递是送到5楼天台的，是你们不？"

这下，眼前的高中生们才如梦初醒："是我们、是我们。"

坐在最前面的小伙子站起来，签收了快递。

快递小哥哼着小曲儿，很快离开。

学生们拿着刚收到的快递，这下彻底坐不住了。

他们甚至来不及推开天台门回去，就这么站在楼梯口，拆开了文件袋向内张望。

里面只有一张纸，红底黑字，像奖状一样。

恭喜宏景八中足球队完成重新组队任务，成功闯入青超联赛淘汰赛阶段，以下为奖品清单：

现金奖励5000元

乐高任选，总额5000元

PS4一台

新款球鞋三双

手机一台

笔记本一台

……

清单上罗列着诱人奖品，最后还有个"领奖电话"。

简直是天降横财，学生们瞬间情绪高涨，对着清单中的奖品狂流口水。

这些东西对王法并没有吸引力，他只是站在一旁，安静地翻看快递袋。

但除了奖品清单外，再没有任何有价值的线索。

学生们兴奋了一阵，又冷静下来。大概这个年纪的孩子已经不太相信"天上掉馅饼"这种好事。

"这……谁寄来的？"俞明率先问道。

此言一出，学生们你看我看你，他们心中的猜想不断往外冒，但又不敢直接说出口。

"不会是我们老师吧？"郑飞扬心直口快。

不光郑飞扬这么想，其他学生也有些怀疑。因为这很像是林晚星完成了送他们小组赛出线的任务，所以走之前给他们留点儿东西以资鼓励。

"她会突然这么大方，这算什么？"

"让我们分遗产？"俞明突然说道。

此言一出，他立刻被周围其他人痛殴。

他自己也边"哎哟哟"边求饶："别打了别打了，错了错了。我开玩笑的。"

"应该不是她。"王法缓缓开口。

学生们听到教练的话，跟着重新看了一遍手上的奖品清单。

确实。"恭喜宏景八中足球队完成重新组队任务"，这一点儿也不像林晚星会说出来的话。毕竟她自己也是那个莫名其妙被安排来带队的人，为什么要恭喜这件事。

"而且，我们老师不可能这么大方！"林鹿认真研判。

听见这话，学生们纷纷认可："有道理啊。"

"那到底是谁？"

类似的形式、同样的神神秘秘，这种情况他们明明已经经历过很多次了。

他们先联想到林晚星，纯粹是因为她喊人来搬东西这事离得太近。

"不会又是……神秘人吧？"冯锁近乎不可置信地喊出了声。


学生们早就推测过。

一直关心他们、想要撮合他们重新踢球的那个神秘人是蒋教练。

如果是蒋教练来奖励他们完成组队任务、挺进淘汰赛，就很合理了。

唯一的问题是——这也太大手笔了！

震惊、欣喜、怀疑、不确定……猜测无用，学生们怀揣着各种复杂心情，推开天台门，围绕长桌坐下。

奖品清单传了一圈，最后由付新书拿着手机，拨通了上面留下的电话。

他们的心跳得很快。

按下免提键，电话那头几乎是瞬间接通。

餐桌周围所有人都是一震，只有王法轻轻靠上椅背，抱臂观看。

"喂！"俞明抢先打了个招呼。

就在这时，手机中传出了机械女声的对答："喂，您好，这里是兑奖中心。恭喜宏景八中足球队完成重新组队任务、成功闯入青超联赛淘汰赛阶段，以下为奖品清单……"

电话里的机械女声，又甜美地重复了一遍清单上的内容，这显然是预先录制好的内容。

拨通电话前，大家其实很紧张，想着终于要和一直以来帮助他们的神秘人交流。现在变成机械电子音，大家又摸不着头脑。

一件又一件。

夜风里，林晚星的房间一片漆黑。

学生们听着那么多昂贵的礼物，始终有种不真实感。他们谁也没有说话。

直到——

"以上为奖品清单，选择接受奖励请按'1'，放弃奖励请按'2'。放弃当前奖励，将被视为接受新任务。"电话里声音甜美的电子音这样播报道。

学生们愣了一下，齐刷刷看向付新书摆在餐桌中央的手机。

"什么意思？"

"放弃奖励……新任务是什么？"

"快快，那现在按1还是按2？"

"按、挂、断。"祁亮机智地喊道。

付新书这才反应过来，手忙脚乱先把电话挂了。

在学生们吵吵闹闹时，王法从头到尾都在安静旁观。

学生们挂断电话，不约而同地看向他们的教练："我们现在要怎么办？"

"这不是很简单的二选一问题？选择接受礼物，还是接受新任务的挑战。"

"'新任务'？"学生们一头雾水，完全摸不着头脑，"那'老任务'是什么？"

"很显然，是重新组队，冲出小组赛。"祁亮说。

"那……"大家面面相觑，"新任务难道是夺冠？夺冠以后会有更多更好的奖品？"

"哈哈，有可能。"祁亮冷笑，"想得真美。"

"这不是我们想得美不美啊，这不是合理推论嘛。"

"也有可能就是耍我们玩，让我们做一件根本做不到的事情。"

"不至于吧，蒋教练不会这样的。"

从文成业收到CD后，大家基本都确认了，一直以来给他们送线索促成他们

重新在一起踢球的人是他们以前的蒋教练。

如果是他的话，应该还是会布置一些有挑战性，但对他们来说能做到的任务。

他们重新看向桌上的清单，那些诱人的奖品，他们从未拥有过的东西，是蒋教练的话，一定会如约兑现给他们。他们真的要放弃这些，去接受未知的挑战？

"投票吧。"

天台的夜灯下，付新书抬起头，对所有人这么说道。

投票为不记名形式，一般他们要决定什么大事时，都会这么做。

裁好的十一张纸片很快分发下去。

选择接受奖励填"1"，选择接受任务填"2"。

秦敖："我刚才都差点儿把我手机卡拔出来插进新手机了。"

陈江河："那是我的新手机。"

他们一边嘴上这么说，一边很快写好了答案。

一共十一张投票："1"有三张，"2"有八张。

根据少数服从多数原则，他们选择了放弃唾手可得的高额奖品，接受未知挑战。

毕竟——

"真的很想知道新任务是什么！"林鹿这样说。

付新书重新拨通电话，甜美的机械电子音再度响起。没有再听前半段冗长的清单，他很干脆地直接按了"2"。

一开始，电话那头没什么反应。随后是嘟的一声轻响。

"请接收传真，如未设定自动接受，请按'开始'键打印。"

这下大家又陷入知识盲区。

"传真是什么东西？"

"传真机，我们有那东西？"

王法推开椅子，率先下楼。他走得很快，近乎跑。

学生们反应过来，跟着冲下楼。

他们一把推开元元补习班小仓库的门，复印考卷的传真复印一体机果然已经亮起。

王法快步过去，按下"开始"键。

响亮的滴声后，机器运转起来，油墨味飘散，一张纸被缓缓吐出。

上面是一首诗。


If I can stop one heart from breaking,

I shall not live in vain;

If I can ease one life the aching,

Or cool one pain

Or help one fainting robin,

Unto his nest again,

I shall not live in vain.


我若能拯救一颗濒临破碎的心，

我将没有虚度此生；

我若能抚慰一个生命的创伤，

或者平息一个人的悲伤

或帮助一只虚弱的知更鸟，

回到他的小巢，

我将没有虚度此生。


全新任务：拯救一颗失落的☆。

## 11.
# 线　索

诗是手写的，上半部分是优美的英文流花体，下半部分是清秀的楷体。

刚才捡东西的时候，学生们见过太多这样的手写字，所以第一眼就认出来是林晚星的笔迹。

大家一开始都有些激动。

可读到最后那句话，就没有人能笑得出来了。

仔细看，传真纸上那首诗外圈有浅色阴影图块，似乎不是林晚星写在那张纸上，而是写在其他东西上翻印过来的。

并且，诗下面那个很中二的任务，字体也明显和林晚星的不同。

所以，应该是其他什么人写下的最后这句——拯救一颗失落的☆。

他们认识的☆，只有那一颗。

"是有人要我们拯救老师吗？"智会破天荒很不冷静地问道。

艾米莉·狄金森，二十世纪美国著名诗人。

她从二十五岁开始拒绝社交，居于老宅，半生闭门不出，在宁静与孤独中写诗三十年。

她生前只有几首诗歌发表，直到去世后，她的妹妹才从一个铁箱中，发现了姐姐所写的一千多首诗歌。至此，那些精妙绝伦的作品才得以广为流传，并深深影响了整个美洲大陆。

以上，是学生们搜索传真上那首诗作时，得到的全部作者信息。

那是一个有独立精神世界和灵魂的女性，林晚星应该喜欢这首诗，才会将之抄录下来。

但——

"老师怎么失落了？"

"到底是什么意思？"

"拯救"和"失落"两个词，很明显寓意不佳，林晚星应该是遇到了难以解决的困难。

可对学生们来讲，他们根本不知道发生了什么。

所有人里，或许只有王法能感受到林晚星曾经的彷徨和孤独。她曾坦诚过自己的自杀倾向，但那具体是什么，林晚星从未给他了解的机会。

强行撕破隐私的方式王法能做，但那样始终太不尊重林晚星，而传真上的内容又显得迫在眉睫。

"先在网上查一下。"最终，他选择了一个最恰当的切入方式。

"啊，偷偷查老师，感觉不好吧？"

"在网上就能看到的东西，怎么叫偷偷？"祁亮很快反应过来。

在这点上，得谢谢林晚星把学生们教得很好。他们动手能力很强，也很有行动力。

祁亮直接打开补习班小仓库的那台电脑，在搜索栏输入"林晚星"三个字。

很快，页面上出现了大量和"林晚星"相关的搜索结果。

——林晚星马威全文免费阅读无弹窗大结局

——林晚星甜在线免费阅读

——林晚星姓名测试打分-五行查询：三才五格吉凶

"马威是谁？"冯锁看了眼搜索结果，立刻问王法，"老师怎么和他亲上了？"

"那是小说盗文网站。"祁亮无语地点向第二页。

第二页的内容和第一页差不离。

"林晚星"这个名字有点儿红，三本不同类型的网络小说里，都有这么个女性角色。搜索出来的网页中，全是她和别人卿卿我我的剧情。

最后，连祁亮都看不下去了。他直接关闭了网页，重新打开搜索引擎。

"搜'永川大学　林晚星'。"王法沉思片刻，这么提议道。

缩小范围当然是一种常用的搜索方式。

但对王法来讲，他只是突然想起在永川的东明湖畔，林晚星遇到曾经的师长时的失态。

那种反应近乎情绪失控，虽然林晚星控制得很好，但王法能感受到她的应激创伤。

范围缩小后，网页中确实出现了很多和林晚星本人相关的信息。有她发表的论文、她高考状元的新闻，甚至还有一些永川大学官网的喜报。

一句话总结，林晚星确实优秀。

既然她这么厉害，为什么跑来体育器材室看器材，大家就更好奇了。

学生们更换搜索词，干脆搜起了"永川大学　心理学"。

这一搜不要紧，出来的全是各种各样的凶杀消息。

这个学校的心理学院属全国顶尖，犯罪率也同样奇高无比。

有位和林晚星同姓的犯罪心理学家经常出现在消息中，不过是位男士。

学生们都自然过滤了这个消息。

"往前翻半年。"王法想了下，发现问题所在。林晚星如果在大学里出过事，那时间应该再往前一些。

可之前的永川大学也……一点儿都不太平。

小型火灾、学生自残、教授自杀、职场侵害、药物事故……当然其中大部分也不是具体发生在心理学院。

不过大学本身就有小镇规模、数万人口，发生过的各类社会事件足以令人眼花缭乱。或许林晚星的故事也混合在这些事件中，但相关讨论大多隐去人名，所以他们根本无从入手。

大家孜孜不倦，查了很久很久。

祁亮早就忍不住揉眼睛了。

郑飞扬累得蹲在地上翻手机。

付新书还在坚持，但脸色苍白。

但网络调查注定进展甚微。

许多更深层的内容不会被搜索引擎抓取，他们不是黑客，没办法用灰色手段进行调查。更何况就算有，也难以把握其中的道德尺度，太不尊重本人了。

房间再度陷入静默，只有那台老旧电脑发出轻微的机械声。

"那我们现在怎么办？"郑飞扬有些气馁地说道，"为什么蒋教练不直接告诉我们？"

根据文成业收到的CD，大家早就认定神秘人是蒋教练，那么——

"你们没有蒋教练的联系方式吗？"王法思考后问。

"我们后来去过他家，房子都卖了。"秦敖突然喊道，"你们说，是不是有外星人盯上我们了，蒋教练说走就走，那女人也是！"

"钱老师呢？"王法忽然问。

借球卡、解谜烟盒、藏宝地图、外卖单、CD……林晚星曾推测，一直引导她和学生们认识的人是钱老师。

毕竟能留下这些线索的人，不仅需要了解学生们的动态，还得在恰当时机巧妙送出线索，肯定是学校里的老师或工作人员。

就算幕后的神秘人是蒋教练，他也需要一个同伙，这个同伙是钱老师的可能性非常大。

如果他们现在找不到蒋教练，难道还找不到钱老师吗？


"老师，不要狡辩，我们知道'凶手'就是你！"

宏景八中职工家属楼。

天刚亮，钱建军就被屋外的敲门声吵醒。

手机上有不少陌生未接来电，但他是拳击选手出身，本身微胖，倒也不怕寻仇。

他打着哈欠开门，瞬间就被门口的阵仗吓清醒了。

十一个身材健硕、脸色阴沉的学生，外加一个冷若冰霜的足球教练。

他还没来得及开口，小伙子们就你一言我一语，自顾自说了起来。

钱建军早就已经做好准备，他知道这些学生总有一天会来找他。可当他听到"快递"和"传真"的时候，还是眯起眼睛、皱起眉头，不明白到底发生了什么。

学生们讲完最后那句总结陈词。

钱建军沉思片刻："你们说收到了新的快递，还有传真？"

学生们像是早已做好考问他的准备，直接从文件袋里掏出两张纸放到他的手上："你别搞这些神神秘秘的东西了，快告诉我们，林老师究竟出了什么事！"

钱建军慢慢看完两张纸上的内容，思考了一段时间，最后说："我不知道这是怎么一回事。"

"老师你还装呢！"学生们边说，边把文件袋举高，给他展示里面花花绿绿的手工品，"这填字游戏难道不是你做的？我们老师说就是你！"

虽然也就半年前发生的事情，但看到学生们再次拿出那些东西，钱建军竟有些感慨。

"这些是我弄的，哦，不只是我。"他承认道。

"还有蒋教练，我们知道是你们合伙！"

听到那个名字，钱建军终于抬起头。

他的目光深深地看着他们每个人。

和半年前比，这些学生皮肤变得黝黑，身材更加紧实，眼神里甚至有种不达目的誓不罢休的坚毅。

种种情绪混杂在一起，过了一会儿，钱建军再次下定决心般开口："你们想知道这究竟是怎么一回事？"

"对啊！"学生们几乎异口同声。

过了一会儿，他才缓缓开口："那跟我去个地方吧。"


临近清明，凤凰山附近总是烟雾缭绕，有祭扫的烟火，也有春日的山岚。

钱建军带着学生们走下公交车，清风拂面，漫山松柏摇曳。

看着眼前的陵园，学生们全部安静下来，跟在钱老师身后，王法走在最后。

钱建军边带着他们拾级而上，边娓娓道来。

他和蒋教练的故事并不复杂，学生们也知道大部分。

当年国家大搞青少年足球教育，正好市里有支青少年球队还挺亮眼，老校长就和对方教练协议特招。宏景八中多了支足球队，而那支球队的教练蒋雷，也入职体育组，成了他们的同事。

学生们读高一那年，球队还有正常训练，有比赛踢。但高一下学期，蒋教练就离开了。

石碑漫山遍野，松针铺满了整条石板路。

此情此景，学生们早已反应过来。

"他没有去永川搞青训，他骗了我们？"林鹿不可置信地问道。

"他是去了永川，但不是去搞青训。那年学校职工体检，他被查出了肺癌，已经是晚期了。他儿子在永川，把他接走治病了。"钱建军徐徐说完后，看了眼路牌，向左手边岔路走去。

学生们则僵立原地。

虽然走到这里，他们都早有预感。可这种残酷的生离死别发生在自己身上，他们还是有种不真实感。

山野间漫起薄雾。钱建军只是向前走着，并没有回头。

王法拍了拍学生们的肩，示意他们跟上。

秦敖如梦初醒："那他为什么不告诉我们？"

钱建军在一处墓碑前停下脚步。

男生们跟了过去。

墓地左右是两株冠盖繁茂的马尾松，造出一个静谧清凉的小世界。

"之前我也不能理解。不过我们这代人，可能总有点儿奇怪的'为孩子好'的心态。"钱建军蹲了下来，轻轻掸去墓板上面厚厚的松针，"他大概就是想让你们高高兴兴地踢球，别踢个比赛都是'教练要死了，我们要为教练赢比赛'，他说他觉得那样显得他很可怜。"

"可他明明跟我们说，他是去永川搞青训的。"俞明语带茫然，像簌簌而下的灰。

对学生们来讲，他们一直对蒋教练感情复杂。从内心深处，他们觉得被抛弃了。但这个年纪的男生，既要强又叛逆，嘴上绝不会承认这些。

"他还说，只要我们好好训练，他在永川青训队伍里站稳了脚跟，我们就能去大城市继续跟他踢球。"郑飞扬安静地说道。

但眼前的墓碑异常真实。

一生心性厚　　百世子孙贤
蒋雷之墓

墓碑左右是挽联，中间则是人名。

蒋教练微笑着的照片贴在正中。

学生们这才明白，最后这句话与其说是对他们的许诺，不如说是蒋教练对自己的鼓励。如果他能好起来，就还有机会带球员们去永川，去更大的绿茵场上追逐梦想。

只可惜，那一天永远不会到来了。

墓碑上的时间显示，蒋雷已经去世快一年了。

学生们如梦初醒。

他们抓着手上的文件袋，陷入了更大的不确定中："蒋教练早就去世了，那这些东西呢？不是他给我们的，那是谁？"

他们非要知道真相。

钱建军站了一会儿，最后干脆一屁股在蒋雷墓前的台阶上坐下来，看那架势，甚至想喝两杯。

"蒋雷很关心你们，在永川治病的时候，他很想知道你们怎么样了。我们体育组几个老师，架不住他是个病人，就帮他盯着你们。"他的话颇有深意。

学生们比谁都清楚，蒋教练离开后，他们怀着自己也不清楚的恨意，开始自暴自弃。

虽然后面学校也换人来带他们踢球，可他们根本没好好训练。高二课业也难，他们读了根本跟不上的高中，成绩一落千丈。后来付新书的腿伤让球队彻底分裂，大家直接不踢了。

"我们的事情，蒋教练都知道？"

"他知道啊，所以他非常自责，觉得自己很对不起你们。"

在狭窄的陵园石板路上，所有人围坐在钱老师周围。他们听着那些被刻意隐瞒的故事，陷入更深的迷茫和沉默，直到听见这句话。

"这跟他有什么关系？"付新书抬起头，从悲伤中恢复了一些，"我们不好是我们的问题，和蒋教练没有关系。"

"他生病了要离开我们去治疗，这很正常。不能说他把我们从小带大，带我们踢足球，就得负责我们一辈子。"陈江河很认真地说道。

直至此刻，钱建军才完全感受到林晚星和王法究竟给孩子们带去了怎样的变化。

并不是课业上的提高，或者说球技上的提高。他们思维清晰，明辨是非，这才是最可贵的成长。

钱建军想，如果那会儿的蒋雷能听到学生们这会儿说的话，大概也不会遗憾地离开人世。

可事实上是，蒋雷临终前一直很难过。

他知道自己一点点带大的孩子们，已经成为学校的垃圾学生。

他很后悔因为自己喜欢足球，固执地带他们走上这条道路。

孩子们失去选择正常人生道路的机会，他也无力实践任何诺言。

他们都将碌碌无为地死去，成为世间的尘埃，区别只是早晚而已。

所以蒋雷的临终心愿，就是希望足球队这些他从小带到大的孩子们能比他幸运一些，有重新选择人生道路的机会。

每个人的一生都有遗憾。

在浩如星河的临终心愿里，能被认真倾听的寥寥无几。

但那一天，在这片陵园里，蒋雷的心愿被听到了。


"应该是凑巧，但肯定也是老天爷的安排。"

钱建军抬头看了看天，又望向前方的石板路。

在那里，有位老人正抱着坛酒，向他们这里缓缓走来。

钱建军冲对方挥挥手，喊了句："老陈，你来啦。"

山里吹起一阵清风，枯黄的松针又簌簌地落下一层，脚踩在上面，有厚实而绵软的质感。

老人的脚有些跛，眉毛很粗。

学生们觉得老人有些眼熟，盯着他看了会儿。

很快，老人走到他们跟前。

他直接将酒坛塞在陈江河手里，又从口袋里掏出三个小酒盅，把其中一个摆在蒋教练墓前，最后回头骂道："臭小子愣着干吗，倒酒啊。"

此言一出，陈江河突然喊道："陈……陈老师？"

眼前的老人，正是林晚星岗位上的前任，宏景八中曾经的体育器材室的管理员。

种种画面突然涌入脑海，陈江河突然说："我课桌里的借球卡是您放的？"

老陈没有回答他。

他站起来，绕过马尾松，向旁边的墓地走去。

学生们缓步跟了上去，只见老陈在蒋教练旁边的墓地上，摆上了剩下的两只酒盅。

看到墓碑名字的刹那，学生们完全愣住了。

那两个名字他们太过熟悉。

或者说不是名字本身很熟，而是他们天天在对方家里上课玩耍。虽然素未谋面，但那栋房子的每个角落都有两位老人的影子，对方好像早已是他们再亲近不过的爷爷奶奶了。

浓密的松针间洒下零星光影，落在墓碑上。

——林寻涯、沈淑元之墓。

是林晚星的爷爷和奶奶。

老陈把酒盅在墓前摆好。

老人墓地上的松针很薄，比蒋教练墓前的要少上许多，墓前还摆着一束花，显然近期有人来祭扫过。

叮当两声轻响，王法回过神来。

他拿过陈江河怀里的酒坛，半跪着，往酒盅里斟上酒。

琥珀色液体汩汩流下。

"蒋教练的事情，和林晚星的关联到底在哪里？"王法缓缓问道。

老陈看向林晚星爷爷奶奶的墓碑，说："关联就在这里。"

老陈说，他很早就认识林晚星。

他是学校后厨出身，和林寻涯、沈淑元两位很熟。寒暑假，他常在元元补习班帮着做菜干活、照顾学生，所以也就知道二老的孙女是高考状元，学识和人品都非常优秀。

但因为林晚星父母和二老的关系很僵，他和林晚星只有过一面之缘。

后来二老身体不好，被迫关停了元元补习班，他也去得越来越少。

在人生最后的那段时光里，两位老人很喜欢每天在天台晒太阳。他们喜欢五川路体育场里每天的鲜活场景，当然，也喜欢之前老在球场训练的足球队学生们。

"爷爷奶奶看过我们踢球？"学生们完全蒙了。

"你们之前在体育场训练，一大早就吵吵嚷嚷的，谁没看过你们？"老陈有些没好气地说，"也就他们二老脾气好，又年纪大了喜欢热闹。他们那会儿还提过，等自己身体好了，你们还有比赛的话，让我也喊上他俩。他们作为退休老教师，要去现场支持一下本校学生们的比赛。"

学生们完全沉默下来，甚至有些高兴。

因为他们从没想过，原来他们并不是大胆闯入了陌生人家里"胡作非为"。

原来老师的爷爷奶奶也喜欢他们，虽然这种喜欢和看到楼下小猫小狗扑腾想摸两下的喜欢差不多。

"但你们这一个两个不争气的，这就不踢了！"话锋一转，老陈气得抱着坛子里的酒喝了一口，继续讲了下去。

球队解散后，两位老人的身体一天不如一天。二老先后病重离世，他终于在他们的墓地前见到了林晚星。

"是您请我们老师来教我们的吗？"郑飞扬问。

"那会儿真想不到你们身上去。见到你们老师的时候，我都不理解，为什么会有这么可怜的女孩。"老陈又喝了口酒，声音却完全低下来，"你们觉得世界上会有那种事儿吗？爷爷奶奶去世，爸妈却不通知你。你不仅没机会守孝，他们甚至连葬礼都不让你去。你只能偷偷摸摸跪在爷爷奶奶坟前，痛苦和麻木吧，让你连哭都哭不出来。"

"到底发生了什么？"

"我不知道。"老陈说。

"您这说了半天还是不知道，这不是急死人吗？"秦敖简直要跳脚。

"我们老师怎么了？"

"具体什么事我不清楚，但晚星肯定出了什么大事，让她爸爸妈妈觉得很丢人，提都不想提女儿。"老陈叹息着。

学生们心里都咯噔一下，根本无法理解："丢人？！"

"别问我，我真不知道到底是怎么一回事，我还想问你们呢。"老陈摇了摇头，"我只知道，二老最牵挂的就是晚星，老人们临终前就想见孙女一面，却怎么也见不到。晚星的爸爸妈妈瞒着两位老人不说，还说孙女在学校有事来不了。值班的护士说，老人们临终的时候都只念叨着一句话，'我们星星要好好的'。"

春日明明阳光和煦，可站在两位老人的墓前，所有人仿佛能感受到当日刺骨的凉意。

病房里始终无法放下牵挂的老人，墓地前孤苦无依的女孩。

冰冷的雨，滑腻的石阶。

林晚星最终一人跪在墓前，像别在衣襟上的白花，一碰就要碎落在地。

"二老的钱都捐了，但他们把你们住的梧桐路7号的房子留给了晚星。我知道，你们小林老师她根本不在乎这些钱，但我敢打包票，那房子是她在这个世界上的唯一念想了。所以我就劝她想开点儿，不管发生什么事情都要好好活着。还掺和着帮她处理遗产上的事情，跟她说外面难，不如回家。"

回想林晚星说过的一些话，那确实是她人生中最艰难的一段时光。虽然很难，但她还是用近乎耍赖的方式和老天爷说，想再走一段时间。

"谢谢您。"王法很认真地说。

老陈摆了摆手。

"老师回了宏景，您是想给她找点儿事情做，所以让老师来教我们？"付新书问。

"其实不是老蒋儿子提议，我们也没想到这茬儿。"钱老师在一旁，长长地叹了口气。

"蒋教练的儿子？"王法很意外。

"对。"

"他认识林晚星？"

"他应该不认识晚星，但老蒋儿子蒋旬以前也是我们宏景八中的，上过老两口的课。"钱老师看了眼蒋雷的墓碑，接替老陈讲了接下来的事情。

蒋雷去世后，从永川回宏景来下葬。

下葬那天，他们体育组这帮老伙计都来了。老陈正好说起隔壁墓地的两位老人，还有遇到林晚星的事情。

可能就是那个时刻吧，上天垂怜。说者无心，听者有意。

过了几天，蒋旬找上他们，提议让林晚星来带足球队的学生们。

对于老陈来讲，能给林晚星找点儿事情做，让她分分心是很不错的。

所以他们一拍即合，他一边劝林晚星找份工作，一边跟副校长打了招呼，让林晚星得以留校。

但具体要怎么让林晚星来教育足球队这帮冥顽不灵的崽子，他们体育组几个大老粗和蒋旬着实想破了脑袋。

虽然两位老人提过"想看学生们一起踢比赛"，但用这种理由来让林晚星做事，显然是在绑架人。

"那么多花里胡哨的东西，都是你们想出来的吗？"秦敖不由自主地问。

"不要小看我们这伙人，那句话是怎么说来着，'好奇心是人类进步的阶梯'？"老陈咂了咂嘴。

"是'书籍'。"冯锁纠正道。

"反正就是那个意思。"

他们一伙人讨论了很久，最后在诸多方案中，选择了最能引起人好奇心的那种，让学生们逐渐和林晚星接触。

因为当了太久蒋雷的"眼线"，他们非常了解学生们。

知道陈江河喜欢去器材室"偷"足球来踢，他们就在陈江河的课桌里放下了借球卡。

了解秦敖是球队最难搞的刺儿头，只听付新书的话，所以做了个小填字游戏，让学生们和林晚星一起去找付新书。

可对于要完成父亲心愿的蒋旬来说，球队重组并不是计划的最主要部分。

他想要的，是林晚星能带着这些学生们一起好好读书、考上大学，这才是真正地重新选择人生。

正好元元补习班闲置有些日子了，也算有种冥冥之中的因果。他们把藏宝图交给付新书，引导学生们去往元元补习班。

"晚星真是聪明啊，她还特地跑来给我送了本填字游戏的书，给我整得冷汗直冒！"钱老师说。

"那是，我们老师早就锁定你了，不然我们也不会这么快找上你！"俞明有些小骄傲地说。

"但她也太有主见了，这是我们没有想到的。"钱老师看着他们观察了两年的学生们，有些唏嘘，"就算把你们交到了她手上，她也没完全如我们所愿，带你们读书考试。她是真正用心在教育你们，想培养你们成为独立的人，鼓励你们一定要去做自己真正想做的事。"

"你们小林老师啊，真是个很了不起的姑娘。"钱老师最后说道。

陈、钱两位老师的故事，大致如此。

缘起于老陈对林晚星的恻隐之心，继续于蒋旬想完成先父的心愿的尝试。

这里是凤凰山公墓。浓荫遮蔽下的墓地，埋葬了先人未尽的心愿。

阴阳两隔，但那是生死无法阻隔的牵挂。

时光流转，他们最终在某一个交集时刻，得到了回应。

无论是林晚星，还是学生们，都在这样的安排下，度过了一段快乐又充实的时光。

这个故事的结局，本应该是学生们顺利毕业，林晚星送他们进入大学校园。

可她的突然离开，彻底打碎了一切平静。

王法并不清楚，他的存在是否影响了林晚星离开的决定。

也是在这个时刻，他突然意识到，如果林晚星和学生们是被精心安排的相遇，那么他呢？

## 12.
# 信 件

　　"我没去永川远大任教的事情，是谁给林晚星在楼下黑板上留信的？"王法问。

　　"那是老陈偷偷写的。"

　　"你们为什么会知道这件事？"

　　"啊，你不知道吗？老蒋的儿子是永川远大俱乐部的副经理！"

　　王法想，我为什么会知道？我怎么可能会知道？

　　此时此刻，他才感到一丝荒谬。

　　他没走成，竟然是被永川远大高层给卖了？

　　Wanxing_lin@ycydfc.com

　　Yyds｜mx0716

　　邮箱是蒋旬利用权限注册的，老陈得知他要离开后，偷偷将邮箱账号和密码写在元元补习班的黑板上。

　　林晚星登录邮箱，看到永川远大俱乐部的内部邮件，这才识破他的谎言，知道他根本没去永川远大入职。

他以前也猜测过，应该是有人想帮助林晚星和学生们留下他，才揭穿了他。

后来，林晚星总在那个邮箱里记录着许多事情，他就没有再多问。

但如果，这一切不止于此呢？

王法提出想要蒋旬的联系方式，陈、钱两位老师答应留言转告，让他等电话即可。而对于林晚星究竟为什么离开，两位老师都不知情。

最后，两位老师留下文成业单独说了两句话。

王法拿着老陈写下的邮箱账号和密码，带着学生们返回梧桐路7号。


远离山林，天气晴好。

阳光透过窗户，灰尘在光线中飞舞，元元补习班被照得热烘烘的。

这还是他们再熟悉不过的教室，却因为那些深藏着的故事，一切都仿佛与往日不同。

学生们安静得一句话也不想说。

王法在教室最后排坐下，课桌上还有很早以前学生留下的算术草稿。

他偶尔也来听林晚星给学生们上课。午后有段时间，教室角落非常适合午睡，尤其配上林晚星平和清澈的嗓音。他会看她爷爷奶奶留下的小说，她不仅从来不管，还会给他推荐自己喜欢的。

现在想来，那些日子恍然如梦。

教室里有台旧电脑，林晚星一般用它上课。

祁亮打开永川远大俱乐部的官网，输入邮箱账号和密码。

收件箱里只有零星邮件，草稿箱却满满当当。

一封封点开，里面是林晚星记录他们生活的点点滴滴。

虽然蒋教练已经去世，但她好像很清楚，已故的蒋教练最想看到的是什么。学生们的课业，他们的比赛，天台上的花草，逗弄野猫的时刻……

林晚星不是专业摄影师，但总有很多可爱和稀奇古怪的角度。她挑选了不少有趣的瞬间记录下来：泡沫箱里种的生菜、挂得整整齐齐的球袜，其中也不乏男生们对着镜头做鬼脸的大头照。

放在以前，学生们肯定已经开始吐槽林晚星的拍照技术。

可现在，这仿佛变成了她留给他们的全部回忆。

整个教室都非常安静，只有点击屏幕和鼠标滚动的轻微声响。

王法偶尔能在一些照片中看到自己，大多是侧脸或者背影。

如果林晚星在身边，他一定会按着对方问，怎么他的照片这么少？

就在他想到这里的时候，祁亮点开了最后一封、也是林晚星最早存入的邮件。

To The Mysterious：

您好，请允许我用上"神秘人"这个称呼。

非常感谢您在黑板上留下的信息，帮助我们留下了王法教练。

虽然我也不太清楚您究竟是谁，其实有一些小小的猜测方向。

但我想，我们应该都认为，保持一些点到为止的不做追问，会有更多趣味。

心里有很多话想说，但好像又没什么好说的。

不管您是谁，应该都很关心这些学生们。所以我会用这个邮箱记录一些学生们的日常，作为您帮助我留下他的回报。

而下面这段视频，是王法教练离开前，学生们给他录的临别赠言。

现在他老人家不走了，好像也没办法发给他看了。

无论您以后是否会登录这个邮箱，或者其实这些都是我的自言自语并不会有人看到，我都想用这段视频作为新生活的第一次记录。

我应该还是希望，所有深藏着的感谢和心意，终有能被看到的那一天。

在林晚星写下的简短信件后，是一段视频。

预览画面是付新书的面容。

王法记得，他要离开的那个晚上，天上有通红的云彩，学生们似乎有在偷偷摸摸做些事情。但那时沉浸在离开的茫然若失中，他完全没有在意。

"我们现在要看吗？"付新书吸了吸鼻子，眼眶有些发红，转头问他。

王法愣了下，男生们脸上带着悲伤和局促。

"要不您自己看吧，我们说得有点儿肉麻，一起看尴尬。"秦敖这么讲。

王法点头同意，让祁亮转发邮件给他。

时间是下午两点，学生们的日程表上，他们每天开始午自习的时间。

学生们留在教室里，王法拿着手机，独自一人上楼。

那是他每天都会走过的楼梯。楼梯内的高窗会透下一些光，转角会有光亮，但大部分的阶梯都是昏暗的。

他打开视频，只留下一点儿仅供自己倾听的音量，然后继续向上走。

付新书的面容最先出现，他一直是平静而坚韧的："王法教练，虽然您要走了，但还是很谢谢您对我们的教导。我以前从没想过，我还能和兄弟们一起踢球，更别说赢球了，感觉像梦一样，但这种感觉真好！谢谢您！"

陈江河："教练，我比他们认识你都早。林老师跟我说，是你提醒她那个经纪人是骗子，她才来帮我的。遇到骗子那会儿，我真的特别心动，我很喜欢足球、很想出人头地，虽然你戳破了那个谎言，但好像给我带来了新的希望。每天脚踏实地地训练，感受到能力的提升，才是正道。"

郑飞扬："您第一次出现那会儿，我们都觉得您是个骗子，是想泡我们老师才装懂足球！但是，您不是装的，您是真懂啊！天上掉馅饼一样，怎么可能有那么厉害的人愿意来教我们？！"

林鹿："教练你要走了，真的很不舍得！但这很正常嘛，你这么牛的教练还能一直让我们爽不成？我们会继续好好踢球的，你记得偶尔回来指导下我们就行！要记得回来哦！"

……

秦敖、俞明莫名其妙地凑在一个镜头里："教练，你就是神！你太牛了！"两人一起合唱了一句"噢嘟噢嘟噢嘟"，吵吵闹闹的歌声在空间里回荡。

画面一转，智会在视频最后出现："教练，我之前给你排了下八字，男命流年逢财星。你应该有段命定的正缘，但你又要跑路了，所以应该是我学艺不精没算准。"

视频背景很暗，所以整个氛围显得更神神道道。

听上去有些好笑的内容，由智会一本正经地说来，王法也无奈地笑了。

他的手搭上天台铁门，球员们的欢送词播放完毕，视频画面暗下。

可当他的手触碰屏幕想要关闭视频时，底下浮现的进度条却告诉他，后面还有一些内容。

片刻后，林晚星的面容出现了。

王法几乎能听到自己心脏剧烈跳动的声音，他不由得调大了一些音量。

还是光线朦胧的室内。

一开始的时候，林晚星像是很不适应对着镜头录视频的样子，她的头发松松扎起，一些松散的落在脸庞。她向左边歪了下头，然后扯着嘴角笑了下，目光有一瞬的茫然。

但过了一会儿，她又回过神来，整理下情绪，露出像往常一样轻松平和的笑容，对着镜头缓缓开口。

"嗨，王法。

"我从来没有给男生录过这种东西，所以有点儿不好意思。

"首先很感谢你这段时间的陪伴，还有你对学生们的教导。

"虽然我总在鼓励学生们追寻心中的梦想，但现实是很残酷的。我比谁都清楚，没有你在的话，学生们是没办法继续一起踢球了。

"这些球员对你来讲，或许是萍水相逢的过客，你就像随手搭救落水的猫猫一样，把他们捞起来晒干。可你知道吗，对于小猫小狗来讲，能被阳光照着，就是生命中最幸福最有安全感的事情了！

"所以真的非常感谢你！"

说完这段话，林晚星似乎已经准备关掉视频录制。她身体前倾，清秀的面容在镜头前放大。

可在某一瞬间，她却停止了动作。

像是外面突然有什么声音打断，又或者是她本身想起些别的什么事情，她重新坐回了位子上。

进度条继续播放下去。

"刚才是不是有点儿假，虽然也是心里话。理智上，最想说的话是不可以讲给你听的，但反正我会把这段剪掉，你不可能听到，所以说说也没关系。"

她近乎自言自语地嘟囔了一会儿，在镜头前重新坐好，褪去笑意，露出最真实的平静面容。

她低头整理了下思绪，用另一种不那么快乐开朗，格外困惑不解的语气继续说道——

"王法，我也不知道怎么了，听说你要走，心情就很奇怪。

"很失落吧，应该是失落。

"你是我见过的最有趣的男生，和你在一起，每天都很轻松、很快乐。

"虽然你看起来也有很多的故事，但我也有很多秘密。不过有你和学生们在，好像每天都很忙，可以暂时不用去想那些我得不到答案的问题了。

"我之前有段时间，会整夜整夜睡不着觉，当然来这里的时候也会。可是一想到你在隔壁，明天不知道又会捣鼓些什么新的饮料，就好像每天都有了不同的期待。

"身边一直有人陪着的感觉很好，如果你走了，隔壁就空了，我又是一个人了。

"每天和你一起躲在这个天台的感觉很不错。所以我想问问你，可不可以为了我，留下来呢？

"我知道这很自私很烦人，而且我也不知道是为什么，可我就想有人能陪着我。

"所以，你可以留下来，陪陪我吗？"

画面中，林晚星最后狡黠地笑了下。

然后，她身体前倾，下定决心似的一把关闭摄像头。

进度条走到终点。

画面隐没于黑暗中。

王法感觉呼吸都要停止了，眼里只有林晚星在台灯下最后的笑容。

明明是再轻不过的声音，却在他耳中隆隆作响。

五川路体育场初见，明珠球场再相遇，渐渐地，林晚星和球员们慢慢渗入他的生活。

他以前以为，他们是一阵吹过的风，让他马不停蹄的半生享受了一段毫无压力的轻松时光。

实际上呢，风吹过后，满城皆绿，带给他整个世界的生机勃勃。

但还有雨。

此时此刻，雷声大作，他被倾盆大雨完全浇透了。

他的心情极度复杂纷乱。一面庆幸自己没有离开，陪伴林晚星度过了那么多愉快时光；一面又感到后怕。

可他是被林晚星留下来的，林晚星明明需要他，却始终拒绝他的进一步接近，并走得毅然决然。

他根本无法理解这一切。

天台上狂风乍起，铁门被吹得哐哐作响。

在他们的所有故事里，一定有什么他忽略的地方。

王法强迫自己冷静下来。

他不断回想自己来到宏景后发生的所有事，时间线向前移动，直到某个关键节点。

他近乎迫不及待地重新按亮手机，翻出通讯录。

英国时间是清晨六点多。

心理医生和病人间并不能有私下联系，但家族的心理顾问显然可以是特例。

王法打过去时，以为会等待很长一段时间，但电话几乎在响了后就被接起。

"严医生，抱歉这么早打扰你。"他缓和了下情绪，这样说道。

"不早，我等你电话很久了。"

电话那头是平静如水的女声，带着咖啡机启动的杂音。

听到后面这句话，王法的心脏不可遏制地猛跳，他知道自己找到了正确的方向。

时间回到他来宏景之前。

他记得很清楚，在他准备回国后，他的心理医生建议他不要那么快做出完全放弃的决定，可以尝试选择一个靠近球场的地方生活，多观察多思考后再做出选择。

所以，他租下梧桐路7号的天台。

期间偶尔有家庭日，是必须全家参加的线上心理咨询。聊到他的时候，也正是电话那头的心理医生建议他，可以去看看国内的青少年球赛，寻找最初热爱足球的那种感觉。

所以，他才会在那个周日，来到那座球场。

"我有个问题，您认识林晚星吗？"他非常直接地问道。

等待回答的时间对王法来说非常漫长。

但对严茗来讲，可能只是抿一口咖啡的时间。

严茗："如果你仔细看过我的简历，应该知道我本科就读于永川大学心理学院。"

"所以呢？"王法握紧手机。

"所以，我确实认识林晚星。"严茗说。

她甚至没有问哪个"林"哪个"晚星"，而是直截了当地承认。

王法一把推开天台门，阳光晃眼，风吹得他的帽衫猎猎作响。

"你为什么会认识她？"严茗承认后，王法复杂纷乱的头脑反而冷静下来，克制住心中的诸多问题，"你比她大了十二岁，她进大学的时候你早就毕业了。"

"细节很好，王法。"严茗停顿了下，"但有没有可能，我认识她，但她不认识我？"

这简直像什么精心设计的游戏。

近在宏景的陈、钱二位老师，远在英国的心理医生，他们都早早地认识林晚星，可林晚星本人却毫不知情。

严茗抿了口咖啡，像在给他思考的时间："王法，你关心的问题不过两个：第一、在林晚星身上究竟发生了什么事；第二、你在整件事情中究竟处于什么样的位置。"

"你错了，我根本不关心第二点，也不关心你到底做了什么。"王法说，"我只关心我该怎么做。"

电话那头，严茗的声音不再有清晨的慵懒。她在餐桌前边坐下，打开笔记本电脑："我认识林晚星，是因为她有段时间，成为校友间的谈资。"

"是指她在大学里出的事？"

"你没有完全查过她是吗？"严茗似乎有点儿不可思议。

"我想谈恋爱，还要调查女生的背景？"王法跟着不可思议地反问道。

银勺落入杯中，他的反应让严茗沉默下来，过了会儿，她才感慨地说道："所以只能是你啊，王法。"

"事实上，我不确定怎么做才是对的。"王法沉思片刻，如实以告，"我搜索过一些她的资料，但没有结果，你们永川大学的问题太多了。"

"首先，我们永川大学的问题只是比普通高校略多一些，天才和疯子从来都只有一线之隔；其次，不光是你，其实我们也不清楚真相是什么，更不知道怎么做才是对的。"

"什么真相？"

"你说得对，林晚星是我的学妹，我比她高了整整十二届，照理说我不会认识她。"严茗走到窗边，"你听说过知名校友录吗？"

"那是什么东西？"

"就是校方才有的联系名单，上面有我们很多心理学院知名校友的联系方式。去年的某一天，我们很多人都收到了一封同样的邮件。"

所有人言辞中透露的内容，包括林晚星绝口不谈的态度，都证明那在当时是一桩恶性事件。

严茗已经把杯中的咖啡喝完，她说得很慢，显然是因为这件事需要找到一个合适的叙述角度。

"群发关于林晚星的邮件，谁干的？"

"我们不知道是谁发的，但邮件内容很可怕。"严茗坐直身子，郑重地说，"里面讲述了林晚星犯下的恶行，其内容逻辑链完备、证据确凿，耸人听闻。"

在此之前，王法已经做好心理准备，可听到"耸人听闻"四个字的时候，仍感到一阵寒意。

那是互联网上简单搜索查不到的内容，却被私下群发给了学校校友。

从林晚星父母的态度来看，他们应该也知道了这件事，并且不相信自己的女儿。

像是什么无处可逃的牢笼，要把林晚星的所有社会关系斩尽杀绝。

王法根本无法想象，林晚星到底经历了什么。

"无论你怎么看，我都相信她。"

"任何看到那封邮件的人，都会认为林晚星有问题。但我们不是傻子，肯定会对群发邮件这种事保持怀疑，自以为是的正义有时就是罪恶本身。"

"除了吃瓜、审判并保持警惕外，你们这些'知名校友'还做了什么？"

"你了解她，但我们不了解。"严茗沉默了一段时间，然后说，"因为一些原因，事件的真相很难被调查，所以我们只有了解林晚星究竟是什么样的

人，才能做出我们的判断。"

"葬礼后，蒋教练的儿子突然想到林晚星，是你的主意？"王法问。

严茗又沉默了一会儿，最后下定决心般地说："是我。你可以这样理解吧，心理学实验除了人为干预控制变量的方法以外，还有一种自然观察法。蒋旬的存在提供了一个契机，一面是我校教育心理学历年来最优秀的毕业生之一，另一面是需要得到教育的学生——我们想看看在自然条件下林晚星会做些什么。"

巧妙的安排，对好奇心的完美利用，稍加引导但不做干涉，尽量保持自然地观察。

陈、钱两位老师确实做了很多工作，但很多事情显然在他们能力范围之外。

"那么我呢，一个有心理问题的教练，你想用我观察她什么？"

"我发誓我给的都是建议，我没有用任何心理学暗示手段让你去她的身边。是你自己选择了梧桐路7号，听到你和你父母报备新地址的时候我惊呆了。我们为她安排了那么多刻意的相遇，但只有你，是她命中注定的意外。"

王法站在天台凛冽的风口处。

这里到处是他和林晚星生活过的痕迹。

他们在这里聊天，看电影，观察不远处的球场。

林晚星会在这里工作，记录学生们的日常，也会照顾花草，指挥学生们做这做那。她一直谋划着养一只猫和一条狗，但始终没有捡到合适的。

风里好像都带着她的笑声。

无论听严茗说多少，王法脑海中只有林晚星。

她很明显想要逃离这一切，可偌大的社会关系网却将她缠绕其中。

她被观察着，被人引导着做了许多事。

直到她选择离开，王法甚至庆幸她终于走了。

"虽然不知道究竟发生了什么，但我现在可以理解，她为什么要走了。"王法平静地说道。

"问题就在这里，王法。"严茗换了个坐姿，郑重地说道，"林晚星作为自然观察实验对象，我们了解她，不认为她会一走了之。你可以尊重她的选择，不再过问，或者，帮助她走出来。"

"明白。"

严茗坐在餐桌前，专注地看着电脑屏幕上的内容。

"如果你想了解她的事，可以打开邮箱。但这是一个死局，当事人从一开始就选择了自杀，没有人知道真相。"按下发送键前，她这样说道。

# 13.

# 舒 庸

死者名叫舒庸。

1959年生人，永川大学心理学院终身教授。

1977年，进入永川大学教育学系学习。

四年后毕业，获教育学学士学位。同年9月，进入永川大学心理学院，先后担任助教、讲师。

1995年，前往美国CHU大学担任访问学者。回国后，他潜心儿童教育心理学研究。

和现在拥有华丽履历的学者相比，舒庸教授的生平相对简单朴素。他鲜少参与社会活动，潜心学术，并主持了大量重要研究。

他热爱教育工作、悉心指导学生，在当选永川大学心理学院副主任后，他仍然每周坚持承担大量教学工作。

舒庸教授和夫人何悠亭教授生活清贫，乐于助人，资助了超过一千名贫困学生，工资除基本生活所需外全部捐献出去了。

就是这样一位深受学生喜爱、安贫乐道的教授，于一个隆冬的午后，在自己办公室结束了生命。

而林晚星，是舒庸生前最后见的人。

打开邮件前，王法其实没有犹豫。

他做了足够的心理建设，设想了很多林晚星被指控的"恶行"，但舒庸的死亡，完全颠覆了他的认知。

这不是什么极致的暴力事件，而是一场阴暗凄冷的雨。

舒庸自杀后，林晚星作为生前最后和他接触的人，接受了警方的调查。调查内容不可知，但很快，林晚星就回来了。

在邮件中，撰写人用上了"无罪释放"这个词。

因为警方确认，舒庸是自己踢倒了脚下一米多高的心理学书籍，悬梁自尽的。死亡现场满地卷帙，没有他杀痕迹。

林晚星在法律上脱罪，但写邮件的人认为，她必须接受严厉的道德审判。因为她涉嫌精神控制舒庸，使舒庸教授饱受折磨，愧对家人，最终选择结束自己的生命。

邮件中附上了舒庸教授写给夫人何悠亭教授的亲笔道歉信。

舒庸教授最后说："悠亭，一切都是我的错，是我对不起这个家，对不起你。"

整封邮件内容朴实直白，饱含对舒庸教授的缅怀和对林晚星的恨意。

林晚星和舒庸夫妇私交密切，信中罗列的证据众多，包括舒庸对林晚星的爱、帮助林晚星完成论文的证据，以及一些相关同学的证词。

云层浓厚，线索如藤蔓般缠绕。

荒诞的、诡谲的、惊悚的……

在这封发送给永川大学大量校友的邮件中，林晚星是个为了私利不惜勾引老师、破坏家庭、无恶不作的魔鬼。

舒庸饱受良心谴责，又放不下对林晚星的情感，最后选择自杀。

王法很难形容看完邮件后的感觉。

人已经死了。

死者承认，同学做证，物证丰富。

对林晚星来说，她百口莫辩，没有任何证明自己清白的机会。

连父母都不相信她，她要怎么才能解释清楚自己不是那样的人呢？

她没办法说。

父母对她的态度，难以启齿的故事，封存过往逃离永川的行为。

还有，为什么林晚星明明需要他，却拒绝他进一步接触的态度。

一切的一切似乎都有了解释。

在这个时刻，王法很想回到每一个林晚星在天台的夜晚，对她说"我相信你"。

但此刻他又比谁都清楚，一切宽慰和爱对林晚星来说都是无用的。

她走不出来，就是走不出来。

"我看完了，我相信她。"最后，王法只能对着电话那头的人这么说。

严茗意外于王法的冷静："但请理解，我们没办法完全相信林晚星。"

"舒庸死了一段时间，那人才把这封邮件群发给你们，你觉得是为什么？"王法说。

"事情发生在毕业季，撰写人说是调查时间很长，没有严格意义上的法律证据，只能道德谴责。具体原因，可能只有林晚星自己知道了。"

"我有最后一个问题。你们很多人应该都上过舒庸的课吧，为什么不相信德高望重的老师？而是大动干戈为林晚星做这些，给她证明自己能力和品行的机会？"

严茗沉默了一段时间，说："不知实情，不予置评。我们不相信任何一方，只想保持客观和理智。"

王法并不完全相信这个回答。


结束和严茗的对话后，王法挂断电话。

差不多在同时，天台响起敲门声。

王法听到自己用喑哑的声音说了"请进"两个字，学生们推门进来。

天台的风凛冽而起，他们鱼贯而入。

"教练，你眼睛怎么红了，哭了吗？"林鹿半蹲下来，试图安慰他。

看着眼前的学生们，王法忽然能感受到一些林晚星每天看着他们的心情。

凄冷的生命因为他们的存在变得热闹丰富，不再孤单。

"是不是我们老师的留言太感人了？"秦敖问。

"是，我等会儿就改密码，你们不许看。"王法说。

学生们吐槽了几句"喊""小气"，然后又都沉默下来。

过会儿就是他们的足球训练时间。但事情没有解决，林晚星没有回来，没有人想动。

"所以老师到底出了什么事？"

"我们要怎么救她啊？"

他们满脑子想的都是这些事。

闻言，王法回过神来，再次看着那封邮件。

他忽然明白了林晚星在每次抉择的困难时刻，为什么要翻来覆去拉着他讨论究竟怎么做才好。

现在，摆在他面前的问题是——是否要告诉学生们新邮件的内容？

林晚星被怀疑精神控制老师，逼死德高望重的教授。

事关林晚星不为人知的过去，里面全是肮脏龌龊的事情。从传统教育的角度来说，大人不会让孩子知道这些。

但如果换个角度来想，做最基本的逻辑判断。

林晚星是这样的人吗？

显然不是。

如果邮件内容是假的，那这就是对林晚星赤裸裸的诬陷。

王法再次看向他的球员们。

做了一个他认为林晚星会做的选择。


——谁干的？

学生们听完邮件里的故事，第一反应很出乎王法的意料。

他们气势汹汹地问道。

"你问的是什么是谁干的？"王法在思考自己哪里没有讲清楚。

"我们问的当然是谁发的邮件陷害我们林老师！"

"狗东西别让我逮住，我直接弄死他！"

"太傻了吧，我们教练怎么说都是高富帅了，林老师说不要就不要，会去勾引个糟老头子？"

学生们你一言我一语，纷纷放狠话。

王法想，如果林晚星在场，应该会为这种无条件的信任而动容。

但很可惜，林晚星并不在这里。

"教练，我们下一步要怎么做？"文成业这样问。

问题太多，事情发生得太快。

林晚星有无法解开的心结，所以最终选择离开。

他对林晚星说一万遍"我相信你"，就能解决问题吗？

现在贸然关心，很可能是用他们自以为是的好意，将她逼入更艰难的绝境。

"你们先去做今天的体能训练吧，让我想想。"王法这样对学生们说。


重新坐在五川路体育场的看台上，眼前是宽阔的球场。

春日万物复苏，绿意覆盖，可在王法看来，今天比以往的每一日都更加晦暗。

林晚星的故事全在一封试图构陷她的邮件里。

而真相究竟是什么呢？

又有谁知道呢？

王法低头看着自己的手机通讯录，最终还是打了个电话。

求助这件事本身就是走投无路的做法，而他确实没办法了。

电话接通得很慢，正当他以为要自然挂断时，才被接起来。

王法深深吸了口气，下定决心般地开口："我想了解一个案子。"

"首先，大人没教过你给长辈打电话的时候要先喊尊称吗？"

沉默了一段时间，王法缓缓开口："小舅舅。"

电话那头的人，姓刑名从连，时任宏景市刑警大队大队长。

虽然王法喊他小舅舅，但其实二人岁数相差不大。是那个年代长女和小女儿之间的岁数差距，造成了他们的辈分差。

喊一个比自己大不了几岁的人舅舅显然吃亏，对王法来说，他不到迫不得已不会向家人求助。

但现在，他确实急需专业人士帮他理清这一切疑点。

"欸。"

果然，电话那头的人享受地应了一声。

王法正想继续说下去，却听对方冷酷地说道："王法同志，不管什么案子我都不能私下给你透风，奶茶贿赂是行不通的。"

王法坚持说道："你可以先听我说完吗？"

"哦，你辈分低听你的，说吧。"

学生们今天训练格外认真，在球场上发疯似的奔跑，像要发泄心中很多情绪一样。

王法看着他们，开始讲述他和林晚星的事。

讲起正事，刑从连瞬间不再玩世不恭，听得非常认真。

"永川大学心理学院教授自杀？"听到某一节点时，刑从连忽然这样问。

"嗯，我看到你们最近处理了永川大学的案子……"

王法话说了一半，注意到刑从连压住了话筒，像是房间里来了什么人，或者本来就有人，他在和对方交流着什么。

过了相当长一段时间，电话才被接过。

不属于刑从连的声音传来，音质清冷悦耳。

"你好。"

"你好。"王法不由自主地打了个激灵。

"自我介绍一下，我叫林辰，永川大学犯罪心理学专业毕业，也算林晚星的师兄。"

"您好。"

"你想找的不是刑从连，应该是看到我们在永川大学处理的连环自杀案，所以想来找我？"

虽被一语道穿，林辰却没让王法感到不适，相反，镇定和冷静本身就能抚慰人心。

"是。"王法承认道。

"我再和你确认一下，林晚星离开的时间是……"

"对。"

电话那头沉吟片刻，像是想明白了一些问题。

"我大概知道了，舒庸教授自杀案的真相，我会重新调查。林晚星离开的原因我会再问严茗。你可以让蒋旬直接给我打电话。有时间的话，周日你可以来一趟永川，我会帮你解决一些疑问。"

电话那头的声音很平和，桩桩件件都交代得很清楚，王法不敢相信对方完全把事情揽到了自己身上。

他小舅舅本人也是同样的震惊："你还真帮他查，有点儿兴师动众吧！"

"我调查这些，可以不借阅警方卷宗，你不用为难。"林辰说。

"哎，见外了不是！"刑从连这么说着，挂断了电话。


周日，按照约定，王法上了前往永川的高铁。

与他同行的，是经过推举的二位"保镖"——秦敖和文成业。

秦敖人高马大最凶悍，而文成业当选的理由则是他很变态，绝对能下死手。

两位男生美其名曰怕他去永川的路上有危险，但王法很清楚，他们只是想知道答案。

约定地点是永川大学校门口。

进入校区外的道路，一眼就能看到前方高耸的"永川大学"汉白玉牌坊。

天气晴好，人们换上轻快鲜艳的春装，四周都是生机勃勃的动人景象。

秦敖和文成业虽然没说话，但第一次来真正的名校，他们都显得有些激动。

王法一眼就看到等在牌坊下的两人。

他的小舅舅依旧保持着胡子拉碴的模样，但明显比上次见面时沧桑了不少。

而在他小舅舅旁边站着的人，应该就是那位犯罪心理学家了。

林辰穿了一套灰色连帽运动衫，目光清澈平和。他几乎完全融入了周围的大学生中，却又和所有人都完全不同。他只是站在那里，但连秦敖和文成业都忍不住盯着看。

真见了面，刑从连没了电话里的吊儿郎当，拍了拍王法的肩，算作打招呼。

王法心中一沉，知道是林晚星的调查结果不好。

但林辰却相对显得轻松。

"秦敖、文成业？"林辰目光扫过他们，准确喊出了两位学生的名字，

"你们都成年了吧？"

两名高中生惊呆了："啊，是啊！"

"走吧，我带你们参观一下永川大学。"他对他们说道。

永川大学历史悠长，这里绿树成荫，环境清幽。

林辰带他们走上一条青石板路，大学校园里的一切似乎都被绿意暂时隔绝。原本咋咋呼呼的男生不由自主地安静下来。

"林顾问很喜欢做导游。"刑从连说。

林辰也真像个尽职尽责的导游，不仅给他们介绍现在所在的位置，还带他们在永川大学的湖边散步。

林辰气质很清冷，但却没有距离感，跟着他一路走，听他介绍母校的一切，学生们的问题也多了起来。

他们开始问林辰当年考了多少分，他们体育生能不能上，大概多少分能上之类的。

林辰一一作答，对于不了解的部分，他也说会去问了相熟的招生老师后，再给他们解答。

就在所有人差不多忘记此行目的的时候，林辰忽然说："我们学校风水不太好。"

男生们皆是一震，他们正好在湖边，旁边是几棵歪脖子的柳树。树下摆着鲜花和一些祭奠用品，柳枝垂在湖面，风一吹，霎时阴风阵阵。

刑从连立刻赞同："我早这么觉得了，尤其你们学院。"

"这没办法，我之前和老师提过，我们心理学院风水肯定有问题，得找个专业风水大师来看看。"

"呃……好。"刑从连这么说。

林辰在湖边站定。

他仰头，深深望向不远处的一栋老楼，然后转头对他们说："其实林晚星的离开，与我们有一定关系。"

王法和学生们一时没反应过来。

"但关系不大，我们不背锅。"刑从连强调。

"永川大学之前发生连环自杀案，因此当地警方重新提调了前案相关案卷，

看是否有关联。林晚星离开的那天，作为舒庸自杀案的相关人员，再次接受了调查，这应该是促使她离开的最直接原因。"

"两个案子真的有关吗？"

"调查中未发现相关联系。"

"那我们老师为什么要走？"

秦敖完全不理解这是怎么一回事，他完全信任林晚星，所以无法理解她因为被调查就走人？

"警方调查诱发了她的创伤性记忆吗？"王法问。

"这应该是她离开的一方面原因。"

"舒庸教授的自杀案到底是怎么一回事？"

闻言，林辰深深地看着他们。


从湖边向前走，林辰带他们来到一栋民国年间建造的老楼前。

那是老式砖楼，门口花坛有一株繁茂的紫色三角梅，掩映着一块铜质门牌，上面是"永川大学·心理学院"几个字。

林辰看了眼两位男生，没有避讳他们的意思，踩着吱吱呀呀的木楼梯，将他们一起带上楼。

五楼走廊上安着老式琉璃花窗，因此显得格外幽暗。

水磨石地板，暗红色木门。

王法盯着木门上的黄铜把手，很快明白过来："这里是……"

"舒庸自杀的办公室。"林辰看了眼时间，像在等什么人，"他自杀前，和林晚星在这里见过一面。林晚星离开后，舒庸反锁了办公室的门，给林晚星发了一条信息。也因为这个原因，林晚星是最先发现舒庸尸体的人。"

"什么信息？"

"再见吾爱。"

王法猛地看向林辰。

林辰推开办公室的门。

腥湿的湖风灌入，满地卷帙飞扬，整个空间像是被完全封印在舒庸死亡的那个时刻。

办公室里有一扇窗，林辰望着窗外的小路，说："来这栋办公楼的路只有一条，那天晚上下着雪，舒庸自杀的时候面朝窗外。林晚星如果收到信息赶回来，第一眼就能看到他。"

办公室里静得吓人。

仿佛有踩雪的咯吱声响起，女生抬起头，灯光昏黄的室内，老师悬挂在梁上。她先是不可置信，然后疯狂跑上楼，绝望地呼喊求救，不顾一切地撞门……

很显然，那不是绝望的自杀，而是蓄谋已久的死亡计划。

舒庸窒息的那段时间，说不定还在享受林晚星的哭号。

直到保卫处姗姗来迟。

她看到的就是悬挂在梁上的冰冷尸体，以及散落的文献著作。

舒庸的遗书就放在办公桌最显眼的位置。

雪片从窗口卷入。

可从那一刻开始，林晚星的世界完全变得黑暗了。

"是的，舒庸死前向林晚星告白，他知道林晚星会拒绝他。但没关系，他会把林晚星永远钉在他的标本盒上，享受死后的一切。"林辰这样说。


四周像冰窖一样寒冷。

但有时活着，比死更冷。

王法感觉世界像碎片般簌簌剥离落下。

他看过那封邮件里的内容，他以为那就是有人单纯构陷林晚星，他什么也不信。

他从没想过，这件事还有另一个更恐怖的可能性。

信里有一部分内容，是真的。

"那个死掉的老男人，爱我们老师？"文成业用冰冷的语气问道。

"我肯定不会把这种感情定义为'爱'。那会儿林晚星拿到了全额奖学金，毕业后就会出国留学。舒庸知道再也留不住她，所以用这种极度畸形而变态的方式，想要锁住她的灵魂。"林辰说。

"我们老师知道这事儿吗？"秦敖忽然开口。

"她知不知道这点并不重要，因为被舒庸爱上的那一刻起，在所有人眼中，

她就是有罪的。"

林辰的声音明明很轻，王法听来却震耳欲聋。

那些隐秘的不为世人接受的情愫，炙热的欲望，舒庸从一开始就没想过隐藏。

更可怕的是，舒庸不只想让林晚星知道他的爱，他还要让所有人都知道这件事。

"那封群发邮件，到底是谁发的？"王法问。

林辰用赞赏的目光看了他一眼，然后看了看时间。

走廊内响起脚步声，办公室门口，有人用震惊的目光看着他们。

"你们怎么进来了？"他问。

来人是个男生，穿着简单，但身材高大魁梧。他露在外面的小臂很是精壮，目光中充满力量。

"这里之前出过命案，封了很久，你们闯进来干什么？"男生直接走进来赶人。

"我们在等你，向梓。"林辰转过身看向对方，打了个招呼。

"向"姓并不多见，王法很快想起，曾经在永川东明湖畔，林晚星听到这个名字后情况就很不对劲。

王法立刻意识到什么，他攥紧拳头，林辰却淡淡地看他一眼，摇了摇头。

"是我让付郝喊你过来的，走吧，我们一起喝点儿东西。"林辰对向梓说。

就这样，原本的五人观光团有了新成员。

林辰带着他们一行人，来到学校咖啡厅，找了个角落坐下。

"又需要多巴胺吗？"刑从连呷了呷嘴，问道。

"倒也不是，就觉得在公共场合聊天，大家都会比较心平气和一点儿。"林辰说。

向梓浑身紧绷。

王法脸色铁青。

学生们不明所以，欲言又止。

"我来分别介绍一下吧。"咖啡上桌，林辰开口，"这位是向梓，我们学校心理学院的在读博士。"他停顿了下，看向向梓："这三位是林晚星的朋友以及学生。他们很关心林晚星在读硕最后半年发生的一些事。"

向梓长得很硬朗，像是早已猜到什么，他目光冷峻地扫了一圈，眼中满是轻蔑："我只知道，林晚星勾引了舒庸教授，破坏了他的家庭，使教授饱受内心折磨，并最终选择自杀。"

秦敖一拳捶在桌上。

林辰看了秦敖一眼，男生立刻噤声。

"是吗，可是付郝说，在舒庸教授死后，你多次以各种理由向校方举报林晚星。后来你又写了很详尽的调查报告，匿名发送给很多校友，我认为你是最了解内情的人。"林辰说。

王法早就猜到，他死死地盯着向梓，越是愤怒，也越是冷静。

"我不知道你在说什么。"

"不用否认。"

向梓看了眼刑从连，问："现在在干吗，审我？"

"别紧张，我们只是回母校来喝咖啡的。"林辰站起来，和刑从连换了个桌子，给了他们足够的谈话空间。

学生们有些不明所以。

王法知道，林辰是想把这件事交给他自己问清楚。

整个卡座空间霎时安静。

向梓抢先开口："你们怎么突然想到了解林晚星，是有新的'受害者'出现？"

秦敖和文成业的拳头都攥得紧紧的，但没有再冲动。

王法看着对面的人，虽然怒不可遏，但还是说："她不辞而别，我们都比较担心。"

"不用担心，林晚星这种女人，去哪儿都能混得开。"

王法深吸了口气，冷静地问道："向博士，我看了你写的邮件。你在邮件里说，林晚星一开始就引诱舒庸教授犯了大错，目的是让舒庸教授在学术道路上帮助她？"

"同一个教授带的，你知道林晚星发了多少篇SCI吗？她那两篇顶刊，教授

都找了相关研究方向的专家给她当通讯作者，你知道这是什么概念吗？我们有别的同学，都快延毕了才整出个二作的文章。"

王法不了解学术圈的规矩，但他完全能想象，林晚星的优秀有多么招人嫉妒。

而舒庸太懂这些学生了。他从很早的时候，就为林晚星设了一个巨大的圈套。只需要一点儿小小的助力，林晚星的一切成绩就会被人质疑。

舒庸很可能利用了向梓。

强忍着心中的恶心，王法继续问道："但那应该是很隐秘的吧，我是说，林晚星和舒庸教授的感情，你怎么知道得那么清楚？"

"你在怀疑我？"

王法想了下邮件中的内容，直接拿出手机，打开一篇文章，屏幕放在桌上，推给向梓："你在邮件里提到林晚星发表的论文，里面有舒庸教授和林晚星之间的关键证据。它变量呈现的首字母是：LWX LOVE SY，但我不太明白这篇论文。"

向梓扫了一眼手机，说："这是一篇关于道德启动效应对亲社会行为影响的研究。大概指通过快速呈现一些词汇，或者一些正向的道德故事，来鉴别这些正向的材料对人的亲社会行为是否有促进作用。举个简单的例子，就是说看了'路不拾遗''舍己为人'故事的学生是否会捐更多的钱。"

"首字母非常隐晦，甚至可以说牵强附会。你说这是林晚星勾引舒庸教授的手段，但这个信息你是怎么发现的？"

向梓的脸阴晴不定。

"我想知道，舒庸教授自杀，有没有可能是因为你发现了他对林晚星的感情？"王法问。

闻言，向梓猛一拍桌，提高音量，暴怒而起："老师一直都非常痛苦，你们根本什么也不知道！"

"我确实什么也不知道。"王法说话时齿颊发冷，思维却愈加清晰。

他的指节轻轻敲击着咖啡店的玻璃台面，一下，又一下……

"但你可以告诉我吗？"最后，他这样问道。

沉默良久后，向梓缓缓开口："那是一张照片。"

照片是林晚星的，夹在舒庸办公桌上一本摊开的英文期刊中，而且恰好是林晚星刊发道德启动效应的那页。

英文期刊大家一般都是网上看的，除了图书馆会订一些纸质版的以外，真的很少见。

因为林晚星的一篇论文里说好要加上他的名字，但收到编辑部确认邮件时，他的名字却没有了。林晚星说论文最后都是教授提交的，她不清楚这是怎么一回事。

向梓直接找上了舒庸。

看到照片时他非常震惊，因为那不是一张学生合影或者别的什么，而是林晚星对着镜头，边笑边用手比了个巨大的爱心。

现在这个年代，照片都存在手机里，这种特地冲洗出来的照片本就很少见，更何况是漂亮女学生的比心照片，更加意味不明。

而舒庸的反应也很有问题，他非常慌张，一把合上那本杂志放回书架。

"他一直很温和、脾气好，这也是会被林晚星操控的原因。但那次他对我发了脾气，于是我们吵了起来。"向梓这么说。

王法心中一震，他想起林晚星封存在纸箱中的照片。

他不相信林晚星会在论文里向舒庸示爱，更不相信她会把自己的照片夹在里面送给老师。

这一切都是舒庸让向梓误以为的。

她那时候明明那么快乐，却被阴暗的生物一直注视着、算计着。

"你直接摊开论文，质问他？"

"你也看到了，我这人就是心直口快，我直接抢过期刊，抖出林晚星的照片问他怎么回事。他一开始不承认，我说那我去问林晚星的时候，他冲我跪下了，他哭了，他说都是他的错，他求我千万别去刺激林晚星。"

"然后你就没有去找？"

王法感到一丝寒意，如果当时向梓找上林晚星，她一定能明白那是怎么一回事。他不理解，为什么向梓没有这样做。

"因为师母那会儿患肺癌住院，林晚星早就想上位，老师说怕林晚星知道以后趁机做出过激举动，伤害师母。"

吧嗒一声，像有什么东西碎裂了。

王法只觉得恐怖。

林晚星好像不小心粘上巨大蛛网上的小昆虫，被庞大的、即将死去的蜘蛛困住。

舒庸用老朽浑浊的视线目睹她挣扎，甚至在他死后，林晚星也要永远被困在这张蛛网上。

舒庸应该表现得非常痛苦和挣扎，但王法几乎能看到他下跪忏悔时低着头的笑容。

只要把所有责任都推给林晚星就可以了，他重病的夫人可以完全锁死向梓，让他只能默默守住这个秘密。

他脑海中幻想的那些他和她的故事，终于有人可以倾听见证。

在这个过程里，舒庸会不断地忏悔。

是他没忍住诱惑，但事情已经发生，他不知道该怎么办才好。

他对不起家人。

可是林晚星想和他在一起，他完全被她迷住了。

向梓和舒庸的关系越深入，就会越了解舒庸脑海中臆想的林晚星进行情感操控的细节。照片也好，论文首字母也罢，还有其他别的证据，都是林晚星的手段。

舒庸会对向梓越来越好，帮他发论文，答应他保博，视若己出。

舒庸非常痛苦，但表示自己一定会处理好，不会再伤害自己的夫人。

就当向梓以为一切会有什么改变的时候，他收到了舒庸自杀的消息。

而林晚星就在那里。


整个空间完全静默下来。

咯吱、咯吱的踩雪声，轻轻地响起来。

王法仿佛回到了那个寒冷的雪夜。

他看到林晚星因为工作被教授喊到办公室，缓缓走上那栋老楼的木质楼梯。

她是那么美丽、活泼、可爱、聪慧、善良，几乎可以用所有形容女孩的完美词汇来形容她。

更重要的是，她的灵魂太干净了，让人忍不住想要完全占有。

她站在办公室前敲了敲门，却完全不知道门后是什么样的巨大陷阱。

王法觉得自己仿佛站在舒庸身后，想呼喊着告诉林晚星千万不要进来。

可她还是推开了那扇门。

夜风吹起了她的头发。

她是深海蚌壳里的珍珠，也是天空中最柔和静美的星。

舒庸想得很清楚。

她太美好了，一定会拒绝他，不可能和他这样的糟老头发生任何男女之情。

更重要的是，如果他们真发生了感情，那会亵渎她的美，一切爱意都会随之碎裂，他无法接受这样的事情发生。

这大概是一种含在嘴里也怕融化的珍视之情，因为太过喜欢，便更加患得患失。

但时间流逝，他不可能把女孩留在自己身边一辈子，她会毕业、工作、结婚、生子……

让他更难以接受的事情是，升学季到来，女孩拿到了全额奖学金，即将出国留学。

只要女孩毕业，他就将永远失去她，这种恐慌没日没夜地折磨着他。

只要想到这一点，他就痛不欲生。

所以，他决定去死。

他的死亡才是他们在一起的真正起点。

林晚星就这样轻易踏入了他的办公室，像轻轻粘上蛛网的蝴蝶。

雪夜孤灯下，女孩是美丽的、易碎的，他会告诉她自己的满腔爱意，然后满意地死去。

他很清楚，没有人会认为她是无辜的。

他为什么那么胸有成竹呢？

因为世上没有不透风的墙。

林晚星来过他的办公室，还有那条短信，包括他的遗书，肯定会被传出去。

为了确保他死后有人能将此大肆宣扬，他还挑选了一个最合适的人选。

那个人知道一切，并会把这一切公之于众。

届时周围所有人都会成为他爱情的见证者。

隔壁桌的咖啡似乎翻了，瓷器碰撞声响起，让沉浸在故事里的所有人都猛地战栗。

"所以，舒庸教授死前，是否给你留下了什么遗言呢？"王法目光深沉悠远，最后问向梓。

漫长的静默后，向梓开口："老师说，'别说出去，不要伤害她'。"

# 14.
# 悠 亭

　　永川大学咖啡厅，竹帘分隔开每一桌卡座。

　　后一桌的咖啡淌了半桌，可周围的人没一个动手擦拭。

　　林辰缓缓抬头，看着对面坐在阴影里的一位女士。

　　"这里面有您从未听过的部分吗？"他这么问道。

　　"我不知道，向梓从没和我讲过这些。"女士的声音轻柔而平静，"你确定那些举报信是向梓发的？"

　　"我有一个电脑玩得还不错的朋友，让他帮我查了查，能确认是他。"

　　"他到底为什么要这么做？"她用颤抖的声音问。

　　林辰低声道："舒庸挑选向梓是经过精心考察的。首先，付郝说，向梓因为家庭原因，天生就对漂亮的年轻女性有敌意。其次，我们在他发送举报信的邮箱里，看到了大量类似的匿名信件，他常以正义之士自居，舒庸清楚他的脾气。最后，舒庸只需要偏袒林晚星让向梓记恨，就能很好地控制和利用他。"

　　女士认真听完。

　　过了一段时间，她直接站了起来，掀开竹帘，迈开步伐，向前一桌走去。

"为什么这些事，你从没告诉过我？"她直接问道。

卡座竹帘唰地掀开，空气灌入。

柔和却端庄有力的声音响起，所有人都吓了一跳。

王法讶异抬头，看到一位女士。

她长得矮小，人也瘦，两鬓有些白发，却穿了一件藏青色交领薄袄，看上去很是端庄柔和，让人心生亲近感。

向梓惊得直接跳起来："师母，您怎么来了？！"

林辰和刑从连对视一眼，也跟了过来。

看着眼前一行人，向梓瞬间就明白了一切。

他愤怒地道："我师母身体刚好点儿，你们把她请出来干什么，想让受害者再受伤？"

王法旋即反应过来。

眼前这位风骨悠然的女士，应该就是舒庸的遗孀何悠亭教授。想到这里，刚才的亲近感立刻荡然无存。

连秦敖和文成业都眯着眼睛，警惕地看着眼前瘦得仿佛能被一阵风吹倒的女士。

"不用别人请，我是自己来的。"何悠亭声音柔和而平静，她看着向梓，又重复了一遍问题，"我问你，这些事你为什么不告诉我？"

"你让我怎么说？你病得那么重，我和你讲老师出轨？"

"那他死了以后，你为什么不说？"

向梓欲言又止，看上去快疯了。

林辰替向梓回答了这个问题："如果事后他说出来，会被很多人质问'你为什么不早点儿告诉你师母，说不定老师就不会死'，所以把自己择得干干净净，对他来说是最好的选择。"

何悠亭像是瞬间明白了一切："他真是算计得太好了。"

向梓昂着头，欲言又止，似是对林辰说的"择干净"很不服气。

"知道老师出轨的细节有什么意义，我是为了保护您。"他对何悠亭说。

"别拿保护我当借口伤害其他人，我不需要。"何悠亭掷地有声。

"我伤害谁，林晚星？"

向梓觉得这太可笑了。现在算什么情况，原配保护小三？

王法也不可思议地看向何悠亭，这和他想象中的情况有些不同。

"现在我问你，你说在他办公室看到了晚星的照片，到底是张什么样的照片？"何悠亭问向梓。

"就……就是一张露着腰的比心照片，衣服上也有爱心。"

"在哪里拍的？穿什么颜色的衣服？"

"我也不知道在哪里啊，可能是红色的？"

王法忽然想起什么，他拿出钱包，抽出那张在楼道内捡到的林晚星的照片，放在桌上。

向梓低头看了一眼，露出"果然如此"的轻蔑笑容："你也收到了？和这张非常像，但那张动作幅度更大点儿，手在头上比心的。"

照片上，林晚星笑容灿烂。

何悠亭注视着照片里的女生，神情复杂，如石化一般。

"和这张差不多。"向梓转而强硬地道，"无论你们怎么想，反正我没有撒谎。"

"那张照片，不可能是晚星放的。"何悠亭像被抽干了所有力气，她干瘦的手指扶住桌子，缓缓坐下。

"为什么？"

"因为你说的那张照片，是我拍的。"她说。

她声音柔和，男生们心头却是一震，没想到舒庸的夫人会这么斩钉截铁。

一时间，咖啡桌四周又静得落针可闻。

何悠亭说，桌上的照片来自某次心理学院组织的妇女节踏青活动。

她是永川大学附属医院胸外科主任医师，平日工作繁忙，但那次正好有空参加了。

她与心理学院其他女教师和夫人们不太熟，林晚星作为学生干部来帮忙，怕她无聊，一直陪伴在她身边，因此互相拍了不少照片。

林晚星做事体贴周到，事后，她把一些照片洗出来，做了个小册子赠予她留念。

大概是舒庸看到册子，知道林晚星冲洗过这些照片，因此动了念头。可或许

是上天有眼，他偏偏选了这张。

"那次活动，晚星的照片是我拍的。你在他办公室里发现的那张照片，我觉得手挡着光显得脸上太暗，根本就没给她，但舒庸不知道这件事。"何悠亭用干瘦的手掌拍了拍自己的胸口，声音里满是悲伤，她看着向梓，"所以你明白吗，林晚星不是在对死去的他笑，她是在对我笑啊。"她悲伤极了。

向梓完全慌了，同样恐怖的猜想在他脑海中浮现。他直接站了起来："你们根本没看到那张照片，怎么确定它到底是什么样的，可能别人也给她拍了，或者我记错了！"

所有人都看向坐在桌边的女士。

"你知道，其实不会错的。"何悠亭最后说。

"我没有撒谎，师母你就是被洗脑了！"向梓猛地推开椅子，可这边所有人，很明显无人与他统一战线，"那人勾引的是你的老公，害得你家破人亡，你还帮她说话？"

他满脸怒容，心中的巨大恐惧却完全把他吓到了。最后，他猛一捶桌，掉头就走。

玻璃桌面晃动，咖啡桌上，林晚星仍然在笑。

何悠亭鬓发斑白，瘦弱的身躯在颤抖。

林辰宽慰道："何教授，在这件事里，您始终是受害者。向梓只是借您的名义宣泄个人观点，那些邮件归根结底还是因为舒庸，与您无关。"

"我明白。"何悠亭的声音中满是哀伤，"可这么多年啊，我竟不知身边睡的到底是人还是鬼。"

王法立刻清醒。

他知道，作为舒庸的妻子，何悠亭本该仇视林晚星，不死不休。可她却能保持理性，甚至出来为林晚星说话，令人动容。

"谢谢您。"王法说。

说完，他感到脑袋被揉了揉，抬起头，发现是他小舅舅。

刑从连一脸凝重："你怎么钱包里放着小林老师的照片，你们到底什么关系，谈恋爱了？"

"不算吧。"

下一刻，刑从连用一种雄性眼光从头到脚审视他："你行不行，在一起那么久都没谈恋爱，你是不是不喜欢女孩儿？"

王法明白，刑从连是想活跃气氛，让他和何教授都不至于太难过。

"你才不喜欢女孩儿吧？"

刑从连："怎么和长辈说话呢！"

就在这时，林辰轻咳一声，打断两人："何教授这次特地前来，是因为严茗骗了你们。"

"严茗？"

"你转述她说的'自然观察'的时候我就奇怪，你们身边连监控都没有，她根本无法做到观察。她找个理由揽事上身，是为了藏住别的一些事情。"

"她要藏什么？"

"我。"何悠亭深吸了口气，这样说。

王法蓦地看向咖啡桌对面的瘦弱女士。

"走吧，和你的学生一起，陪我散个步。"何悠亭缓和了下情绪，对他说。


永川大学，湖畔步道。

湖边水光潋滟，间或有散步聊天的行人，也有学生在湖边练太极剑，还有学生跟着英文广播大声朗诵。大家都忙着自己的事情，没人注意到他们。

与何教授散步，对王法来说有压力。

虽然何教授刚才替林晚星说了些话，可毕竟身份尴尬，他不清楚对方为什么要特地和他谈谈。

而秦敖和文成业就更手足无措了，像小跟班一样保持距离缀在后面，根本不知道自己怎么也被点名了。

何教授走得很慢。

王法跟着走了一段时间，沉默时间太长，他忍不住开口问："您……是认识严茗吗？"

"舒庸以前给小茗上过课，我也算是她的师母。后来我生病，她正好回国，就来看我。"

"您现在身体好些了吗？"王法忽然想到，向梓说何教授也是肺癌。

"我发现得早，开完刀就吃靶向药，目前还控制得不错，比蒋雷运气好得多。"何教授缓缓地道。

听到有些熟悉的名字，王法一时没反应过来。

后面一直手脚都不知往哪儿放的学生忽然开口："您认识我们教练？"

"认识啊。"何教授脸上终于现出一丝笑意和留恋，"我们可是病友。"

水鸟腾空而起，诸多不可思议的情绪涌出，一切故事仿佛有了交点。

"你们住一个病房吗？"王法问。

"是，他就在我隔壁床。"

"我们教练、我们教练……"学生们也在后面喃喃地道。

"他可烦人。半夜偷偷用手机看英超，那会儿我难受得睡不着，翻来覆去，他就喊上我一起看。"何悠亭缓慢而温和地假装抱怨，话语里却满是怀念。

学生们走得近了些，他们谨慎地看着何教授，不知要再说点儿什么。

"您后来跟着看球了吗？"王法问。

"我一开始当然不可能看，生病怎么说也得静养，但蒋雷说看不到瓜迪奥拉再拿欧冠他死不瞑目，我反正也睡不着，就勉强跟着一起看。"

"我们教练毒奶（网络用语，意思是反向加油）。瓜瓜到现在都没拿到欧冠……"学生们在后面竖着耳朵听，下意识吐槽，说完又觉得自己乱插嘴，往后退了退。

何教授看着学生们，微微笑道："你们教练说他喜欢小罗，还给我安利。他说'看小罗踢球，就像能看到巴西的阳光，浑身舒坦，什么病都好了'。"

"我们教练安利的句子真就十年不变。"秦敖说。

"但足球还是很有趣的。我之前的大半辈子，一直很忙，突然生病闲下来，就觉得自己的人生除了看病，剩下的全是虚无。蒋雷就是那种，虽然会尬聊，但很热情的人，他一直不停地给我讲足球、说球队八卦，还给我找足球帅哥看。"何教授温柔地笑了起来，"他最喜欢说自己有支球队，整天眉飞色舞地讲，说他的球队有多么多么厉害。"

"我们一般厉害。"文成业说。

"就是已经踢进青超联赛的半决赛了。"秦敖害羞地挠了挠头。

看着又害羞又想献宝的学生们，何教授说："我知道。"

"您怎么知道的？"秦敖摸不着头脑，"您已经球迷到连青超联赛都看了吗？"

"因为那天在你们蒋教练墓前的人，是我。"何教授说。


仍是永川大学湖泊边，这是向阳的一侧。

水生植物摇曳，春风吹了满身。

王法看向身旁的瘦弱女士，她两鬓斑白，目光柔和。虽然里面藏着太多太多的痛苦，但终究是柔和的。

"让林晚星去带宏景八中足球队的人？"

"是我。"

王法呆立原地。

是啊，严茗远在英国，怎么可能清楚林晚星要回宏景，并建议蒋旬让林晚星带学生？

严茗用了一个很大的概念，只为了掩藏其中很小的细节。除非何教授自己站出来，否则严茗绝不可能说出她的名字。

何教授继续向前。

"为什么？"看着何教授瘦弱的身影，王法打了个激灵，快走几步追上去。

"你想问什么？"何教授反问。

王法心头受到剧烈冲击："那时候……那时候林晚星应该被传和舒庸有染，学校里都是风言风语吧？"

那您为什么要那么做？

"是，舒庸的遗书，他死前给晚星发的短信，还有向梓写的邮件，什么论文证据，我都知道。"

她实在太瘦了，比岸边的芦苇更柔弱。

"那您为什么还要让林晚星去带学生？"

何教授伸出纤细的手腕，从她交领薄袄的口袋里，掏出一本小册子，交到王法手中。

那是一本手工纪念册，有八页纸，因为贴了照片，所以稍稍有些厚。

翻开第一页，映入眼帘的，就是林晚星熟悉的字体。

给美丽善良的何教授：

听说您是位很了不起的胸外科医生，和您在一起过妇女节很开心！

我整理了一些照片给您留作纪念。

希望我们有机会还可以一起出去玩！

林晚星那时还有很多很多少女心。簿册中不仅贴了何教授的照片，还画了手工画，装饰了五颜六色的贴纸。与学生们曾收到的那些花花绿绿的东西，有微妙的相似感。

前面是照片，倒数第二页贴着林晚星与何教授的自拍合照。

湖边的风吹过，纸页唰唰作响。

王法看到了最后一页的一首小诗。

If I can stop one heart from breaking,

I shall not live in vain;

If I can ease one life the aching,

Or cool one pain

Or help one fainting robin,

Unto his nest again,

I shall not live in vain.

清俊的笔触，动人的诗句，一模一样的英文流花体。

何悠亭在河岸边的长椅上坐下。

王法捧着簿册，久久无言。

"晚星给我留这首诗，因为我是个医生。"吹着轻柔的湖风，何悠亭缓缓开口，"舒庸死之后，她曾经跪在我家门口，说自己从没做过那些事，哭着求我相信她。但是那天，我没有开门。"

王法默默在何教授身旁坐下。

"后来我收拾家里的时候，看到这个小本子，当时第一想法是要把它烧了。可当我把它翻开来，不知道为什么就哭了。"她看着湖面，鬓发被风吹乱，眼角皱纹隐现，"我问自己，她喊我'美丽善良的何教授'，可我真的善良了吗？"

"与您无关。"王法打断她，"舒庸死前布置了太多，证据充足，换我站在您的位置上，绝不可能相信林晚星的一面之词。"

"是啊，因为如果我相信晚星，那我就得承认一个可怕的事实，我的丈夫不是被别的女人勾走了魂，他只是从来没有爱过我。对那时候的我来说，这太难了。"

"或许曾经爱过，但人是会变的。"

何教授摇了摇头，说："我在医院一直很忙，很少顾及家里，但我自认为我和舒庸的感情是融洽的，我了解他。可突然之间，我不仅婚姻失败，还要承认其实我连自己同床共枕三十多年的丈夫是人是鬼都看不清，我真的做不到。而且如果是这样，我又怎么能看清一个小姑娘？"

"但您还是想看看。"王法说。

"是，我想用自己的眼睛看看。蒋雷真的给了我很多生命的活力，而他死了。我那天站在他的墓前，听到旁边是晚星爷爷奶奶的墓的时候，我真的惊呆了。他们一直在说，说两位老人家是多么多么好的人，说晚星有多么多么可怜。我看着老人家墓碑上的名字，烛蜡一滴一滴流下来，我就在想，晚星的爷爷奶奶都在天上看着我呢，我得做点儿什么。"何教授深深吸了口气，"如果晚星的老师是个畜生，那我想看看她做老师时会是什么样的。"

"所以您去找了严茗？"王法压抑着心中的情绪，低声说道。

"小茗来病房看我的时候，蒋雷的儿子听说她在英国经常现场看足球赛，就加了微信，说要经常蹭点儿朋友圈的现场照片。我知道这件事。"何教授有些感慨，"让小茗去提的那个建议，可能是我这辈子做的最正确的事了。"

罹患重病，丈夫自杀，婚姻失败。

王法很难想象，身旁的女士究竟是多么聪明和坚韧，才能在黑暗绝望的人生中，保持一丝清明和理智，做一个善良的选择。

对严茗的责怪早已荡然无存，除了感谢何教授外，他完全不知道该说什么。

"她在球队过得很充实，也应该是快乐的。"王法说，"谢谢您，真的谢谢您。"

"也谢谢你。"何教授拍了拍王法的胳膊，"小茗跟我说，你就住在晚星爷爷奶奶家的时候，我觉得这好像是小说里的情节。我偶尔听说你们的事情，从一开始的怀疑，到觉得很甜。我想她一定是个很好的姑娘，老天爷才会在她那么苦的故事里，安排了你。"

"她一直是个很好很好的姑娘。"听何教授这么说，王法心中只有苦涩，"是我太蠢了，没能留下她。"

何教授摇了摇头："得知她离开的消息时，我很不能理解。我相信她是个好姑娘，日子明明已经变好，她为什么还要走呢？"

王法看向何教授。

身后的学生们也红着眼眶，露出困惑的神情。

"后来我才意识到，啊，原来在这个故事里，我一直在乎的只有自己。其实她所受的痛苦和折磨，一点儿都不比我少。因为她太清醒太坚强了，好像永远能整理好情绪，仿佛已经没事了，但其实根本没有。我不知道该怎么处理这一切，所以才给你们发了那封传真，希望你们能了解她的故事，帮帮她。"何教授说。

王法耳旁仿佛响起那天在火车站林晚星在电话里的声音。

她说"不用"。

她说"马上要走"。

她说"不是所有事情，都可以被解决的"。

她确实要离开了，也不想留在他们身边了。

再一次被警方询问确实令她痛苦，可她真正害怕的，却不是这些。

她那么努力地生活，可再次看到舒庸照片的那一刻，她忽然明白，那是她一辈子也无法逃脱的阴影。

她不想再经历一遍异样的眼光，不想再被最亲近的人审判。

她有那么多的不想。

但最重要的是，她不想再失望了。

"我们老师到底为什么要走？"学生们想不明白这个问题。

"因为她没力法再相信人了。"王法看向他的球员们，"而我们，也是人。"

时间回到那个天台的夜晚。

王法还能回忆起林晚星那时的目光。

她温和地笑着，从口袋里掏出了一元钱的硬币。

她说正面走，反面留。

硬币轻轻落地，结果出现。

她眼中没有任何失望，她只是一直看着他，眼睛清澈平和，如水如镜。

他们彼此相望，仿佛看到了自己。

王法终于明白，林晚星为什么能这么理解他，为什么一直尝试帮他解决内心的问题，为什么劝他再停留一下……

因为林晚星望着他的时候，也仿佛在看着自己。

真正令他们逃避的，不是那些表面的难题，而是他们内心的困惑本身。

就像他无法理解人们为什么要踢球，而林晚星呢？

"她拿到了全额奖学金，却没有继续念书了。"王法轻声说道。

"是啊，她放弃了。"何教授缓缓说道。

王法如梦方醒。

他一直以为，问题出在那些举报信上，林晚星才无法继续学业。

但其实不是这样。

她确实动摇了，可动摇她的不是那些信，而是别的东西。

她的老师舒庸在心理学界浸淫许久，但依旧如此恶劣，他毫无敬畏，私欲横流。

她的同学大肆污蔑她，连她的亲生父母都不相信她。

如果轻轻一推，人就能向恶的深渊滑，那教育有什么用，心理学又有什么用呢？

信仰崩塌只在一瞬间。

王法骤然理解林晚星所困惑的一切。

他们不是不理解、不自洽，在旁人说服他们之前，他们已经试图说服自己无数遍。

但问题还是问题，在遇到最极端的考问时，他们无法说服的，仍是自己。

困惑和不解如同岩石，不断挤压着人的内心。

那是行过千山的人，才会遇上的最狭窄闭塞的一段旅程。

你很清楚，退一步就是海阔天空，但硬币落地、钟声响起，你仍被困在这段狭窄旅途中。

因为真正能走上狭路的人，终不舍放弃。

茗草青青，湖面平静无波。

王法看向身旁端坐的瘦弱女士。

某天夜晚，无法入眠的何悠亭翻开小相册，拨通了严茗的电话。

那个午后，林晚星最终走进那间即将坐满球员的多功能教室。

"你们明明非常害怕，却还想再试试。"

"是啊，我们想试试。"

## 15.

# 冰 火

林晚星离开的第十一天。

王法终于知道了那些被深藏的故事。

下午，他带学生们离开永川。临走时，秦敖和文成业与何教授约定，如果他们能闯进决赛，就邀请她现场观赛！

对学生们来讲，他们非常尊重且感谢何教授，很想做点儿什么。可放眼望去，除了好好踢球、好好读书外，他们改变不了任何事。

没去永川的学生们，在王法他们回来后都知道了林晚星离开的原因，那天夜里他们都没有睡着。

比起一无所知时，了解越多，就越让人不知该如何是好。

大家聚在一起，说了很多，除了训练和学习外，其他时间他们都在思考究竟该怎么办。

有时他们想直接去找林晚星，告诉她：我们不是那样的人，请你看看我们。

可有时他们又问自己：她为什么不能离开、不能逃避、不去看那些她不想看的事呢？谁有资格对她说，事情已经过去了，你必须坚强勇敢、振作起来？

第十三天，半决赛赛程决定。

宏景八中将在主场迎战韩岭胜利队。

而另一方面，关于"该怎么做"的讨论已经无法进行下去了，就像林晚星曾经说过的那样，每个人都是独立自由的个体，她为什么不能做自己想做的事情呢？

王法熬夜看完了能找到的韩岭胜利队的全部资料和比赛录像，制订了新的训练任务。

在这天，他买了张车票，很想去往某个城市见某个人。可他最后还是坐在天台上，独自一人挨过了发车时间。

第十四天。

所有人都凑在一起，做了一个决定。

王法打开了那个邮箱。

他们要把选择权交到林晚星手上。

第十六天，宏景开始下雨。

训练项目很多，也比以往都要艰苦和枯燥。雨停的时候，大家会继续训练。下雨的时候，他们有时复习文化课内容，有时就躲在屋檐下面，看着球场发呆。

而每天下午，王法都会去一个地方待一会儿。

连绵春雨，一下就是好几天。

第二十一天的时候，宏景八中足球队的球员们站上了宏景明珠俱乐部球场的草地。

韩岭胜利队的球员们已经开始热身。

四分之一决赛中，韩岭胜利队以比赛最后时刻的关键点球，战胜逢春城市队，挺进半决赛。

有传闻说，他们是著名的"干儿子"队，韩岭电子是青超联赛的赞助商，所以主办方怎么都会让他们进决赛。此事由蒋旬透露。

王法接到电话时，没什么太大反应，只说会好好准备。蒋旬有些担忧。

现在大家已经没什么秘密了，幕后人直接站到了台前。

比赛现场还出现了观赛团。

不仅学校体育组的赵、钱、孙、李四位老师悉数到场，为防止一些极端情况出现，陈卫东和另一位体育生也被带到了替补席。

天气晴好，暖湿气流带来了潮热的风。

陈卫东低着头，将衣服的拉链拉到最高。因为之前退出，害怕被前队友呛，他几乎半张脸都埋在了校服领子里。

可再见他时，其他队友已没有了之前的愤怒。秦敖甚至拍了拍他肩膀，示意他一起稍做热身。

陈卫东瞪大眼睛，感觉有点儿不可思议，总觉得这些队友和之前不一样了。

一个陌生的女老师在场边张罗座位。

陈卫东跟着跑了两个往返，实在忍不住，凑近最好说话的付新书，想了想最后还是问："林老师呢？"

正专心热身的队伍顿时脚步一滞，但很快，所有人都继续跑步，没人说话。


蒋旬在观众席坐下。

今天早上，他从永川坐高铁来宏景，舟车劳顿，就为看一场青少年足球赛。

赛前，他想和王法还有小球员们聊几句。可他们却把自己关在更衣室里，直到刚才才出来热身。

老陈拍了拍蒋旬的肩，在他身旁坐下。

蒋旬每天在球队混，很清楚球队士气和比赛的关系。在他看来，重要比赛前，球队理应气势高涨。可宏景八中的球员们明显交流不多，情绪没那么高。

他有些忧虑地和老陈对视一眼。


开赛前，场边通道。

双方球员列队，主裁判与边裁站在队伍最前方，带领球员入场。

突然奏响的《运动员进行曲》在场地上方回荡。

宏景八中的球员们面色平静，不为所动。

春日的球场，草坪格外鲜绿。

场上，主裁判检查比赛用球，然后将球放在开球点，与边裁对表。

响亮的音乐在某个高音处掐断。

主裁判掏出一枚硬币，双方队长上前猜边。

韩岭胜利整个队伍穿少见的黑色队服，黑底红字，加之遴选球员时，挑的都是人高马大的选手，放眼望去，在场上极有压迫感。队长比付新书高出大半个头。

付新书和裁判交流后，选了正面。

选边结果付新书猜赢，他选择左边半场，并最后与对方队长握手。

蒋旬坐在看台上，看着球场上的少年。

从头到尾，付新书都面容冷静，他甚至没看过对方队长或者球员一眼，仿佛只沉浸在自己的世界里。

如果蒋旬在场边，他很想再次提醒球员们，韩岭胜利踢的是野蛮足球，他们的队员身体素质好，前锋对抗性强，后卫截断凶悍，经常能打出漂亮的防守反击。加之裁判稍有偏向，踢起比赛来，他们绝对是让强队如永川远大都会头疼的对手。

如果他是教练，他一定希望球员们能避其锋芒，好好防守，不要和对面硬碰硬。

想到这里，他代入感很强，不由自主地背心冒汗。

付新书弯腰紧了紧鞋带，站了起来。

裁判将哨子放入口中，场上起了一阵风。

"加油！"蒋旬和身旁几位体育老师一齐喊道。


开场，韩岭胜利通过一记果断的直传球，吹响进攻的号角。

韩岭胜利10号在左边路拿球，突然改变线路内切，宏景八中的10号立刻出现在他前方。

想到主教练赛前的安排，韩岭胜利10号球员没有犹豫，他立刻起脚，将球传出，力求打快。

可在他动之前，一道白色闪电袭来，以迅雷不及掩耳之势将球直接铲飞。

态度之明确、意图之果断，令人咋舌。

足球飞出边线，哐地撞上护栏，裁判哨子响起！

韩岭胜利10号一个踉跄，将将站住，甚至忘了可以倒地后举手示意犯规。

他看到宏景八中的防守球员迅速从草地上爬起，拍了拍短裤上的草屑，目光冷硬坚决到了极点。

看到那样的目光，他不由自主地捏紧了拳头。

两支队伍在比赛伊始，就展现出强硬的战术意图。

比如韩岭胜利进攻意图明显，不管怎样，都要把球往宏景八中的半场踢。而宏景八中则用中场绞杀战术，不惜犯规，断球再断球。

场上传球和断球声四起，场边横幅和围栏不断随之轻颤。

不多时，学生们身上的球衣都沾上了鲜绿的草汁，斑斑驳驳。

蒋旬坐在场边，嗅到一丝不同寻常的气息。

连老陈也感到不对劲："怎么踢这么凶？"

话音刚落，裁判哨子又响了起来。

韩岭胜利进攻队员强行撞倒林鹿，少年在地上滚了一圈，一时没爬起来。

裁判却示意林鹿防守犯规，韩岭胜利球员得寸进尺，向裁判施压，想要主裁判对林鹿出示一张黄牌。

主裁判叫过林鹿，对他警告了一句。

少年低头系着鞋带，并没有委屈喊冤，只是点了点头，直接往后退开。

韩岭胜利球员很不爽，对主裁判说了一句"你看他"。

林鹿依旧神情自若，似乎没发生过任何冲突。

蒋旬微低头，看向场边教练席的那个男人。

比赛看到这里，他已经很清楚。

王法根本就不在意对方有裁判偏帮，他要的就是"硬碰硬"。

拼抢凶狠是为了给对方明确信号——"我不会脚下留情"，而与其把对方放进禁区附近再封堵，不如直接在离禁区较远的中线附近阻拦，只要动作干净，裁判是没办法发牌的。

蒋旬向老陈解释这些时，眉头却一直皱着。

"怎么？"老陈不明所以。

"硬碰硬的比赛，踢起来双方都很容易头脑过热、情绪升级，很难从头到尾都保持理智的战术执行力。一旦裁判控制不住场面，好一点儿就是发牌大战，差一点儿直接动手也有。"

云层散开，午后阳光炽烈。

韩岭胜利队员也踢出了火气。

任谁的进攻被对手不断打断都会不爽，更何况宏景八中始终保持犯规尺度，动作干净，目的明确，他们一时间完全没办法突破。

于是他们加大了动作。

加强身体对抗后，宏景八中的高中生们被放倒的次数明显增加。

韩岭胜利太懂得该如何利用身体和裁判优势，他们有时是用手肘挤占位置，有时毫不留情地铲球。

裁判很少吹哨，这迫使宏景八中的球员们必须更努力频繁地防守。他们一次又一次摔倒在地，短短半个小时，学生们的球衣就完全变色了。

攻防激烈的比赛持续到第四十一分钟。

韩岭胜利的进攻球员再次在禁区弧顶一带摔倒，主裁判哨声响起，韩岭胜利获得了一个位置绝佳的任意球。

宏景八中的球员们很熟练地排起人墙。

这些天来，他们进行了大量的任意球训练。此时，他们很快进入状态，集中注意力，观察对手的动向。

韩岭胜利的队长站在了足球前面，午后阳光刺眼。看着前方的人墙，他深深吸了口气。

主裁判的哨声响起。

他开始助跑加速，接近足球后，他抬起右脚，用力将球踢了出去！

足球炮弹般冲向人墙，智会高高跃起。他位置很好，可以完美封堵住来球。

可就在他甩头的瞬间，他感到肩膀一沉。有人拽着他的肩膀，将他硬生生拉倒。

智会背部重重着地，他只觉得眼前一黑，胸口一阵翻江倒海。

裁判却未吹哨。

足球随即被对方球员蹭到，弹了一下，改变轨迹。

跟进的另外一名韩岭胜利球员迎着足球，再次大力抽射！

韩岭胜利球员的这记补射又快又狠，门将冯锁根本来不及反应，足球便从他右侧直接撞入球网中！

1：0。

裁判哨声响起，示意进球有效。

韩岭胜利的球员们即刻开始庆祝。

进球让宏景八中的球员们迟滞了片刻。

那么多天的训练，很多个夜晚加练。他们的教练站在不同的罚球位置，一点点教会他们该如何判断对方球员的意图，如何防守不同形式的任意球。

虽然教练也提醒过他们，比赛中肯定会有对方犯规但裁判不吹哨的情况出现。可真正遇上时，那种愤怒和窒息感要让人丧失理智。

时间仿佛又回到那个下着小雨的夜里。

他们在湿漉漉的草地上，为可能出现的比赛下雨情况，进行任意球训练。

球衣被汗水和雨水浸湿。

他们的教练用几乎更恶劣的手段拽倒了球员。

他们当时完全不懂这是为什么。

雨夜的路灯下，所有堆积的情绪仿佛瞬间爆发。

他们不知道为什么老师会遇上那样的事情，也不知道自己为什么还在这里踢球。

他们不知道前面有什么，不知道自己能做什么，也不知道为什么这个世界是这样的。

愤怒、争吵，诸多情绪在那一瞬间完全对教练宣泄出去。

他们甚至忘了，其实林晚星走后，对方完全没有任何必要再留下来。

可那天夜里，他们的教练却没有走。

他始终保持着冷静。

他向他们解释，没有任何一个裁判能保证一场比赛的绝对公平。

他也告诉他们，该如何为接下来的判罚争取有利条件。

"哪怕裁判有一瞬间想要保持比赛公平的倾向，都是我们之后战胜对手的机会。"他是这么说的。

争吵进行到最后，所有人都向王法道歉。

在那个不见星月的雨夜里，他们的教练也浑身湿漉漉的。

"保持理智，赢下比赛，才是你们能在球场为自己争取到的最大正义。"

他这样说。

智会翻身坐起。

文成业深吸了口气，去检查智会有没有事。

秦敖松开拳头，和付新书一起围着主裁判，阐述韩岭胜利拉人犯规的事实。

"是正常范围内的身体碰撞。"主裁判说。

"可我们的球员倒地了，比赛也应该终止。"付新书说。

"既然不是犯规，你方球员倒地，对方主动停止比赛是善良，不停止比赛也不能说有问题。"主裁判如是说。

听到这话，韩岭胜利的队长终于感到出了口恶气。与宏景八中的队长擦肩而过时，他问对方："我们的任意球，怎么样？"


宏景八中的每个球员都觉得，这场比赛中的自己很不像以往。

一方面，他们心里很冷，仿佛还在训练时的冷雨中，没有太多情绪波动。他们的全部思维完全附着在这个球场上，只想赢下这场比赛。

而另一方面，他们胸中仿佛燃烧着无名之火，那么沉闷，也那么滚烫。

1：0的比分保持到中场。

中场休息室，空气里只有止疼喷雾的味道。包括王法在内，整个休息室都无人说话。

休息时间那么短暂，下半场比赛仿佛瞬间又再度开始。

第七分钟。

韩岭胜利突入禁区后，直传被破坏出底线，裁判判给韩岭胜利一粒角球。

宏景八中的球员们在激烈对抗中，得到短暂的喘息机会。

肌肉很疼，关节很酸，刚才摔倒时的疼痛仿佛还附着在骨头上。很多次，他们闭上眼睛的时候，觉得这个球场的颜色是深沉浓郁的黑。

可不知道为什么，他们看这个球场，却比以往都清晰。

角球由韩岭胜利9号队长主罚。

他踢出的球速很慢，角度很正，被冯锁直接没收。

攻防转换只在刹那间。

冯锁立刻开出大脚，足球如炮弹般飞向前场。

前场，陈江河将球稳稳停下。

他迅速起脚，将球传给了接应的秦敖，自已则向前切入。

秦敖没有浪费任何时间，第一时间将球斜传给前插的陈江河——二过一反越位！

他们两人配合得快速精准，手术刀一般划开防线。

韩岭胜利左后想直接弄走陈江河脚下的足球，可陈江河却在对方起脚的同时，用脚尖将足球轻轻一挑，足球轻盈地穿过防守球员的两腿之间。他随后立刻变向，越过对方后卫，来到大禁区内。

陈江河的视野余光内出现了一双脚，韩岭胜利的球员从他左侧铲来。

在他面前，对方守门员站位靠前。

足球在草地上轻轻弹起，陈江河毫不犹豫地跃起，他抬起右脚，脚面紧紧绷直。

砰的一声闷响！

陈江河摔倒在地。

他的脸贴在湿润的球场草皮上，狭窄的视野中，足球向着韩岭胜利的大门飞去。

几乎贴着横梁，足球坠入网中。

网窝激荡。

陈江河闭上眼，握紧拳头，重重捶了下草地。

明显的反越位，无懈可击的射门！

裁判哨声响起，示意进球有效。

看台上的成年人爆发出兴奋的欢呼！

1：1！

陈江河用一例无可争议的进球，敲开韩岭胜利的大门，顽强地扳平了比分。

在林晚星离开后的第二十一天下午，比赛的第五十五分钟，宏景八中的球员们离他们梦想中的决赛球场，又进了一步。


看台上的人们跳了起来，疯狂庆祝。

场上的学生们跑向了陈江河，把他拉了起来。

平局、加时、点球大战，这并不是韩岭胜利能接受的结果，他们的主教练在场边大喊。

身体对抗本就是足球比赛最重要的一环，而既然有主裁判的优势，他们为什么不用？

接下来的比赛，韩岭胜利无所顾忌了。他们开始肆无忌惮地冲撞宏景八中的禁区。

宏景八中的球员们不断摔倒，有时要过一段时间才能爬起来。

这是一场他们从未经历过的足球比赛，比起与永川远大的十人防守战，激烈的身体对抗带来的疼痛格外清晰。

他们有时倒地后眼前一黑，会怀疑自己还能否爬起来。

可随着比赛不断向着教练所讲述的方向发展，他们的大脑又格外清晰。

更少的禁区缠斗，更多的中场绞杀。

他们耐心等待韩岭胜利前压后长传发动反击。

前锋拿球之后，尽量带球朝着底线附近冲，寻找机会，制造角球或者对方犯规的机会。

第八十一分钟。

宏景八中获得反击机会，长传球再次准确地落到了陈江河的脚下。

陈江河打算如法炮制，和秦敖做二过　配合之后继续前插。

可对方球员早被教练耳提面命过，没给他前插的机会。在和他擦身而过时，对方直接缠上来。体力不支和先前大量裁判视而不见的判罚，让对方肆无忌惮。

陈江河被手脚并用地放倒在地。

可就在这时，主裁判的哨声响了。

两人一同摔倒，必须吹哨。

而韩岭胜利的防守球员几乎是用摔跤的动作放倒了陈江河。

或许这就是王法所说的那个时刻。

裁判给了宏景八中一个和刚才韩岭胜利位置几乎一模一样的任意球。

"我来！"

秦敖举手要求主罚，吸引了所有人的注意力。

他气势汹汹地把球放在了罚球点。

韩岭胜利的球员们摆起人墙，紧紧地盯着他，仿佛觉得他下一刻就要踢出一粒火球，把他们全部干掉。

主裁判吹响了哨声，秦敖开始长距离的助跑。

所有人的注意力，此时都被秦敖愤怒的表演所吸引。

而就在这时，站在球旁边的付新书突然抬脚，将球斜传到了禁区另外一侧！

这些天，他们进行了大量任意球练习，等待的就是这个时刻。

几乎无人防守的文成业在那个位置接到了球，他面对仓促转身过来的门将，轻松起脚，足球呼啸着从门将身边飞过，撞上球网。

2∶1，宏景八中领先！

看台上响起了从未有过的欢呼声。

秦敖几乎半跪在地上。

整座球场很吵，却又安静到了极点。

擦身而过时，韩岭胜利的队长听到对方的某个球员问他："你觉得，我们的任意球怎么样？"


之后的比赛时间所剩无几，那是完全黑暗的十分钟。

全场疲于奔命的文成业耗光了最后的体力，在一次被撞倒后再也无法爬起，王法被迫将早已焦急万分的陈卫东换上场。

与此同时，韩岭胜利也换上了两名进攻球员，他们几乎倾巢出动，集体压上宏景八中的禁区。

混乱的攻防，血腥味涌在喉头。

宏景八中的球员经常摔倒、被肘击，裁判哨声间或响起。

骨头可能断了，也可能没有，所有人又累又疼，可无论何时，他们都强迫自己保持头脑清明。

依旧是春雨下的五川路球场，王法曾在那座球场不断传出不同类型的来球，要求他们防守用左右脚完成一脚出球式解围，并且保证足球一定飞过中场。

如本能一般，那些训练都重演在赛场上。

一脚又一脚，他们顽强地封锁着韩岭胜利的进攻。

直到——

韩岭胜利的球员摔倒在里禁区。

哨声响起。

比赛最后时刻，没有人能说清楚发生了什么，所有人都茫然地看向裁判。

裁判也没有第一时间判罚，他只是抬头看了看天。在低头的刹那，他的手指向了罚球点。

比赛最后时刻，裁判给了韩岭胜利一个点球。

场边吵极了。

体育组的四位老师恨不得冲上球场。

极度虚弱的文成业拖着疲惫的身躯也要跳起来大骂主裁判。

小许老师拿出手机录像，说要投诉。

王法只是站了起来，走到球场边上，他把有些颤抖的手插进了口袋。

韩岭胜利的队长抱着足球，走向罚球点。

全场霎时静下。

所有人心跳迅速飙升，他们或抓或握，紧张让心脏泵出大量血液，那种冲击快到足以让心跳停止。

冯锁独自站在门前面。

一呼，一吸。

四周一切隐去，他眼中只剩下那枚黑白相间的足球。

韩岭胜利的球员开始助跑，草屑飞扬。

他记得自己曾经问教练，如果裁判一定会给对面点球，他要怎么扑出去呢？

王法告诉他，他必须相信自己能扑出这粒球，比对方更坚定地相信。

足球飞得极快。

但在冯锁眼中，这些都不重要。

在王法亲自指导他的全部防守点球训练中，其中最重要的一条是：忘记一切，勇敢地向一侧倒下去。

他闭上了眼睛，舒展开身体，像无数次守门训练那样，重重地摔在球场上。

坚硬的土地，沉重的撞击，冯锁的整个世界都仿佛陷入了黑暗。

过了一段时间。

一下、又一下，心脏缓缓泵出血液。

疼痛令人麻木，可怀中的触感却如此清晰。

那是一颗他无比熟悉、柔软又坚硬、刚刚被他扑下的，仿佛还在燃烧的足球。

冯锁慢慢睁开了眼睛。

视野中，韩岭胜利的队长完全脱力地跪在了他的面前。

他扑出了对方本该绝平的点球。

终场哨声随后响起。

林晚星离开的第二十一天又九百零一分钟，宏景八中以2：1的比分，艰难战胜韩岭胜利队，最终挺进决赛！

文成业、付新书、秦敖、林鹿……

宏景八中的每位球员都躺在了地上，在结束的那个时刻，每个人都下意识地望向场边。

看台上依旧没有出现他们最想看到的那个身影。

所有人都闭上了眼睛。

阳光如大雨倾泻而下，浇在他们每个人身上。

数不清的训练，太多无法坚持的理由。

这世界有那么多的坎坷和苦难，生命中过客匆匆，他们好像还是那群看不清前路的少年。

只是在某一个时刻，在这个时刻，胜利像劈开狭路的利刃。

他们知道，自己还能继续走下去。

# 16.

# 诘 问

大多数时候，生活都不是比赛。

我们没有明确的对手、执着的目标，以及必胜的信念，好像只是在一天天过日子。

韩岭市，光明影城。

时间是午夜，正在放映的片子是一部动画电影。

电影宣发不多，时间又晚，所以观众零零散散。

林晚星巡查完所有放映厅，来到唯一还在放映影片的这间，写完影厅的登记表，她在最后的空位坐下。

影院场务的小福利之一，是可以在下班后或人很少的时候，看会儿电影。

影片刚放了十分钟。

这是部粉丝向的片子，小时候看过漫画的人很多，可十几年过去，原先课上偷看漫画的孩子早已长大成人。第二天还要上班工作，因此少有人特意熬夜来看。

银幕上，动画里的少女重重摔倒在球场上，洁白的羽毛球落在界内，对手紧紧拥抱庆祝胜利。

观众发出零星惊呼。

汗水滴落，体育馆外的雨下得很大，像要砸碎顶棚。大雨是氛围最好的催化剂，少女和她的双打搭档输掉了关键比赛，马上要进入高中，不会再一起组队打羽毛球了。

林晚星的记忆里，漫画故事好像到这里就停更了。

班上同学一开始都抓耳挠腮，想知道故事接下来会怎样，男女主有没有最后在一起，可始终得不到结局。

后来时间久了，她偶尔想起来，竟觉得那个雨天的遗憾，也是不错的结尾。

时间能美化一切。


战胜韩岭胜利后，宏景八中的高三生们将迎来第二次模拟考试。

二模前的这段时间，学校小考试很多，加上小许老师觉得自己无法承担足球队学生们的全部教学工作，所以足球队的全体学生必须重新回归校园生活。

许雨宁是思考很久，才做的这个决定。

她找学生们谈话时，怕大家有别的想法，所以着重强调，是因为觉得自己的教学能力不行，而不是不愿意教大家。

男生们都没什么太大反应。

教室里沉默了一段时间才有人问："她是彻底不回来了吧？"

对于学生们来讲，留在元元补习班，说不定哪天林晚星就回来了。回到学校，也就意味着，林晚星确实不会再过问他们的学习和生活了。

"我们跑路了，她能回来也不错。"祁亮说。


林晚星之前的课堂一直很随意，没有太多正式教材的内容。

各任课老师都觉得，足球队这些学生自由散漫惯了，要他们端端正正坐在课堂听讲，不太可能。老师们不放心，所以在正式上课前，他们通过小许老师，把近来要讲的卷子给大家都发了一份。

重回学校的前一天，学生们结束足球训练后，集体坐在元元补习班的教室

里写卷子。

夕阳渐渐隐没，教室里很安静，付新书站起来打开了灯。

灯管的光轻闪，学生们都没有抬头。教室里只有笔在纸上写字的沙沙声。

灯光下，谁也不清楚那种情绪究竟是什么。

回学校上课，不代表这间教室他们不能再用，更没人不让他们再用。直到决赛前，他们都要在五川路体育场训练，放学后，还会在楼上天台吃晚饭。

可再然后呢？

比赛会结束，他们要毕业，总有一天会离开这里。

发生的故事会变成记忆，一切都会逐渐成为过去。

而他们再也见不到林晚星。

总会有那样的时刻。

你坐在黑夜里，想不明白许多许多问题。总觉得有什么东西在考问着你，可你甚至不知道问题是什么。


重回校园的第一天，学生们看到了一张关于他们的喜报。

喜报贴在学校食堂外。

上一次他们战胜禹州银象，自己在这里拉横幅，搞得热火朝天。

而今是学校的正式喜报，还要人张旗鼓地拉人观赛，几乎是他们最梦寐以求的场景了。此情此景反而让人有种不真实感。

周围并没什么人在意。

但学生们还是走了过去。

喜报旁有个通知，学校会组织同学前往永川观看决赛，有兴趣的高一高二生可以找班主任报名。

付新书拿出手机拍了照，准备发给林晚星。

点开微信才发现，他和林晚星的聊天已经掉到后面。最近一条，是他单方面给她发的一条决赛信息。林晚星从没回复过。

其实大家一开始都觉得，老师应该在背后默默关注他们。可直到小许老师坦诚自己无法完成教学任务，他们必须回学校上课，大家才真正意识到，林晚星确实没有再回头的可能。

他们也能想到，从那天搬走箱子表态后，她就再没打开过之前的微信。

有时他们能理解她。

如果决定向前走，那就忘记一切，别再回头。

可有时，他们没办法理解。

大家相处那么久，他们明明不是她想的那样，为什么不能信任他们一点儿？


训练时间也改成从五点半下课后到晚上八点半。

结束后，王法在球场喊解散。

按照学生们自己的安排，他们会去楼上洗个澡，然后在补习班看书。住得远的先走，住得近的差不多到十一点半回家。

可不知为什么，看着摊在桌上的书本，付新书却一个字也看不进去。

砰、砰、砰。

楼道里，文成业一个人踢着球往楼下走。

秦敖活动了下脖子，天花板上的吊灯明晃晃的："能不能让他小点儿声，听得我也想去来两脚！"

"成绩好就是可以为所欲为！"林鹿说。

"也有可能要出国，所以为所欲为！"俞明补充。

听到这里，付新书推开椅子站了起来。

"你去哪儿？"秦敖莫名其妙地问。

付新书："去让他小点儿声。"


球场上，空气里有青草和泥土的清香。

路灯只能照亮跑道周围一圈，球场大部分地方是黑暗的。

付新书走上跑道，一枚足球冲他飞来。

他跳起，胸部停球，稳稳将球控住。

文成业站在黑暗的球场中央，喘着粗气，双手撑着膝盖，就这么望着他。

"你来干什么？"文成业问。

付新书助跑两步，一脚踢向足球。

足球划破迷蒙夜色，然后向更深的夜色中坠去。

文成业并没有接球的意思。

像卸去所有力气一般，他直接倒在草地上，四肢张开，望向夜空。

夜幕高远，又仿佛压得很低，笼罩在他们身边。

付新书深深吸了口气，他绕过文成业，捡起踢远的足球，然后又走回来。

路过文成业身侧时，他还是对他说："就算你用不着复习，也早点儿回去休息。"说完，他准备离开。

腿却被一把拽住，付新书差点儿摔倒。

"干什么？"

文成业望着夜空："你不累吗？"

"……"

付新书沉默了下，一时不知道他是什么意思。

"每天读书、训练肯定很累，但能追求自己想要的东西，就不算累。"过了会儿，他才这么说。

果然，文成业冷笑了下，松开了他。

"你猜我为什么用不着复习吗？"文成业的声音从草坪上传来。

付新书停下脚步："你是要给我讲什么学习秘籍吗？"

"因为一直有人给我考试答案，我可以随便抄。"文成业说。

天上好像响了道雷，火星四溅。

付新书不可思议地低头看他。

文成业还是仰天躺在草地上，脸上毫无愧色。

暮色四合，之前所有的不解都有了答案。

为什么文成业的成绩会突飞猛进，为什么林晚星能说服他重回足球队，林晚星早就知道文成业作弊，却一直在替他隐瞒？

"老师知道这件事？"

"你明知故问。没想到吧，老师竟然包庇我。"文成业说。

"为什么？"

付新书无法形容心中的情绪，有不解，有愤怒，他不知道林晚星为什么要这么做。

"我不知道。"文成业的声音很冷静，"一开始，我觉得她是为了威胁我加入足球队。但后来，我反而觉得这种包庇让我很难受。"

文成业完完全全把自己摊开在草地上，说出这些话来，他慢慢放松下来："她离开前，我们在办公楼前遇到。我拿着刚盖完章的高中成绩单，准备去申请国外的大学。她看到了，她很失望，虽然她没有说，但我知道她很失望。"

"为什么之前不说？"

这是付新书从不知道的故事，他觉得自己的心跳得飞快，脑子快要炸开。他直接蹲下身，一把拽起文成业的领口。

"我不敢说。"文成业很平静地说。他的眼睛黑到了极点，让人如临深渊。

付新书松开了手："为什么单独和我说这些，要我帮你告诉其他人，还是让我去学校举报你？"

"你知道为什么的。"文成业意味深长地说。

在文成业幽深的目光中，付新书仿佛照见了自己。


和前些天鲜有人问津的情况不同，周日早上来看那部动画电影的人渐渐多了起来，百人厅的上座率有六成。

很多观众发现，电影从第十六分钟开始，又出现了第一幕的剧情。

主人公趴在课桌上，午睡刚醒，教室外阳光正好。课代表正试图抽出她胳膊下的物理试卷，试卷空着大半，主角只写到第二题。

观众们意识到，这可能是个无限循环的故事。

主人公必须竭尽全力，才能挽回败局。


宏景市，梧桐路7号，青超联赛决赛日当天。

比赛将于13:30在永川远大主场举行。

早上八点多，学生们已经整理好所有行李。

和他们上次去永川参赛的情况不同，这次决赛将由学校统一包车，并带上招募的二十名啦啦队队员，一起出发。

春日的天台，蔬菜瓜果郁郁葱葱。

学生们浇完菜，着重给新种的几颗西蓝花施肥，最后把地面冲洗干净。

窗明几净，微风和煦，这是春日最美好的早晨。

打扫完毕，约定时间已到，所有人背起行囊。

就在这时，天台门开了。

大家充满希冀地看向门口，可片刻后，他们眼中再次涌现失望。


这些天，林晚星看了很多遍这部动画电影。

在影城工作时，她每次推开不同的厚重木门，都像进入不同的时间循环。

昏暗的影厅里，故事不断重复上演，时而是少女发现双打搭档秘密的画面，时而是少年少女紧紧拥抱在一起。

偶尔也能听到那句著名的台词，或者现场观众吸鼻子的声音。

循环不断开启，羽毛球落在界内，雨始终下个不停。


宏景八中校门口。

树影婆娑，窗外阳光正好。

大巴停在路边，车上坐满了前往永川比赛和观赛的宏景八中师生们。

车内是春游的快乐气氛。

小许老师清点完人数，司机问了一句："还有人吗？"

车内忽然安静下来。

"有两位晕车的学生自己坐高铁，人齐了。"小许老师回答。


光明影城9号厅。

和前面所有影厅不同，这里不知从何时开始，一直没有放映影片。门内黑漆漆的，只有墙壁上的安全通道指引冒着绿光。

林晚星取下门后的表格，按职责检查后填写设备情况。

地毯踩上去软绵绵的，走了两步，她干脆在一级台阶上坐下。

前面每个影厅的音效都震耳欲聋，令人肺腑共振。9号厅的安静，反而让人觉得很安宁。

按亮手机，时间是上午9:45。

如果决赛在早上九点开始，那现在应该是上半场结束。

这么多天了，她虽然离开了宏景，可好像还和他们生活在同一条时间轴上。

训练时间、学习时间、休息时间……每天到了特定时间，她总会不由自主地想起学生们以及王法。

后续比赛时间组委会早就发过通知，所以她也很清楚，如果他们进了，那么今天就是决赛日。

有时林晚星也会问自己，为什么走得那么干脆，没有任何转圜余地。

可在再次听到舒庸自杀案情时，她的本能反应就是逃，不看、不听、不想，她决定遵从本能，离开宏景。

直面伤痛是勇者，可人也有选择摆烂的权利不是吗?

只是每次回想这个问题时，她脑海中浮现的仍是文成业最后迷茫的面容。

她告诉学生，去成为理想中的自己。

可她自己呢? 她有没有做到呢?

也是无数次的自问自答，林晚星才明白自己究竟有多懦弱和渺小。

极目崇山峻岭，可人生中真正的艰难险阻，从不是山间的豺狼虎豹，而是你明知山之高远，却失去了向往巅峰的勇气。

她望向前方漆黑的银幕，抱住了膝盖。


G1123，宏景到永川。

高铁二等座双人位，付新书和文成业并排坐着。

对付新书来说，他不清楚自己为什么提议要陪文成业坐高铁。或许是下意识觉得，这是个不错的单独说两句的机会。可真坐在一起，他反而一路沉默。

那天深夜球场谈话后，付新书一直当作无事发生。

从小到大，他都很擅长忍受和假装。

大部分时候，随着时间推移，问题也会慢慢消失，人只要向前看就好了。

可是在一些夜里，恐慌会突然冒出头。

你突然睁开眼睛，再也睡不着了。


韩岭市光明影城。

走出9号厅，林晚星开始第一轮放映结束前的巡场工作。

7号厅的大银幕中，课代表抽出的试卷已经写到第28题，这意味着这很可

能是少女最后一次时间循环了。

这大概是整部电影里林晚星最喜欢的片段。

画面是风吹开柳树的浅绿。柔和的配乐响起，有阳光，有海浪，有少男少女互诉衷肠，让人感到温馨平静。

看完最想看的告白片段，林晚星走出7号厅。

轻轻关门时，她被一个女孩叫住。

女孩梳着双马尾，大概是个初中生。她身上背着巨大的黑色木盒，应该是个大提琴。

林晚星回忆商场楼层，他们隔壁就是个琴行，周末很多学生来上课。

"姐姐，我想问下，您是工作人员吗？"女孩望着她胸前的名牌，这样问。

"我是，有什么我可以帮你的吗？"林晚星温柔地问道。

女孩拿出票据，那是10:05场4号厅的动画电影："姐姐，我要看这部电影，但是我背了琴来，座位上不好放，您能帮我看一下吗？我看完就来拿。"

"当然可以。"

她领着女孩到前台，先确认物品完好，再帮她寄存。

"这个电影到11:55结束哦，应该不影响你上课吧？"帮女孩填寄存牌的时候，林晚星多问了一句。

身旁没有回应。

她转过头，只见女孩尴尬地笑了下。

"姐姐……"

"啊？"

"我的课已经开始了。"

本能作祟，林晚星的脑海里第一时间闪过很多念头：该怎么做，是否通知学生家长，还是让小女孩逃课去看电影？

但她很快放松下来，这些其实都与她无关。

在寄存牌上落下最后一笔，林晚星撕下寄存联，却拿在手里，没有递给女孩。

女孩眼巴巴地看着她。

"还是要和家人说一声，免得他们担心。"

"可我今天就是不想学琴了！"女孩眼眶红了，"妈妈跟我说考完10级就不学了，那我学琴有什么意义呢？"

"所以你决定来看场电影？"

"对，今天我要看电影！"女孩坚定地说。

她单眼皮，梳着双马尾，穿很乖的白衬衣和校服裤，好像和电影里的女主人公一般大小，也一般倔强。

林晚星深深吸了口气，不知为什么，她觉得自己被完全击败了。她低下头，缓缓松开手，将寄存联递了过去。

"观影时手机要开静音。"林晚星提醒。

女孩举起手机，亮出漆黑的屏幕，告诉她："我关机了。"


高铁驶过桥梁，湖水飞速倒退。

付新书仍能感觉到那些惊醒夜里的恐慌。

他看向文成业，说："我告诉他们，我那次被打是因为弄丢了客人的手机。"


6号厅，电影重新开始第一次的循环。

林晚星站在阶梯旁，目送女孩落座。

对方似乎冲她挥了挥手，但也可能没有。

在离她很近的银幕中，电影里的少女露出格外坚毅的神情。影像里，再次响起那句让人热血沸腾的台词，让人格外憧憬。

不知为什么，林晚星也拿出了她的手机。

她爬上巷道，推开木门，走出影厅，按亮了屏幕。

## 17.

# 银 幕

切换微信绝对是一时冲动。

然后林晚星的手机就卡住了。

天知道这些日子以来，学生们给她发了多少消息。

以至于她的微信界面持续显示正在加载的通知，手机屏幕也是怎么碰都没有反应。

正当林晚星思考是否要重启时，她忽然注意到自己与王法的置顶聊天中，有一行留言。

——9号厅兑换码：1S7DY678

这是王法发来的消息，她之前从没看过。

在她正对面的墙上是一张夸张的科幻海报，射灯刺眼。

9号厅和兑换码有很多意思。

可她所在的影院，有间被长期包场的9号厅，这些天一直没开放。而她不久前，刚从那里走出来……

最不可思议的一种猜想，让林晚星头晕目眩。

影厅前台。

林晚星面对收银机后的同事，一时不知该如何开口。

"怎么了？"对方问。

闻言，林晚星低头看了眼手机，画面仍在卡顿。虽然她不清楚王法留言的前后内容，可她却又莫名确定地说："我要兑一张电影票。"

"啊？"

林晚星拿过纸笔，将兑换码抄到纸上，然后递给同事。

同事嘴上嘟囔着，手指却习惯性地输入兑换码。

清脆而缓慢的键盘声响起。

最后一下回车后，林晚星没由来地觉得紧张。

就在这时，打印票据的机器发出咔嚓一声轻响，然后开始运作。

"还真有票。"同事盯着屏幕，有些惊奇地说，"9号厅？"

林晚星有片刻的慌乱无措，但很快稳住心神。

"是什么片子？什么时候能放？"她问。

"等等，我来问问呢。"


影院有一套标准化放映流程，但包场电影不受限制。

林晚星既不清楚王法怎么知道她在这里，也不清楚他为什么要在影厅包场。但无论出于什么原因，他确实这么做，并且做到了。

她推开9号厅厚重的木门，兼职放映员的值班经理也刚到。

现在影院都是标准TSM系统，可以直接操作。

经理看到她拿着9号厅的电影票，很是惊讶，但影院周末太忙，他匆匆操作完就离开了。

木门再度合上，影厅彻底安静下来。

依旧是昏暗沉闷的9号影厅。

林晚星独自坐在银幕前，被空荡荡的座椅环绕，她像坐在空旷的车厢内，经历一段孤独的旅程。

银幕亮起，宛如隧道尽头出现微光。

光线投射在灰白色的幕布上，勾勒出晨光熹微时的天台景象。

整个画面清新自然，如同浸润薄荷叶片的清水，有格外明亮清爽的气息。

有人正手持摄影设备，拍摄着天台的一草一木。

那是她再熟悉不过的天台生活场景。

比如哪几盆花特别难伺候，哪几种菜不用管也能疯长。镜头扫过，回忆自然而然掠过脑际。

逐渐地，她听到了背景中的对话声。

一会儿是："你到底会不会拍？"

一会儿又是："云台别抖啊。"

林晚星先辨认出是秦敖和俞明的声音，干这种事情，显然这两位同学意见最多。

不知为何，可能画面太过明亮，她竟然觉得眼睛有些发酸。

随后画面一转，银幕被三颗蔬菜撑满。学生们用近景对着刚浇完水的西蓝花，水珠晶莹剔透，眼看着要滴下来了。

"老师，我给你介绍一下，这是我们最近养的老大、老二、老三。"冯锁非常自豪地开口。

"这是我们新引入的西蓝花，特别特别难种。"

"也不难种，是之前降温的时候你没照顾好！"

学生们吵吵闹闹，为她介绍天台新增添的一草一木。好像对他们来讲，根本没有几十天的分别，她处理完"家事"还会回去。

可他们都很清楚，明明不是这样。

林晚星搭在膝盖上的手轻轻颤抖。她很想说点儿什么，"对不起"或者"不要这样"。

可这是单方面的影片，她无论说什么，他们都不会听到。

"你给老师看看教练啊！"林鹿在背景中喊了一句。

霎时镜头一转。

林晚星还没反应过来，就看到王法站在阳光下，冲她挥了挥手。

背景是她再熟悉不过的广衮球场，风送来绿草柔和的气息。

他头发长了点儿，脸却瘦了，因此下颚线条更加清晰英俊。

然后，林晚星看到了王法的眼睛。

他站在朝阳下，眼神中有太多情绪。

林晚星微微仰头看着他，仿佛完全沐浴在天台的阳光下。

过了一会儿。

"教练，你有什么话想对我们老师说吗？"晾衣架变成话筒，递到了王法面前。

林晚星再度看向银幕正中的那个人。

"我很想你，你什么时候回来？"

风吹起他柔软的额发，露出柔和的目光。

王法这么问她。

林晚星捂住嘴，一时间，泪水蓄满眼眶。


画面变换，银幕暗下。

嘈杂的人声和跑步声在背景音中缓缓响起，然后才逐渐转亮。

林晚星看到了很多双球鞋。

学生们正在球场上跑动热身。

那是五川路体育场，光看镜头，林晚星就能完全还原出整个球场的全貌。

画面记录了学生们的训练日常，在这过程中用了快进。白云飞速流转，天色由明到暗。

休息时，陈江河盘腿坐在镜头前发呆。

累极了，林鹿瘫倒在镜头前装死。

学生们路过镜头时，偶尔会说两句话，好像她还站在场边，一会儿是"老师给你看我们最近练的定位球战术"，一会儿又是进球后冲过来秀肌肉的"我猛不猛"。

最后王法的哨声响起，宣布训练结束，所有球员重新集合在镜头前。

他们满脸通红，身上又脏又湿，画面也随之恢复正常速度。

付新书的声音响起："老师，我们明天就要踢韩岭胜利了，如果赢了，我们就能进决赛。"

"你明天能来看我们比赛吗？"俞明心直口快。

秦敖给了他一拳："不是说好不要直接提这个吗？"

"那你们又不给发言稿！"

"反正她也不一定会看到。"

小声的吐槽响起，画面渐渐淡出，最后不知谁喊了一句："你要给我们加油啊！"

林晚星坐在荧幕前，也跟着点了点头。

自然而然地，林晚星很期待接下来的画面。

但和想象中不同的是，实际与韩岭胜利的比赛画面却很少。记分牌显示2：1，只有两粒进球片段被剪辑进来。

林晚星很明显看出，比赛后半段，学生们跑动迟缓。他们神情痛苦坚毅，球衣脏得彻底。

她很清楚，这应该是一场非常惨烈的比赛。因为太惨烈，所以学生们不想让她太难过。

终场前的一刻，哨声突然响了。

林晚星几乎心脏骤停。

裁判判罚韩岭胜利一粒绝命点球。

窒息感汹涌而来，连影厅的空气都变得焦灼滚烫。

草屑飞扬。

对手起跑。

林晚星呆呆地看着冯锁站在门前。

少年闭眼向一侧倒下，最后扑出了绝命的点球！

终场哨声响起，学生们全部躺在草地上，最后虚脱般地望着看台。

他们想看看，她有没有来。

既快乐又欣喜，既心酸又难过，种种情绪在心中激荡，那是林晚星从未有过的情绪体验。

黑暗又灼热，却仿佛有明亮的绿意要破土而出。

不知不觉，影厅再度静下。

幕布上，画面再度暗下，甚至比先前更黑。

而就在这时，王法的面容出现在银幕正中。

他身处昏暗屋内，四周只点了一盏台灯。

这样的形式和氛围，立即让林晚星想起她曾为王法录制过的离别留言。她忽然意识到，王法应该看到了那个邮箱里的全部内容。

同样是或许永远无法得见天日的对话，像可能只有他们两人知道的小秘密，为了与之对应，王法也给她录了同样角度的一段视频。

他穿了件白T恤，手轻轻搭在桌上，灯光在他周身拉出一条条金色光线。

他没有她录视频时的不自然。

他往桌前一坐，身体微微前倾，很自然地开始与她对话。

"林晚星，之所以要给你录这段视频，是因为在半个月前，我们收到了奇怪的快递和传真，它促使我们去了解你离开的真正原因。

"所以很抱歉，我们用私人的方式调查了你的过去。

"一开始知道那些故事的时候，我们都非常难过，也绞尽脑汁，思考究竟要怎样才能帮助你。

"但我们想得越多，就越明白，不是所有事情都是可以被解决的。

"虽然这么说会显得肉麻，但我们始终尊重你的选择。"

林晚星仿佛坐在他的对面。

他们同处一室、近在咫尺，是伸手就能够到的距离。

她几乎能感受到他温热的鼻息和那种要将她完全洞穿的目光。

王法知道她的全部故事，在他面前，她完全赤裸。

可那目光中又饱含深情与包容。

以至于此时此刻，她得知自己的隐私被彻底挖开，变得一丝不挂，竟完全忘记羞怯，只觉得平静从容，坦荡自若。

王法继续说着。

"所以现在，我们给你录的这些画面，只是因为我们很想你。想要和你分享我们的生活，分享我们的胜利。

"你或许会看到这段视频，或许不会。这都不重要。

"曾经在我决定离开教练岗位的时候，有一天睡醒，我忽然迷迷糊糊地走到圣玛丽球场，买票看了场球。虽然这件事并没有改变我离开球队的决定，但

我至今仍记得，那场胜利带给我的快乐。

　　"对我来说，只是希望你能和我一样，忽然回头时，也能有段美好回忆。

　　"学生们都很好，你把他们教得很不错。

　　"至于我，请你放心，你在邮箱里留的那段视频，只有我一个人看过。所以希望你在看到我这段视频的时候，周围也没有人，不然我会害羞。"

　　王法自始至终柔和平静，唯独在说最后这句话时，才有不经意的笑容。

　　好像有很多话还未说完，可他毅然起身，关闭了摄像头。

　　银幕彻底暗下，影厅灯光亮起。

　　林晚星怔怔地注视前方。

　　然后，她想起什么似的，握紧手机站了起来。

　　正当她要走时，一束光再度投映在银幕上。

　　一封传真信，缓缓浮现。

　　林晚星完全呆住了，那是她再熟悉不过的字体和诗句，她亲手抄在一本小册子的最后，送给了某位美丽的女士。

　　一瞬间，不可思议感如潮水般汹涌袭来，天花板明亮的射灯几乎要将她完全照透。

　　诗句一一浮现，最下方是一行完全不同的手写字。

　　清晰而深刻。

　　尘封的过往，其中的知情人，拥有这段诗句的，只能是一个人。

　　像忽然解开的死结或者输入最后一位的密码。

　　林晚星终于哭出了声。

# 18.

# 问 心

风和日丽，天高云淡。

接近中午时，宏景八中的参赛大巴终于来到永川远大体育场外。

体育场建筑宏伟，四周设有大型停车场。

顺着台阶遥遥看去，正门前硕大的充气横幅，红底白字，"青超联赛华东地区总决赛"的字样清晰可见。

带队老师领观赛学生下车，组织大家吃午饭。

参赛选手需要从球员专用安检通道入场，因此和啦啦队暂时分开。

大巴停在球员通道外。

春天的中午，太阳也颇有威力，车里热烘烘的。

学生们第一次见这种大场面，他们看向身后的停车场，有一排排明显是校园大巴的车辆，穿着永川各个学校校服的学生们鱼贯下车。

整个场面看起来格外庞大。

秦敖松了松衣服领口："这么多人，都是来看我们比赛的？"

祁亮："决赛肯定有统一组织，这么大惊小怪，你以前没进过？"

"说的你好像进过一样！"

"我确实没有。"祁亮双手背在后脑勺，闭上眼睛。

秦敖被噎了一下，转头看了看手机，莫名有点儿坐立难安："老付和文狗到哪儿了，怎么他们关系突然那么好，还陪着一起坐高铁？"

"老大，你是不是又吃醋了？"林鹿问。

秦敖刚要开口，突然看到有个眼熟的身影路过他们的大巴，往安检入口走。


从韩岭光明影城到永川远大体育场，车行一小时四十五分钟。

不是在做出所有选择的时候，人都有确定的理由，大部分都是冲动。

林晚星拿着手机，和经理告假，直接冲出影院。

直到准备用手机APP打车，她才发现自己的手机还卡着。

她只好拦了辆出租车，然后重启手机。

"去永川？这么远？"出租车司机惊讶地说。

"对。"林晚星拉上车门，很干脆地说。

简短对话后，出租车司机踩下油门。

车窗落下，春风汹涌澎湃，看着道路两边飞速后退的景物，林晚星的脑子还是很乱。

手机重启，提示音响起，屏幕由暗转亮。

林晚星看着恢复正常的手机界面，下定决心般地重新打开微信。


永川远大体育场，安检入口通道。

秦敖只觉胸口一滞。

隔着车窗，他竟看到了向梓那张令人想痛打一顿的脸。

路过宏景八中的大巴，向梓也是一惊，像感知到什么似的，他抬起了头。

秦敖立刻举起拳头，冲他挥了挥。

而与此同时，文成业和付新书也出现在通道外。

"你来干什么？"文成业少见的情绪激动，他快走两步，一把拽住向梓的衣领，把人一推。

向梓的背重撞上车身，整辆大巴都颤动了下。

付新书从没见过文成业这样，被完全震住。

因为这里是入场通道，还有别的工作人员。周围人群看过来，他冲过去拉住文成业："马上要比赛了，你冷静点儿！"

文成业面容冷傲，手如铁钳般纹丝不动。

"你知道这家伙是谁吗？"文成业冷笑一声，"我给你介绍一下，这是向梓。陷害我们老师的畜生。"

听到这个名字，付新书立刻反应过来，他怒视向梓，愤慨极了。

"我今天跟团队来这里做研究。"向梓脸色阴晴不定，但还是解释道，"周围都是人，我劝你还是放尊重点儿。"

"你配吗？"文成业的声音冷得要结冰。

秦敖和其他学生也纷纷下车。

所有人气势汹汹，将这个道貌岸然的博士生团团围住。

见此阵仗，向梓紧紧握着手机，态度却变了："你真别乱来，我会报警。"

不远处，球场保安也向他们这里跑来。

付新书立刻清醒。

无论向梓有多可恶，为了顾全大局，他们都不能在这里和他发生冲突。

他稳了稳心神，对文成业说："放开他。"

"你说什么？"文成业转头看着付新书。他的眼眸深不见底，有真正不顾一切的凶狠和暴戾。

"我们马上要比赛了，赛前不能有暴力冲突。而且你站在这里就算把他打死，也解决不了问题。"付新书很冷静地说。

文成业第一反应是怀疑自己听错了。然后，付新书就从他眼中看到了深深的失望。

他近乎嘲讽般地感叹道："你在乎的只有比赛？"

"这是我们所有人的努力。"付新书很认真地说。


韩永高速，道路两旁是低矮而连绵不绝的山。

山坳间的平地上，有大片大片金黄的油菜花，宛如碎金点缀在绿毯上。

阳光格外好，整个路面柔软平顺，四周仿佛浸润在清亮的光里。

林晚星的头靠在车窗上，认真翻阅学生们一条又一条的留言。

也难怪手机会卡顿，他们可真是无论大事小事都要和她分享。

大到训练日程、每周学习计划和日常作业，小到长虫的散尾葵和种植失败的草莓。

无论经历什么，他们都会拍照或者拍视频发给她。

包括她常吃的炸串店上了新口味的梅子蘸料，她喜欢的流浪猫被喂得油光水滑。

早些的视频已经过期了，但林晚星还是盯着预览图看了很久。

她原本纷繁复杂的心情，被一条条的留言完全抚平。

这确实是一段美好的回忆，生活温馨有趣，学生们也有独立生活学习的能力。看的时间长了，她甚至不自觉地想，去看场比赛似乎确实很不错。

林晚星终于看完林鹿的留言，退出对话框，点了付新书的头像。

车厢内有嗡嗡的引擎声，最后一条留言是：老师，我真的不知道怎么做才是对的。


外面阳光明媚，但建筑物内部陡然暗了下来。

"队长来签到吧。"

工作人员说完，付新书低下头，在表格上签名，跟着进入体育场内。

灰白墙体上刷着一条黄色分割线，水磨地砖，老式白炽灯管。

他们一路走过漫长通道，付新书忽然想起他小时候看到的画面。

十多年前，永川远大就是中超顶级队伍。

那会儿足球比赛氛围比现在要好很多，他爸爸生前，每周永川远大比赛，都会准时带他守在电视机前。因此每当比赛前后，他常能通过电视镜头，看到永川远大体育场的全貌。

在他的印象里，这座体育场极其庞大而雄伟。

每次比赛时，这里人头攒动，旌旗飞扬，战歌如雷，是真正的梦想之地。

他曾经很憧憬家里能好起来，他能牵着爸爸的手，来这里看一场球。

而今天，他做到了。

虽然形式和方法与他小时候设想的完全不同，但他确实做到了。

球队工作人员推开更衣室的门。

射灯和吊灯一并亮起，将整个空间照得亮亮堂堂。

灯光刺目，有那么一瞬间，付新书仿佛看到自己在里面庆祝胜利。

和他记忆里的10-11赛季天成方雅俱乐部客场战胜永川远大、逆袭夺冠的情景，几乎一模一样。

进入更衣室，队员们被向梓破坏的心情逐渐好转。屋内摆满了主办方准备的饮用水和食物，他们兴奋地转了起来。

工作人员随后离开。

大家放下背包，推出战术板，准备吃点儿东西，开赛前的战术会议。

忙了一会儿，付新书忽然发现更衣室里少了一人。

"文成业呢？"他看了一圈，抬头问。

"不知道啊，刚扔下东西就不见了。"

"好像拿着电话去厕所了！"俞明汇报。


付新书走进洗手间，门吱呀一声关上。

文成业正站在洗手池边。他的手机摆在洗手台上，正对着一块碎掉的镜子发呆。

顶灯刺目。

付新书走了两步，站在他旁边的洗手池前。

文成业双手插兜，依旧盯着镜子。

洗手间空气不流通，消毒水和下水道的气味混杂在一起。

付新书想了一会儿，还是缓缓开口："不管你对我有什么意见，我希望你都冲我来，比赛结束以后怎样都行。"

声音回荡在空气中，付新书忽然想起，他曾和文成业说过类似的话。

那是在同禹州银象比赛前，他找文成业谈话才意外知道，文成业其实听到了他挨打时被骂的那些话。

原来时过境迁，很多事都没变。

文成业没有理会。他下巴微抬，拿起放在洗手台上的手机，拨了个电话。

付新书闭上了眼睛。

老师：

我不清楚你是否会看到这封信。

可能知道你大概率不会看到，所以我才敢发。

有件事，我一直骗了你们。

我告诉你们，我被流氓追着打断腿，是因为被冤枉偷了店里客人的手机。

其实那是假的。

我没有被冤枉，我确实偷了那个人的手机。

但不是因为我要偷手机换钱，而是因为我想删了里面的记录。

因为那里面有我的罪证。

高二那年，我妈妈过劳病倒了，为了赚钱，我去了地下酒吧打工。

会用童工的酒吧绝不是什么干净地方，那家开着地下赌球盘口。

老师你知道我家里很穷，可我从没告诉过你，我爸爸是个赌鬼。

一开始的时候，我告诫自己，别忘了你爸爸是赌鬼，他就是被人追债摔死的。赌博这种东西，你千万不能碰。

可店里每天现金都是几百上千万。慢慢地，看着酒吧里的人每天讨论赚了多少多少，我动摇了。

我每天太累了，家里要交房租，妈妈还病着。

只要猜对比分，我手里的钱就能增加几倍，不仅能交上房租，还可以给妈妈买营养品，那是多好的机会啊！

我忍不住找上"代理"，下了我认为最可靠的两场比赛。

可我从没想过，那个"代理"认识我。

他不仅知道我踢球，还知道我是付远航的儿子。

听到他对我说"你爸爸以前总找我下注，叔叔帮你进职业队，你帮叔叔踢比赛"的时候，我突然害怕了。

我看过反赌球教育通知书，我知道参赛球员如果参与投注活动，会被取消参赛资格，还会罚款、禁赛，以后再也没办法踢正式比赛了。

我去求他撤回我的下注。

但他完全看穿了我，他问我是不是怕了。

我确实怕了。

我知道，他们怕警察查，所有投注信息都记录在一部手机里，只要我神不知鬼不觉拿到手机删了记录就好。

但我被他们发现了。

他们怕事情闹大，没敢打死我。最后学校只当是我偷了手机，对方赔了钱，这事就算了结了。

可我被打那天，文成业就在现场，他知道我挨打的真正原因。

别人当我是个可怜的受害者，但在文成业面前，我是阴沟里的老鼠。

你重新把文成业带回球队的时候，我非常害怕。怕他把我做过的事说出来，甚至有过输掉比赛就解脱的念头。

但他却一直没有说。

我在他的沉默里饱受煎熬，只能装作什么事都没发生过。

我不是没想过向你们承认。

但预选赛、小组赛、四分之一决赛、半决赛、决赛……整个过程像梦一样，代价的雪球也随之越滚越大。

我只要说出来，所有努力都将前功尽弃，这支队伍就毁了。

那天夜里，文成业和我说起我才知道，原来他和我一样，都有不可告人的秘密。

他替我保守秘密，而替他保守秘密的人，是你。

我不知道你为什么这么做。一个老师怎么可以纵容学生作弊，这和我想象中的你完全不一样。

可我也必须承认，我窃喜了。

如果你会包庇文成业，那你知道我的事情，也会同样包庇我吧？

而就在刚才，陈卫东告诉我们，决赛那天他有比赛，不能来当我们的替补。

我终于松了口气。

因为我知道，我有了最最充分的理由。

为了队伍的胜利，我不能被禁赛，所以绝对不能说。

老师，我不明白，事情为什么会变成这样。

一念之差，我做错一件那么小的事，却要承担那么多我无法承担的后果。

但幸好，这是一件只要我和文成业不说，就不会有人知道的小事。

我知道，文成业动摇了，他想承认自己作弊，接受应有的惩罚。

但幸好，我是赌鬼的儿子。

为了更大的利益，我可以赌上良心。

# 19.

# 狭 路

嘟、嘟……

永川远大体育场，客队更衣室洗手间里，手机传出通话等候音。

付新书的脑子嗡嗡作响。

文成业的态度已经说明一切，他想在赛前做点儿什么。

可他不能让文成业这样做。

他下意识想拉住文成业，让他冷静。

文成业却用力甩开他的手，手机也跟着脱手而出，重重地砸在洗手池上。

咣的一声重响，付新书第一反应是看向洗手间大门。

门外更衣间很吵，没人注意到他们的冲突。

紧接着，摔在洗手池里的电话竟然接通了。

"喂？"中年人严厉的声音回荡在整个空间。

文成业快走几步，从洗手池捞出自己的手机。

"爸爸。"他握着电话，这样喊道。

付新书怔在原地。

他以为文成业打电话是为了告密，却没想到他只是打给了自己的父亲。

"干吗给我打电话？"电话那头的男人也同样奇怪。

"我有件事要告诉你。"文成业说。

"什么事要现在讲？跟你说文成业，别在我面前耍你那些小心思，我是不可能同意让你留在国内，和你那帮狐朋狗友瞎混的。"

"这些都和你没关系。"文成业握着手机，眯起凤眼，仰着头，撑着洗手池，凝视镜中的自己，"我以后想做什么、要做什么，和什么人交朋友，是踢球还是进厂拧螺丝，这些都和你没有关系。"

"你再说一遍！"文父厉声呵道。

于是，文成业继续说了下去："还有，我的成绩是假的，以前装听你话也是假的。我一直阳奉阴违，考试抄答案作弊。给我答案的那个人就是妈妈的小男朋友，我早知道他们搞在一起，但没告诉过你。"

这段话早已打了太久的腹稿，文成业说得非常清晰冷静。

手机那头传来猛砸东西的声音。

但文成业直接挂断电话，没给父亲再吼回来的机会。

顶灯明亮，外面的更衣室还在喧闹。

洗手间里再度安静下来。

污水冲撞管道，发出隆隆声响。

付新书终于明白过来，其实文成业根本不是要打电话给什么人告发他，只是做出了自己的决定。

可他并没有松口气的感觉。

因为文成业打完这通电话后，他们已经完全不一样了。

本来大家都有罪，互相保守秘密。

可文成业先行一步，他孤注一掷，承认作弊，虽然要迎接暴风骤雨，可他也彻底解脱了。

而他呢？

他只能困在原地，继续被罪责煎熬。

"你是故意当我的面打这个电话吗？"他忍不住问文成业。

"你配吗？"

"那为什么以前不说，一定要现在打，就因为老师离开前说的话？"付新书踏出一步，心中有情绪在撕扯着他，"你确实解脱了，可你想让我做什么？要我赛前跟所有人承认，我曾经赌球？你有没有想过，如果他们知道这件事，那就变成了我们整个队伍的问题！我被停赛都是其次，你们都有可能因为我踢不了决赛！"

"明白，比赛永远是最重要的。"

"不，你不明白。你作弊，那是你自己的事情，你只要自己承认就可以了。可我呢，我的问题需要整个队伍替我承担。只要几个小时，等比赛结束，我怎样承认都可以，但现在不行。"

"现在不行，那以前呢？"文成业不以为意地反问。

那瞬间，付新书完全愣住。

他一方面觉得这太可笑了，文成业自己长期作弊，只是承认问题就可以站在道德制高点指责他；可另一方面，他又很清楚，自我开解理由越多，他就越显得卑劣可笑。

污水冲撞管道，阴暗、潮湿、不见天日。

骨子里的贪婪让他犯下错误。

天性的懦弱让他选择撒谎。

害怕承担责任所以不断逃避。

虽然大部分时间，他都在自由呼吸新鲜空气。可他自己清楚，他始终是来自地底的生物。

污水在他脚下肆意流淌，这才是他生活的地方。

"因为我是活在阴沟里的老鼠，所以我不敢说。"付新书这样说。

吱呀吱呀，细微的响声敲打在天灵盖上。

付新书也不知道这里为什么就有那么多的杂音。

他缓缓看向声音来源，忽然发现洗手间里，一扇原本关着的门开了。

顿时，他感到一阵毛骨悚然。

"谁？"文成业发声问道。

没有回应。

洗手间里依旧非常安静，或许是有风或者门板年久失修。付新书自我安慰，

然后想走过去检查。

可就在这时，一双腿迈出了厕所隔间。

球鞋、白色校裤，再往上，是换了一半的球衣。

胸口"宏景八中"几个字格外清晰鲜艳。

林鹿走下台阶，望着他。他的目光里再没有以往的信任，反而满是戒备。

"为什么？"林鹿清脆而不解的声音响起。

付新书下意识避开他的目光，却在破碎的玻璃镜中看到自己扭曲的面容。他被分割成很多块，并完全困住了。


过了丘陵就是平原，远处城市轮廓隐约可见。

出租车驶下高速公路，永川出口的方向一闪而逝。

手机通讯录中号码很多，林晚星看着那个名字，甚至没有犹豫，就将电话打了过去。

她心跳还没来得及加速，电话就被挂断了。

心情跌入谷底。

但下一瞬，手机振动，微信通话声响起。

林晚星赶忙低头。

——Winfred邀请你视频通话。

春风灌入，吹乱鬓发。

下高速后的迎宾大道两旁栽了樱花，沉甸甸的花瓣挂满枝头。

林晚星按下接通键。

先是模糊的预览，随后画面才完全亮起。

青年目光明澈，眼中满是惊喜。

他背靠更衣室里的木柜，光线澄明如水。

多日不见，他确实瘦了，轮廓清俊，眉眼都愈加深邃。

明明多日不见，还是她先逃跑，现在打电话又是因为别的事情，显得很没诚意。

可再见王法，好像也还是很自然。

一瞬间情绪涌动，林晚星有很多话想说。

可她刚要开口，却见王法伸出手指，轻轻竖在嘴唇上——让她不要说话。

紧接着，视频摄像头切换。

镜头中，付新书站在更衣室的顶灯下方，他微微闭着眼睛，表情格外沉重。

永川远大球场，客队更衣室。

是付新书从未感受过的死寂。

他以为删记录被发现是绝望，以为殴打被废腿是绝望，以为球队解散是绝望。可那些绝望统统加起来，都不如此时此刻。

他的队友们像石化了一样，全部坐在换鞋凳上。

他们不敢相信刚才林鹿说的内容，目光中满是怀疑和警惕，他们在等待他的解释。

这不是他计划中最好的时机。

可事情永远会向人最恐惧的方向发展。

付新书知道，自己逃不掉了。

睁开眼睛，他缓缓开口。

从那个酒吧开始，他讲述了自己因为贪婪犯错、因为懦弱退缩、因害怕而不断回避的全部故事。

"我最后悔的是两件事。第一，我不应该为了钱下注；第二，那天和禹州银象比赛后，老师还在。她问起当年的事，我应该说实话。但我还是因为胆怯选择了撒谎，再次欺骗了你们。

"我以前总告诉自己，这是我曾犯过的一个小错，事情早就过去了，只要好好踢球，就能弥补一切。可当我每次这样安慰自己的时候，我又比谁都清楚，只要我活在谎言中一天，它就永远也不会过去。

"决赛结束后，我会向足协和青超联赛组委会自首，承认我曾有过赌球行为。但在此之前，我只能请求你们忘记刚才听到的内容。

"我非常非常对不起你们，所以让我一个人承担全部责任。"

付新书向所有人深深鞠了个躬，然后站直身子。

整个更衣室寂静无声，队员们都没从故事里反应过来。

故事里的付新书，真是他们认识和信赖的队长吗？

他为了赚钱去下注，被打断腿踢不了比赛，却骗他们说是店家冤枉他偷手机。就像他自己说的那样，上次他们赛后打架，林晚星问起当年的事情，那几乎是他说实话的最好机会了。

可他还是没有。

禹州的冬日冷雨仿佛一下就落进了这间更衣室里。混乱和不解困扰着他们，那天在医院的聊天声好像又断断续续重新回响在他们耳旁。

原来的那个版本里，文成业不仅指路，还眼睁睁看着队友被打却没有阻止。

而付新书本人呢？

他们以前觉得付新书人好又努力，为人处世公正善良，所以都服他。

可现在，他们信任的基础完全不存在了。

他们同情付新书的遭遇，换来的却是他一直以来的欺骗。

秦敖觉得自己真是个大傻子。

智会说："原来，你和文成业都不是好人。"

过了一段时间，秦敖才不可思议地问："你一个人，承担全部责任？"

"这是我个人的问题，和球队无关。"付新书说。

"你什么意思，跟我们没关系？"

"冷静点儿，听我说。开赛前，我们签过承诺书。上面很明确地写了，如果选手有过赌球行为，会被取消竞赛参赛资格。我看过足协网站上所有关于处罚的通告，如果是球员个人行为，球队不知情，只处罚球员个人。但如果是涉及球队知情不报或有包庇和隐瞒行为，会加大力度连球队一起处罚。所以不管怎样，不知道我的事对你们来说都是最好选择。"

"明白了，让我们装聋作哑？"陈江河非常冷淡地说。

"你们打我骂我都可以，只要能出气怎么都行。但我这件烂事，你们没必要惹上。等比赛结束我自己会说，就算以后足协的人来调查，你们就说从不知道就可以了。"

"可是，我们已经知道了。"智会说。

"所以呢，你们知道了又怎么样，现在就向组委会告发我吗？"付新书突然有点儿激动，他很直接地说，"那些都是林鹿无意间听到的，我根本没打算赛前告诉你们。"

学生们都沉默下来。

是啊，他们又能怎样呢？

虽然付新书对他们撒谎，但说破天这是内部恩怨。

付新书的真正错误是两年前违规下注。

可要让他为曾经的一念之差付出惨痛代价？

他们没人能做出举报这种事。

付新书继续说道："如果我踢不了决赛，我们必输无疑。我不是在用决赛威胁你们，队伍不应该为我个人的错误承担责任。"

"所以，我们只需要装作不知道，等你自己解决就可以了？"

"对，就像老师做的那样。"付新书很确定地说。

听到这句话，所有人都沉默下来，看向文成业。

他们听林鹿提到刚才文成业承认作弊而和付新书发生争执的经过。

"那你应该误会她了。"文成业说。

"她为了球队，不仅没把你作弊的事上报学校，还耐心等你自己做出选择，难道不是这样吗？"

"你觉得她是为了球队才没有上报学校吗？"文成业终于露出一些失望的神色，"她不是因为球队，而是为了我。"

付新书愣住了。


视频的另一端，林晚星坐在出租车里。

她握着手机，屏幕窄小，手机滚烫，她安静听着文成业从未有过的自白。

"一开始我和你一样，觉得她没有报告学校，是为了有把柄威胁我，让我乖乖踢球。但后来，我觉得可能不只是这样。对她来说，我和你们是一样的。我清楚我这种人是个麻烦，可她想管我这个麻烦。明白这一点对我来说很烦。"

手机视频里，文成业露出烦躁的表情。他很少说这么多的话，但也确实是憋不住了。

"她凡事都让我们独立思考、自己决定。我很抵触她说的每一句话，可我也知道，在不断反抗的过程中，我还是中计了。因为反抗本身就需要思考，我开始思考什么是对的、什么是错的，我想要什么、又该怎么去做。这就是悲剧

的开始。我一开始觉得，一模二模卷子我都是自己写的，以后不作弊不就行了？但当我拿着作弊得来的成绩单申请留学被她看到，她说我其实讨厌这样的自己。"

"你能思考，确实很可怕。"祁亮说。

春风温柔，祁亮的话让林晚星不由得笑了。

文成业也跟着冷笑了下："然后我想，我确实讨厌像条狗一样听话的自己。我作弊考个好成绩再出国读书是为什么，为了哄我爸开心？这确实不是我想要的。虽然我不知道她说的'理想中的自己'是什么样的，但我很清楚'不理想的自己'是什么样。"

"所以你赛前打电话给你爸承认了？"秦敖问。

文成业点头。

祁亮吹了个口哨，评价道："虽傻但酷。"

"所以你明白了吗？"文成业看向付新书，"只有我最清楚，她的包庇让我有多难受。我看清了我不想要的，做出我的选择。而你，付新书，你不该代替我们做选择。"

付新书看上去混乱极了："但你的事是你的事，我的事……"

"你的事，是我们球队的事。"秦敖很确定地说。

虽然付新书不同意，可既然是球队的事，就该大家一起做出决定。

"我不想赛前举报老付，也不想装作不知道。"俞明说出了内心最真实的想法。

这种感觉非常奇怪，利弊如此明显，理应果断决定。

可他们内心深处像被什么东西拉扯住，让他们不愿为了决赛，就装作无事发生。

"如果你们不想和我踢，我也可以不上场。"付新书仍然坚持。

陈江河却说："不是我们想不想的问题，而是怎么做才对的问题。"

"什么是对什么是错？这里是球场，足协有规则、组委会有规则，可为什么上一场裁判没有按规则来？"付新书反问。

"你说得有道理。但如果我们不上报，就和他们一样。他们玩规则游戏，我们也要这样吗？"陈江河反问。

"这不是规则游戏！"付新书看向王法，近乎求助："教练……"

出租车在一个路口停下，绿灯转红，林晚星坐直身子，她也不清楚王法会发表什么样的意见。

片刻后，冷静平和的声音透过视频传来。

"那个团伙还在作案吗？我是说殴打你的那个地下赌球团伙。"王法问。

付新书愣了下，他没想到教练会问这个。但他几乎立刻意识到，教练最关心的是他的安全问题，他顿时为自己的隐瞒而感到羞愧。

"前段时间被捣毁了，新闻里有提过。"

"那就好。"王法顿了顿，继续说，"我希望你们把我讲的内容当作参考，我永远和你们老师站在同一立场，不左右你们的选择。"

手机被王法握在手里，镜头对准学生，林晚星只能听到他的声音。

"在我们国家，除彩票外，所有赌博下注行为都违法。你们应该清楚，你们的身份不仅是学生，还是注册球员。足协一直在严查球队赌球和踢假赛，有数位足协官员和球员落网。如果决赛前上报付新书的问题，虽然最终处罚决定不会马上做出，但他必然会被立即禁止参加决赛。此外，组委会还将讨论我们一开始的参赛是否违规，决赛是否要直接判负或使用季军递补名次等问题。如果我是足协负责人，考虑到一系列的争议，加上付新书无法上场后这边也凑不齐完整队伍，以及决赛球队爆出赌球丑闻后会造成的影响，最稳妥的方案是，取消决赛。"

王法语气平和，分析有条有理，并毫无保留地告诉学生们最有可能产生的结果。

"那如果我们赛前装作不知道，不上报呢？"

"只要付新书承认曾经的违规行为，他的个人参赛成绩就会被取消。"

学生们都静默下来，付新书也不再说话。

所有人都仿佛坐在一片寂静的黑暗之中。

烈日、严寒，不分白天黑夜的奔跑，他们身后是一路流淌的汗水。

决赛当前，坚持遵守规则的后果太过严重，而他们要做的，似乎只用暂时忘记这件事，好好比赛，等决赛结束。

"对不起。"付新书近乎哀求，"我们好不容易才走到这里，我可以不踢，

但你们没必要，真的没必要。"

"老付虽然……但也很不容易吧，我们不能抛下老付自己踢决赛。"郑飞扬有些心软了。

林鹿终于开口："我刚是不是应该装作没听到？"

"可是我们已经听到了。"智会还是这么说。

"可是我们马上就要踢决赛了。"

"是啊，我们马上就要踢决赛了。"


这同样是林晚星从未有过的体验。

方才在影院里，银幕宽大，电影叙事宛如宇宙恒河。

而现在则是狭小的车内空间，手机屏幕只有巴掌大小，永川远大球场客队更衣室里的故事，还在继续。

比赛战术板被推出时，门外响起了几下敲门声。

学生们俱是一震。

王法放下手机，亲自去开门。

"宏景八中，可以上场热身了。"工作人员前来通知。

走道上，仿佛能听到永川远大主队更衣室的声音，嘈嘈杂杂，热热闹闹。

"好的，谢谢。"工法礼貌回应，然后关上门。

谁都知道，时间不允许他们无限制讨论。

"投票吧。"秦敖站起来，这么说。

手机被王法放在长椅上后，林晚星只能看到明亮的天花板顶灯。

她知道王法随身带着本子，那是现在最方便拿出的纸了。

随后撕纸声响起，每人都能分到一小片，他们落笔写下选择即可。

出租车继续向前驶去，永川远大的宏伟主场隐约可见。

是大家小时候在电视里，才能看到的地方。

那是他们梦寐以求的球场，看台上即将坐满观众，掌声、呼声如雷。

去年九月至今，他们奋力奔跑，不懈努力，经历过艰苦卓绝的比赛，战胜了绝无可能战胜的对手，最终才走到这里。

天平的一端，是梦寐以求的决赛场，选"是"即可轻松踏上。那里绿草如茵，晴空如洗，本就是他们努力应得的结果。

而天平的另一端，只是两年前的旧事。付新书犯下的一个很小的错误，甚至只要他们不提及，没人会知道这件事。往事如风，为什么就不能让它过去？

明明是很简单的问题，下笔时却如有千钧。

陈江河想起他见林晚星那天，五川路体育场上，中介说了很多很多。他没告诉林晚星的是，他那会儿真的非常心动，差点儿就答应了。

秦敖想起自己当前锋的理由，纯粹是因为第一次进球时感觉很爽，他喜欢那种征服赛场的感觉。

林鹿记得爷爷送他踢球的第一日，明明是为了强身健体，好像不知怎的就走到今天。可努力守下每一球，真的很有成就感。

在文成业的世界里，足球好像是他反抗父母的唯一方式。在这里，他肆意奔跑，完全自由，他可以实践他所想做的一切事情，这就是他的足球。

祁亮一直认为自己很聪明，只要他想，他能做好所有事情。可足球不一样，他体格瘦小，没那么适合踢球，可他反而很不服气。

郑仁以前很少表达自己的看法，只要大家觉得好，他也可以。可这次，他知道这行不通。

轮到智会的时候，他发现今天没带算筹，不过没关系，转一下铅笔也一样。

郑飞扬想回家以后吃顿烧烤，然后第二天继续去踢球。

冯锁想起了包小甜的笑容，他本来想拿了冠军就去表白。现在觉得，就算拿不到也可以去。

俞明觉得怎么都好，和兄弟们一起踢球，就是最好的。

"我们以后，还会在一起踢球吧？"不知谁问了这个问题。

"肯定啊。"

付新书好像重新回到了那个酒吧。

电子音乐混杂在烟味里，他拿着刚领到的八百块钱哭了一场。走出洗手间的时候，他看到那个叔叔坐在卡座里抽烟。烟头明灭，是灵魂最深处的诱惑。他拿着钱，走了过去。

"老付。"不知道谁开了口。

"永远不要骗自己。"

出租车内，车载音响开得很大，那是一首和夏天有关的歌。

车辆停下，林晚星结账下车。

歌声随着打开的车门，涌入球场周围的春色。

客队更衣室里。

一票、又一票……这里的每一位球员，都郑重地做出了他们的决定。

最终时刻到来，所有人都静静地望着战术板。

体育场外有漫长的弧形道路，安检通道入口遥不可及。

林晚星开始奋力奔跑。

她跑得如此之快，发自内心希望能追上时间。

春风刮过，鬓发纷飞，建筑投下大片黑影。

而前方道路尽头，有簇明亮的光。

炽热的更衣室中，王法站起来，看向他的所有球员。

"走吧。"他说。

# 20.

# 光 明

这是何悠亭第一次来看足球赛。

球场比电视里看到的还要宏伟壮阔，不同分区的座椅颜色不同。站在高处眺望，一览众山小。

球场喷灌系统在为草皮简单浇水。

阳光从体育场顶部落下，照射在不同角度的水雾上，偶尔会形成几束亮丽的彩虹，点缀在绿茵场上。

体育场内来了很多学生。除原本的永川远大球迷外，市里还组织了不少初中高中学生，让他们现场观看这场青超联赛决赛。

学生们身着统一校服，有些背后写着"永川中学"，有些则是"永川一中"。可无一例外，他们都是来为永川远大青年队加油的。

永川远大青年队的球员们已经热身结束，部分主力球员重回休息室洗澡更换球衣。

对这场比赛，他们志在必得。

离比赛正式开场仅剩三十分钟。

宏景八中的球员们，却仍未现身赛场。

最先感到比赛出问题的人，是蒋旬。

永川远大俱乐部高层当然不可能坐在客队座席，他陪在何教授身边，听对方讲一些和严茗医生有关的事。

按照赛程时间表，13:30将举行决赛开幕式，届时将有简短的文艺表演和领导发言。可蒋旬注意到，不仅宏景八中的球员们迟迟未出场热身，原本预定的领导讲话也未如期开始。

他看到熟悉的足协负责人被喊下布置好的主席台，实在忍不住，他拿出手机，给王法拨了个电话。

等候音响了很久，那头却无人接听。


陈伟明是当值主裁判。

他已经检查完场地，和边裁在球员通道列队，等待开幕式入场。

今天的球员通道格外安静。

他的左边裤袋里放着一张裁判宣誓发言，每次发言都是同样的内容——严格遵守裁判纪律，践行体育职业道德，履行裁判职责。尊重客观，实事求是，一丝不苟，秉公裁判。

他能倒背如流，无须上场前再次复习。


永川远大主队更衣室里。

球员们已经热身结束，他们更换好干爽的球衣，穿上外套保暖，准备列队上场参加开幕式。

方苏伦在和教练做最后交流，他回过头，见秦且初挂着耳机，沉默不语。

所有球员都格外严肃认真。

方苏伦很清楚，虽然嘴上不说，可他们比谁都更重视这场决赛。

他们从小就是天之骄子，遭遇的决赛对手全是同级别的职业球员。

谁都喜欢弱者登顶、黑马逆袭的故事，可他们并不想成为传奇的垫脚石。

更何况，上次和宏景八中的十人攻防大战，对方主力未到齐，是一场令人格外遗憾的比赛。

而如今他听说，王法教练集齐全员变阵后的宏景八中未尝一败。

所以今天就算他们将成为垫脚石，也要迎战传奇。

球员入口安检通道外，一群少年在等待。

秦敖和陈江河是两位瘦而黝黑的前锋。

智会、郑仁和付新书是中场。后来文成业重新加入，并与付新书交换位置。他们二人都白皙清秀，远远看去，很是打眼。

后卫从右到左，分别是林鹿、郑飞扬、付新书、祁亮、俞明。林鹿眼睛很大，郑飞扬元气满满，一头卷发的祁亮总有惊人之语，俞明则是秦敖的小跟班。

门将是最高大魁梧的男生，名叫冯锁，他总能做出和身材完全不符的灵活扑救。

而站在他们最前方的人，是王法。

他是非常厉害的教练，还有个和风很像的英文名，心情好时，总有很多奇思妙想。

他也是林晚星经过漫长路途，遥遥看到一眼，就再也移不开目光的人。

漫长的奔跑，耗尽林晚星最后一丝体力。

她强撑着身体，在王法跟前站定，总觉得需要保持下风度。

可她刚要开口，却被有力的手臂一拉，用力拽入怀中。

浑身虚脱般，眼前发黑，她只能完全闷在男人怀里。

脸压着他柔软的卫衣布料，呼吸间有淡淡的烟草和薄荷味。喉头有如刀割，胸腔却渐渐充盈。

扣在她背上的手臂压得如此之紧，林晚星很清楚他又开始抽烟的原因。

她刚才那么害怕，下车后疯狂奔跑，只希望能赶上他们最终决定前到达。

可看到通道前等候的人时，她知道已经来不及了。

曾经种下种子，也无法得知树木的未来高度。既心酸又骄傲，共同进退这种事，是只有热血的笨蛋少年人才会做的选择。

"对不起，真的对不起……"她只会不断这样说，为曾经的不告而别和今日的不期而至。

"我就说她肯定哭。"秦敖有些得意地说。

"你还说老师会先冲进教练怀里，但明明是教练先抱住老师的。"陈江河的声音响起。

"是我忍不住了。"

胸腔共振，声音低沉，她听到王法这样说。


看台贵宾席上。

蒋旬比宏景八中的球员更早了解到组委会的最终决定，他第一反应是有人从中作梗。

向他透露消息的组委会官员却很是意外，说是宏景八中的球员自行上报，事实确凿。

蒋旬立刻起身，他大脑飞速运转，是先去找宏景八中还是去足协运作。

而就在这时，一双温暖的手拉住了他。

蒋旬把刚才听到的消息一股脑说完。

何教授却感慨地笑了起来："我又看不成球赛了？"

蒋旬头脑混乱极了。最终的决赛、父亲的心血，一切的一切不能在此刻被打乱。

"不一定，我现在就去解决问题。"

何教授拍了拍他的手，目光温柔极了："如果老蒋在，你觉得他最想看到的是什么？"

金灿灿的冠军奖杯已摆放在球场正中，决赛明明即将开始。

蒋旬忽然犹豫了。不知为何，在远处的宏景八中的教练席上，他好像看到父亲站在那里，骄傲地叉着腰。


陈伟明被拍了拍肩膀。

回头时，他意外得到了那个消息。

——践行体育职业道德，履行裁判职责。

默念的宣誓词在这里被打断。

陈伟明只觉得今天自己左边的裤兜，格外沉重。

主席台上，足协领导匆匆上台，向已经落座的市委观赛领导通报了最新突发情况。

客队更衣室里，宣布结果的足协官员关门离开。

宏景八中的学生们对结果没有太多意外，大家都开始收拾东西。

林晚星也曾想过很多次，来到总决赛更衣室的场景。

或许有乱扔的毛巾、满地的鞋，也或许空气浑浊而灼热，一切都乱糟糟的。

可这里却比以往都要干净整洁。

学生们已经收拾好背包和球衣，在做最后的收尾工作，或许他们本来也没拿出来几件。

林晚星坐在长凳上，看着战术板上的结果，怔愣着。

付新书在她身边坐下。

少年的眼睛又红又肿，像哭了很久，但目光却格外清澈坚定。

"为什么？"林晚星转头问他，为什么在最后时刻改变了自己的选择。

付新书看着白板，对她说："老师，这些天我想了很久，我想很多人包括你的老师。他是个很坏的人，可其实也很胆小懦弱，他连喜欢你都不敢说出口，不过是只阴暗的老鼠。而我呢，我不一样，我忽然想看看太阳了。"


看台上，永川各个学校的老师们得到消息。他们通知学生，准备有序离场。

不解的主队球迷开始喊口号质问主办方。

同样的困惑与不解，也萦绕在永川远大主队更衣室里。

永川远大的球员们听到通知，他们一开始以为宏景八中有人赌球踢假赛在赛前被查出。

可如果宏景八中赌球都能一路闯入决赛，难道是只赌己方获胜？这简直令其他球队颜面尽失。

然后他们发现，居然是宏景八中自己举报了自己，并且仅仅就因为两年前的一次违规下注。

一部分球员觉得宏景八中的球员肯定脑子不正常。

都踢到这儿了，为什么还要赛前最后一刻自曝？

还有什么事，能比和他们永川远大踢决赛更重要？

而另一部分球员则反应稍迟。直到他们听到组委会可能直接判他们比赛获胜的消息时，才觉得自己脑子可能不正常了。

九十分钟比赛外加加时赛，踢起来要费半条命，能天降冠军当然最好。可如今他们不仅没有松口气的，反而感觉不爽。

"他们什么意思？"秦且初一把脱下队服外套，质问道。

客队更衣室，宏景八中的球员们背起背包，打开大门。

远处球员通道的尽头就是球场，明亮璀璨的天光从天而落。

在更远一些的地方，似乎正有人收拾正中摆放的奖杯。

付新书带着队员们，来到另一侧的主队更衣室门口。

他轻敲了两下，门就被从内一把拽开。

门内是乱糟糟的永川远大更衣室。

地上的球鞋、架上的毛巾、展开的绷带、穿好的护具、战术板上密密麻麻的线条，还有更换好全套装备的球员们。

一切的一切都在展示永川远大赛前的认真准备。

"你来干什么？"方苏伦愣了下，眯起眼，还是之前那副眼高于顶的模样。

"来说声对不起。"付新书认真道。

"为什么？"

"是我们这里出了问题，得来说声抱歉……"

方苏伦却打断他："我是问，为什么要说？"

付新书愣了下，歉疚地简单解释了其中原委。

方苏伦和后面永川远大的球员听完后，却完全怔住了。

"你们疯了！"秦且初完全不能理解，"这种事只要你们不说，谁会知道？"

"我们自己啊。"文成业理所当然地说道。

这句话让永川远大更衣室陷入死一般的寂静。

招呼已经打过了，大家也没有很熟，付新书向方苏伦他们告辞："我们先走了，下次有机会再战吧。"

更衣室大门合拢。

永川远大的球员们终于明白，他们的对手做了怎样的选择。

前方是漫长的通道，宏景八中的球员们，往黑暗的另一端走去。

过了一段时间，通道内响起幻觉般的开门声。

脚步声纷至沓来。

似乎有很多人。

"宏景八中！"

响亮的声音自后方远处响起。

昏暗而狭窄的球场通道内，被喊到的人都回过了头。

远处通道尽头，是一小块被明亮天光照亮的足球场。

一枚黑白相间的足球向他们飞来。

秦且初喘着粗气，怒视他们。

人群中，方苏伦缓步走了过来，他回头看了眼自己的队员，得到确定回复后，又转头看向宏景八中的球员们。

他说："宏景八中，听说你们很强，有没有兴趣跟我们踢场球？"

## 21.

# 尾 声

工作人员开始撤去奖杯。

球场露出鲜绿草皮和中圈开球点。

看台上，大部分学生都已起身，听从老师的指挥准备排队离场。

女生们拍了拍前面人的肩膀，让对方捡起地上的小旗。

零食和饮料大家都已吃完，来球场春游一趟怎么也说不上吃亏。

西南季风迫近漫长的海岸线，带来春天的风。

两队球员重新跑出通道，他们没有完整列队，都显得有些急迫。

宏景八中的少年们抱出毛巾和水，往休息区一扔，开始赛前热身。

永川远大的球员们则全场飞奔，整理着场地。

球员通道里，本已离场的当值主裁判陈伟明被两位身着不同队服的球员拦住了。

"我们还想比赛，可以耽误你们一点儿时间，为我们继续当裁判吗？"

听到请求，边裁以为自己耳朵出了问题，下意识拒绝。

少年神色坚定，似乎并不失望。

主裁判把左手从裤兜里拿了出来。

"你们接下来有事吗？"他看向自己的两位边裁。

"本来是有的，现在不是……"边裁露出不解的神情。

"那现在也可以有。"主裁判这样说。


春风继续向东向南，它翻越崇山万岭，扫过层林。

看台贵宾席上。

蒋旬接到电话，他先有片刻的震惊，随后毫不犹豫地说："场地当然可以继续使用！"

迅速解决裁判和场地问题，永川远大的球员们开始热身。

宏景八中的球员们则在教练席旁再度集合。

刚浇过水的整片球场湿润而美丽，泥土与青草的清新气息令人神清气爽。

教练望着他的球员们，缓缓开口——

"在我立志成为教练后，曾看过一本书，上面的第一句话告诉我，教练的职责是帮助赢得比赛，同时从生理、心理和社会层面培养运动员。

"可漫长的职业生涯，受他人价值观不断影响，让我差点儿忘记最重要的东西是什么。

"而现在，有两件事我非常确定。"

球员们认真注视着他们的教练。

"第一，挑战的勇气比胜负更重要；

"第二，比赛双方不为胜负却拼尽全力，是所有球员都梦寐以求的状态。

"接下来，你们将会迎来人生中最美妙的一场比赛，请你们专注地享受这一切。"


球场边，主裁判将哨子套回脖子上，看了看手表。

双方球员重新迈上球场。

看台上，发现比赛重新开始的学生敲响矿泉水瓶。

年长的市委领导询问身旁的足协官员："比赛不是取消了吗？"

足协官员尴尬地笑了，立刻打电话询问情况。

未及等到回答，市委领导已经提步转身，重回到主席台上。


这是可容纳64000人的永川远大俱乐部主场球场。在这里，即将展开一场特殊的决赛。

主场球迷重新展开战旗，整齐划一的口号即将回响在球场上空。

中线两侧，付新书与方苏伦相对而立。

一枚硬币抛向天空。

主裁判咬住哨子，用尽全身力气吹响。


西南季风继续前行，吹向更广阔的内陆深处。

如果说，人类心灵是埋藏在泥土下的种子，思维的根系蜿蜒有如迷宫。向下是潮湿肥沃的土壤，可不知为何，总有力量冲破黑暗，向上生长。

阳光穿透体育场上空的云层，洒下金色光芒。

林晚星与王法坐在教练席中，见他伸出手，指向远处看台。

老陈、蒋旬、体育组的老师们，还有何教授……

她听他一一说出朋友们所坐的大致位置。

一件轻薄的东西被悄悄塞到她手中。

她低头，那是一只可爱的折纸青蛙。

此刻，青蛙正蹲在她掌心。练习簿上的蓝色条纹，于阳光下熠熠生辉。

林晚星记得，在她教学生们写下人生心愿时，也曾经折过这样一只，放在王法手边。

回忆与现实不断重合，她不可置信地将之层层展开。

青蛙折纸里是密密麻麻的心愿清单。

她当时让学生们将清单一一画去，希望他们看看自己对这世界千千万万的美好憧憬中，最想要的是什么。

而今她仔细辨认，发现王法也写得如此认真。

打小舅舅一顿、率队拿世界杯冠军……

可那些心中所想，却被他一条条画去，只留下其中一句。

风轻日暖，粉樱盛开。

王法说，我的全部人生所有愿景，都敌不过它。

——想和小林老师在一起。

【正文完】

# 韩 岭

韩岭是座沿海的城市。

古时候这里曾叫海岭，但本地方言"海"字念"hán"，不知为何，最后就成了韩岭。

从韩岭到永川车行约一小时四十五分钟，这是林晚星曾走过的路程。

但如果从宏景走，这段路程的时间就会更长。

自林晚星回来已经十来天了。

冲动过后，就是必须两地跑的生活。

但这并非因为小林老师和影院签了卖身协议，无法辞职，而是因为她的心理医生在韩岭。

王法也是后来才知道这些事。

林晚星当时不得不离开的原因，除了他猜到的那些外，还有一些更实际的原因。

她确实因为舒庸的死产生了严重的心理问题，再次看到舒庸死亡的现场照片，她的疾病再次发作，必须寻求治疗。

所以现在，他们过上必须每周从宏景往返一次韩岭的生活。

那天他拿着纸青蛙表白以后，林晚星边抹眼泪，边将青蛙揣怀里，告诉他先好好看比赛，儿女情长稍后再议。

这很林晚星。

王法已经做好"稍"上很长一段时间的准备。

可他没想到，当天晚上林晚星就回复他，说想试试和他在一起。

没有冗长的叙述和铺垫，没有想象中要聊上很久才能打开的心房。

她只是罗列了一下自己的问题，然后说："我的事情，如果你能接受的话，我们试试看在一起。"

虽然朴实无华，但坦白真诚。

这也很林晚星。

而林晚星罗列的问题，除了她本身复发的心理疾病外，还有已和父母决裂的事实。

后者王法早就知道，但对林晚星把这个问题在确定关系之前拿出来讲感到意外。

小林老师则很理直气壮："我家庭关系不好，万一以后要一家拿一半房子的首付款出来，我拿不出来也不能骗你这个男孩子啊。"

不知为何，王法觉得这好像是他听过的最浪漫的话了。

过了很长一段时间，他才对林晚星提议："那我们可以租房子住。"

"你是不是想蹭住？"

"被你发现了。"

简单的打趣，好像一切如初。

但他们都很清楚，他们不可能回到之前了。

对林晚星来说，她只是在看到学生们做出的决定后受到触动，所以想不顾一切地试试。

但她还是林晚星，她会考虑很多。

会想舒庸的存在对他来说是否不公平，会想她的心理问题是否能给予他一段美好爱情，会想他的父母是否能接受她……

她是甚至连未来买房首付都会想到的林晚星。

王法看向副驾驶，小林老师正在啃上个休息站买的梅花饼，他也喜欢这样的林晚星。

往韩岭去的路上，有大段沿海高速。

其中有片不用下高速也能观海的观景平台。

王法第一次来是在比赛结束的那天夜里，他开车送林晚星回韩岭。听从小林老师的指挥，把车驶入这个观景平台下方。

林晚星熟门熟路地告诉他哪里停车，怎么抄近路上去。

最后他们爬了近百级铁质楼梯，来到这座宏伟建筑之上。

那是海上矗立的钢铁骨架，世界空旷寂寥。海浪拍打底柱，发出金属结构挤压的嘎吱声。

但整个空间是静的，夜幕压得无限低，似乎就在手边。风中腥味浓重，昭示着所有不可见的黑暗之处都是海面。

林晚星就是在这样的环境中说，想和他试试。

天高海阔，个人渺小。

她身后好像是悬崖似的漆黑海面以及满天繁星。

海风吹起她的发丝。

林晚星声音很轻，话也很朴素。可王法明白，她要付出多大努力，才有勇气做出这样的决定。

后来，他和林晚星找了观景平台上一处避风的座位，边吃零食，边看海。

车是他借的。

他们从永川走时，又从更衣室里拿了点儿饮料和能量棒。

之所以必须回来的原因，也是林晚星养了一只猫在韩岭。据说和她喜欢的梧桐新村那只流浪小黑猫长得一样，名叫球球。

现在，他们正好填下肚子，边聊会儿天，再继续下一段旅途。

传真与何悠亭教授的事，王法已经在前半程路上和林晚星讲过。

他又告诉林晚星，在这座庞大建筑的一隅，关于老陈、蒋教练、蒋旬，还有她爷爷奶奶的那些事情。

林晚星听得很认真也很仔细，大部分时间她都在听，只是偶尔问些问题，衔接前后关键点。

直到说起爷爷奶奶的临终心愿时，她终于还是哭了。

春天的晚上，观景台上有点儿凉。

她披着从车上拿下来的毛毯，把袖子伸出来一截，过了很长一段时间，才缓缓开口。

"你应该会觉得奇怪吧，为什么我的爸爸妈妈那么排斥我。"她的声音像要消融在风里。

"每个人的家庭都不一样。"王法只是这么说。

"虽然家庭不同，但其实一家人、一代代间，或许只是在重复他们走过的路而已。"她停顿了下，说，"因为我爷爷，也是这样对我爸爸的。"

林晚星讲了一个很简单，但也好像会发生在很多家庭里的故事。

她的爷爷奶奶经历过那个年代，受过伤，热爱诗书田园，极度厌恶政治。她爸爸师范毕业后，爷爷奶奶就给安排了学校的工作。

可她爸爸不一样。听爷爷奶奶后来说，她爸爸从小就是班干部，什么学生会岗位都要去竞争，展露出超乎常人的从政兴趣。

大人越反对什么，孩子就越想去做什么。

后来，厌烦学校教书匠工作的男人，背着父母考上永川的公务员，直接带着妻子和女儿离开家乡。男人晋升速度越快，老两口就越无法接受儿子的叛逆。男人也恨父母的安排耽误他的人生，固执的双方几乎彻底决裂。甚至老人连最后的遗产也传给隔代的孙女。

"那你呢，"王法看向林晚星，"你爸爸给你安排了什么岗位？"

"当时高考结束，我成绩还不错，他想让我念三味大学的法学或是哲学，方便未来从政。"

"那你呢？"

"我说'好的好的'，然后在填报那天把第一志愿给改了。我喜欢孩子，我想学心理学。"林晚星很轻松地笑了，但她眼眶还是红的，眼睛在黑夜里闪闪发光。

王法几乎可以想象，林晚星究竟下了怎样的决心，才决定去走一条不一样的路，学她喜欢的学科，从事她想从事的事业。

只是她偏偏遇到最不幸的事。

他学着林晚星的样子，把腿盘在长椅上，林晚星很自然地分了他一半毯子。

他们互相轻轻靠着，任由苦涩的海风吹拂着他们。

"后来出了事，他就认为是我的专业的问题，心理学把我脑子都搞坏了。"林晚星停顿了下，尽量保持冷静，"但我很清楚，他只是因为自己的身份，所以必须干净处理掉我的'丑闻'。我的事情绝对不能闹大，我不能去告向梓，他甚至把我发在网上的澄清，都找人删除了。"

她的声音终于止不住地颤抖："你能明白吗，王法，我太清楚那是他的立场决定了他的认知。他父母是普通高中老师，他没有家庭背景，他在晋升最关键的时候，所以只要把事情压下去就好。我的问题证据确凿，所以不要被人知道、无须被人讨论，他就是这么决定的，他这是为我好。可他是我的爸爸，他怎么可以这么对我？而我的妈妈，她跪下来求我不要再闹了。她不知道为什么会生出我这样恬不知耻的女儿，如果我再不知悔改，她就去死。"

王法听得心都碎了。

就算想过原因，可现实永远更加冰冷。任何言语安慰都不起作用，他甚至说不出一句"都过去了"。

理想中的自我被残酷现实不断压抑，她只能被迫放弃，自我消化，怀疑一切。除了怀疑一切，没有更好的办法。

王法也终于明白，为什么林晚星一定要在确立关系前提到自己的家庭，因为她绝不可能与父母和解。

"可我也发现，当我越不想和他们一样的时候，却越是走上和他们一样的路。"林晚星就这么在夜里望着他，最后说。

"你和他们不一样。"王法很确定地说。

夜空中明月高悬，海涛阵阵。

林晚星却摇了摇头。

那天，他们没有看到日出。

而林晚星，也自始至终都没有提过舒庸。

对王法来说，他很清楚地知道，韩岭到永川车行145公里，而宏景到韩岭则需要行驶245公里以上。

这会是一段漫长旅途。但是没关系，他们会来很多次。

林晚星的心理医生在韩岭经营一家知名诊所。

而她之所以选择韩岭，是因为永川业内有太多熟人，小城市并没有足够的资源，所以邻省省会是最好的选择。

为了方便看病，林晚星住在韩岭光明影城旁的一间民房里。

据财大气粗的小林老师说，房子是她买下的。

她最早来韩岭接受心理治疗时租在这里，后来房东阿姨要卖房，她就干脆用自己的积蓄购入。

虽然是老破小，也只有二十来平方米，但她很喜欢。好像这样就可以和父母、过去说再见，有一个完全属于自己的家。

于是在王法送林晚星回韩岭的那天夜里，他第一次推开门，真正走进完全属于林晚星的小世界里。

宁静的紫藤，未开的绣球。屋里亮着灯，一只小黑猫扒着玻璃，眼巴巴望着他们。

王法蹲在院子里，隔着玻璃门，和小黑猫打招呼。

"确实是我们之前喂的那只小黑的完美替身。"王法认真研究，得出结论。

"是吧，真的超像！"林晚星高兴地笑了。

第一次来，和第二次来，以及往后每次来时，心情都是完全不同的。

球球是只各种意义上都非常自由的猫。它会旁若无人地自由打滚，也会在想吃冻干的时候，强制主人起床。

那天晚上，王法睡在林晚星家的沙发上。

球球推倒了林晚星放在架子上的水培植物，王法半梦半醒间，听到卧室开门的声音。

他赶忙打开灯。

林晚星正穿着睡衣，捡起地上一枝柔弱的绿萝。她穿着拖鞋，神态清醒，显然根本没有睡。

于是王法爬起来，和她一起收拾地上的碎玻璃，扫地、擦地、检查是否还有遗漏的碎渣。

收拾完，林晚星抱起小猫，猫咪四脚朝天，被她压在沙发上猛亲了一会，

据说是惩罚。

后来他们坐在沙发上，又不知不觉地开始聊天。

林晚星说她第一次来这个房子时，这里很旧也很脏，但她觉得很不错。

收拾东西，打扫房子，整理院落，每天都可以有很多事做。昨日和今日不同，日日修缮，每天有新进展，让人很有盼头。

上次回来时，她发现，原以为过去的事情再度提起，她根本没办法处理好。当她试图挣脱束缚，进行冷静思考的时候，整个世界反而更沉重地压向她。

不过就算这样，她也做了当时对她来说最好的选择，她重新回到这里。

"我的医生告诉我，没关系，短时间的改变对我有好处，我可以逃跑。"

那天晚上，球球跑到她院子里喵喵叫。她走过去，杂草丛生间，小猫却完全不跑，然后她决定要养一只猫。

"所以啊，生活还是有很多惊喜的。"林晚星摸着怀里的小黑猫，打了个哈欠。

她又说了一会儿话，不知不觉间，靠着他的肩膀，沉沉睡了过去。

第三次。

王法想，其实他也是林晚星捡回来的流浪猫。

小林老师的生命充满苦涩，但她永远能抓住那么一点儿理由，就算耍着赖，也要走下去。


对王法来说，他其实也很能接受林晚星留在韩岭，继续一段平静生活。

可在送林晚星回韩岭后的第二天早上，他陪林晚星去光明影城，听到了她的决定。

"真的对不起经理，我要回老家了。"

那时王法站在林晚星身边，以为只是单纯送她上班，没想到她是去辞职的。

"是男朋友来追你回去了？"经理看了他们一眼，好像突然明白过来，"就这小伙在我们这儿天天包场？"

林晚星有点儿不好意思，但还是认真点了点头。

她去办公室收拾东西，王法就在售票窗口前等。看着不断跳动的排片，他想到自己从没和林晚星一起看过电影。

"在看什么？"林晚星很快出来，手里拎着一个塑料袋，应该就是她要带走的东西了。

"看排片时间。"

"想和我看电影吗？"

"是。"

"可是你已经请我看过我在这里看过的最好的电影了。"林晚星说。

王法回头看她，忽然想，其实时间还有很多。除了电影外，他们还有很多事可以一起做。

走出影院时，阳光明媚。

"你是不是要交代一下，怎么知道我在韩岭？"她问。

"说来话长。"

"有多长？"

"要从我外婆讲起。"

林晚星带他走进一间小店，据说是韩岭最有名的海鲜米面店，可以自己挑喜欢的海鲜配菜。

店铺很小，他们只能坐在路边的木桌椅上。

梧桐树荫浓密，桌上的调料盒都擦得干干净净。

等待早餐的时候，王法告诉她，自己家是个大家族。老太太生了个能干的女儿，是他的外婆，外婆还有个年纪最小的妹妹。因为两姐妹年纪差太大，所以他有个从小就喜欢欺负他的小舅舅。幸好家庭关系冷漠，他们很少见面。

如果不是实在走投无路，他也不会去求助他的小舅舅。但他实在太担心，无法控制自己。


王法把车停在韩岭海边。

这是他第二次和林晚星来韩岭，继续每周的心理治疗。

学生们对他们数次出行不带他们一起，表达不满。林晚星答应买最新鲜的梭子蟹回去，这才安抚好正在准备体育高考的孩子们。

而对跑出来的大人来说，之前行色匆匆，没有正式到韩岭海边，也可以正好借此机会，观赏韩岭别有风味的海岸线。

回去的路上，林晚星选了一处有名渔港，未经开发，保留了很多原始风味。

她用油纸包了块热乎乎的梅花饼，下车后塞到他手里，让他边走边吃。她自己则打开导航，规划了下步行路线。

海滩边飘散着鱼腥味，韩岭的海与别处不同。

这里海水昏黄，可沙滩却洁白细腻，因此比起别处的碧海蓝天，更有种苍凉之美。

林晚星脱下鞋袜踩上沙滩，被晒了一天的沙子很暖和，脚感绵软细腻。

"等下挑海鲜的重担交给你了，你说在海鲜码头打过工的。"

"我干的是码头搬运工。"王法说。

"这么可怜？"林晚星跑回来两步，捏了捏他的胳膊，然后有点儿烫手似的松开手。

王法就顺势握住她的手指，牵着走。

小林老师的指腹和指侧都有茧，但还是柔韧纤细。

林晚星很自然地放慢脚步。

王法就告诉她，码头搬运工比较有赚头。问题是老外隔三岔五组织罢工，对想赚外快的他不友好。

和很多父母对孩子有诸多期望的家庭不一样，他们家里无论男女，16岁统一"逐出家门"，自生自灭。所以他过了很多苦日子，但好处是，孩子们都可以做很多想做的事情。

林晚星很感慨，说就算这样，家庭还是给了他足够的底气。都是流落街头，他知道自己能做的事，和任何一个贫困家庭出来打工的16岁孩子完全不同。

包括她自己，在看了舒庸的自杀现场、和父母决裂后，她也知道看心理医生治病是头等大事。不仅因为她读大学那会儿攒了一笔钱，还知道实在不行她还有爷爷奶奶的遗产。

这大概是林晚星第一次主动提起舒庸。

海风舒徐，远处是在海上高耸着的观景平台，跨海高速如绸缎般横跨两岸。

不知不觉，王法握紧了她的手。

"其实我一开始也没意识到自己出了问题。因为我是学心理学的，目睹自杀现场，进行心理干预就好了。但人类心理的复杂性还是超过了我的想象。"

林晚星在海岸边，自然而然地开始讲述。

"最开始的时候，我以为舒庸自杀，只是单纯的妄想型精神分裂症。他幻想了我和他之间的关系。那会儿我还愚蠢地检视自身，我真的没有忽略什么吗？如果我早点儿发现教授的问题，有没有可能他就不会出事？那时候，学校里已经流言四起，我甚至还不太想解释教授的死。一面是难以解释，另一面也愚蠢地想保护死者的隐私。但向梓那封邮件的出现，改变了一切。"

林晚星的鬓发被海风吹乱，沙滩荒凉，海面虚无。

"邮件里最关键的额外证据，是论文变量名。但只有我自己知道，那是舒庸让我改的。原来舒庸不是妄想型精神分裂，他从很早开始就部署好了一切。

"我那时每天都要想很多。有时我会觉得，我就是一座雕塑，被不断不断凝视着，每一天、每一天，直到我逐渐僵硬，丧失生机；有时候又觉得，这是一场斗争，活人和死人的斗争。他太坏了，所以我不能输，我得好好活着，更坚强洒脱地活着。

"但后来我才发现，原来我的问题，和我曾看过的那些勇敢女性斗争的故事也不一样。人已经死了，我还要怎么样？没人会相信我，连我的爸爸妈妈都不相信我。

"于是我又逐渐无法理解，人为什么会是这样的？我的学科和我的信仰又有何意义？

"但与此同时，我又很清楚，我不该怀疑人性，因为那样我就输了。我也不能结束生命，因为那样我也输了。"

不知不觉，林晚星越走越靠近海面。

王法也跟着她往那里走，任由海水舔舐脚面。

他们的步伐越来越沉重。

"直到有一天，这些对抗情绪把我彻底击碎了，我才意识到问题的严重性。"林晚星说，"我知道自己必须放弃一些相对无关紧要的东西，就算输了也没关系。"

"然后你来了韩岭？"

"不，我来韩岭是因为我的爷爷奶奶想要海葬，他们想要'孤帆远影碧空尽，唯见长江天际流'。但我爸爸根本不在乎这些，他觉得有个坟就行了。所以

那天，我查到了那个观景平台。"

林晚星看向远处挺立的钢筋铁骨建筑。

海水已经没过他们的脚踝。

"爷爷奶奶去世后，我的心理状态出了很大问题。那时候觉得解脱也不错，实在太累了。很多念头不是一时消退就会永远不见，它会时不时冒出来，诱惑着我。

"那天实在太冷了，风也很大，我带着爷爷奶奶的遗物走上观景平台。可我忽然在想，我会看到什么东西吗？

"比如温柔的阳光，抱着婴儿的父母，或者哪怕一只飞翔的海鸥。上面会不会有能让我发现人世间的美好的场景，让我停下脚步？

"但我发现，其实没有。

"韩岭的海永远那样苍茫，浑浊的浪，一望无际的雾。天地茫茫，根本没有那些想象中的动人场景。这个世界只有我自己。"

不知不觉，林晚星的手指也用力紧紧握住了他。

明明是阳光明媚的午后，可王法好像也回到了观景平台之上。

天很冷，海雾弥漫，世界苍凉而孤独。

"那次带硬币了吗？"王法低头问她。

林晚星笑了起来，吹云散雾般："没有啊。不过那时候我发现，原来世界广阔无际，而我只是很渺小的一个人。这好像是最坏的情况了，但也没什么不能接受的。"

之前王法以为，林晚星需要很多时间才会讲到这段故事。但好像真正说起，也就这样自然而然地发生了。

痛苦的过去仍然历历在目，也很难说已经过去，她只是在慢慢接受和消化。

沙滩上，一只小螃蟹艰难地从气孔里冒头。

林晚星蹲下去，帮它扒拉开周围的沙子，螃蟹又缩了回去。

他们这才发现，沙滩上有人提着水桶和铲子，往气孔里撒了点儿盐。不多时，蛏子冒头，对方用铲子铲了几下，直接拔出一个。

林晚星直接看呆了。

王法和她对视一眼。

林晚星咽了口口水："我觉得……"

"太过衣食无忧的生活不利于学生成长？"王法问。

"不，是大人应该以身作则，自己动手丰衣足食。"

总之，他们立刻走出沙滩，去路边买了水桶和铲子。

老板娘熟知赶海产业链，又卖给他们食盐，还指了一片沙滩，说那里海货丰富，在沙滩边水藻下还有海参，他们可以去碰碰运气。

王法提着水桶，牵着林晚星的手，重新走到沙滩上。

女生握着铲子，准备大干一场。

海风柔和温暖，无论怎样更换角度，远处的观海平台依然遥遥矗立。

可今日阳光遍洒，海鸟高飞。

王法忽然想起在接受心理治疗时，他的医生对他说过的话——

"并不存在真正的'治愈'，痛苦会在心中烙下伤痕。你需要在困惑和迷惘中，听到自己内心最正确的声音。它会帮助你克服艰难险阻，伴你走过漫长人生。"

番外二.

# 三 民

林晚星同何教授见面，是在一个周六的清晨。

那天和永川远大青年队决赛后，林晚星就非常想同她见面。但文成业的爸爸突然赶到永川，给了儿子一巴掌，让她必须在场处理。

而另一方面，何教授也被紧急会诊喊回医院。

她们就这样错过。

既遗憾，又暗中松了口气。

就像何教授一直以来都在暗中观察她，她也一时不知该如何面对何教授。

可该亲口表达的谢意和在门外哭着却无法被听到的话，总要当面诉说才行。

终于在一个周末，何教授正好有空，她们决定见面聊聊。

确认地点后，林晚星带王法去市里的体育用品一条街，想买一款运动背包。

于是王法很耐心地给她分析，哪款运动包承重好，哪款自重较轻，基本都是按照户外徒步的规格来推荐的。

不过挑到后来，王法还是忍不住问："你们到底去哪儿？"

"三民学校。"

"学校？"王法终于有些意外。

"嗯，何教授常年给三民县中学捐款，那边邀请她去做个讲座，她喊我陪她一起。"林晚星回望一眼王法，很确定地说，"所以我们要去三民县。"

早上九点，她会到何教授家里。她会给何教授简单化个妆，然后她们一起出发去三民。

化妆的要求是何教授提出的，她希望自己在孩子们面前看起来年轻些、精神些。

清单精简又精简，还是有满满一长串。林晚星翻了下柜子，觉得还是有更新装备的必要。

"你还会化妆做发型？"听完她的安排，王法意外的点很奇怪。

"虽然我颇有几分姿色，但大学里也是风云人物，有些场合还是需要专门打扮一下的。"林晚星边刷卡，边如实回答。

"确实。"王法这么说。

林晚星拎着纸袋，和他走出店门，总觉得有点儿不对劲："正常不该回答，你不化妆也好看吗？"

他们站在路边扶手边，香樟树光影覆盖。

王法停下脚步，垂眸看了她一会儿。

正当林晚星被他看得有点儿不好意思的时候，她听到王法淡淡地说："我是说，颇有几分姿色这段。"


与何教授正式见面那天，林晚星坐最早班的高铁抵达永川。

按照何教授给的地址，她带着一束粉色天竺葵，登门拜访。

那是一扇绿色的防盗门，把手上挂着红色中国结。

地址已不是原来何悠亭与舒庸的住所，但林晚星还是在门口站了一会儿。

她已不太记得自己当时为什么要去找何教授。

或许是太过绝望，她想找到些证据，证明舒庸有问题，所以一定要同何教授谈谈。

也可能是她的心理已经出现问题，所以想干脆受虐到底，让自己彻底绝望。

总之，那是混乱而模糊的过去。

但那紧闭的铁门和阴湿冰冷的雨夜，一直烙印在她意识的深处。以至于时过境迁，甚至场景都发生变化，她仍能回想起当时的战栗。

在那段挣扎的日子里，她其实很少想起何教授，更别提有任何相关情绪。

王法给她讲述何教授的心路历程时，那扇曾对她紧闭的铁门，才再次浮现在她脑海中。

棕色的防盗门，黄铜色的把手，右上角是品牌商标——一只昂首的犀牛。

门上的塑料膜还在，只是边角都已翘起，应该是主人太过忙碌，所以从未想过要撕掉它。

那天她在门外好像是哭了。

因为何教授对王法说，自己那时候哭着请她相信自己。

虽然当日的门始终未对她打开，可也并非完全无用。

直至今日她才发现，那天去找何教授是多么正确和重要的决定。

她咬牙做过的努力，敲过的无数扇门，并非全然徒劳。

没人知道门后有什么，可能是绝望的虚无，但或许那里也站着一位同样悲苦却仍想再试试的女人。

把花束换到右手，林晚星抬起左手，按下门铃。

叮咚一声轻响。

过了一会儿，房门打开。

阳光透过窗户照入屋内。

那是间再朴素不过的屋子，客厅是简单的餐桌与电视机，连沙发也没有。

何教授一人站在门内，她围着围裙，手上还湿漉漉的，一时愣怔住了。她身后是一间看起来空荡荡的屋子，餐桌上摆着饭盒和几个没洗的碗。

她们面对面站了一会儿，何教授这才反应过来。

她用手擦了擦围裙，试图用温婉的笑容来迎接她，可微微颤抖着的嘴唇，还是出卖了她的真实情绪。

"晚星啊，好久不见。"何教授用手擦着围裙，这样说。

"何教授，"林晚星把花递给她，"我们终于见面了。"


去三民的路上，有许多山。

高铁架设在群山之间，要穿过很多很多山洞。

可真正的三民县，反而是群山环抱间的一块罕见平原。

这里风景优美，沧江横贯县城，江水清澈宁静，映照着天空和山脉的本来样貌。

与想象中的县城不同，三民县其实是个现代化城镇。这里道路平坦齐整，桥梁楼房俨然。

林晚星看到了连锁火锅店和快餐店，还有熟悉的永川大商超。想来，应该是何教授说的捐款，让她下意识地以为这是座贫困县城。

"我是三民人，这里是近几年发展起来的。"坐在中学的接待车上，窗外街景向后退，何教授适时解答了她的疑惑。

"这里以前是什么样的？"林晚星问。

"以前？以前因为在山里，出行困难，是远近闻名的贫困县。"何教授说，"后来也是大环境变好，改革开放，又赶上电子商务兴起，山里的农货都吃香，日子才慢慢好起来。"

"是，最近就是日子太好了，现在的孩子们都不好好念书了，这才特地请何教授回来，给学生们讲讲我们当年是怎么刻苦学习的。"来接她们的一位中年副校长说道，"现在路子太多了，小孩根本就没读书的脑筋。我侄孙女那天跟我小孙女吵架，说她表姐去城里电子厂打工，一个月工资是她校长爷爷的两倍，读书根本没用。我孙女吵不过，回来就哭了。"

不知为何，林晚星想起曾经的秦敖。男生也曾骄傲地说起，他高中毕业要去叔叔的五金厂里工作。

望着何教授娴静的面容，林晚星忽然意识到，校方想要何教授讲述的内容，似乎和她们讨论后决定的讲座主题不太一样。

"那个年代很不容易吧？"林晚星问。

"以前我家住在山里，家里是养猪的，父母都没读过书。最难的倒不是上学，而是有去上学的想法。"何教授说。

"那您是怎么有这个想法的？"林晚星感到好奇。

"是我母亲。有一次我父母去县城卖猪，很偶然的机会，他们路过了三民县中学。那会儿的三民县中学就是个破破烂烂的水泥楼。母亲说，她听到学校

在上课，学生们跟着老师念古诗。教室里的诗念了一首又一首，她就站在栅栏外听了一首又一首。课上了多久，她就听了多久，她觉得这辈子从没听过那么好听的声音，那也是她第一次感到憧憬。所以她和父亲商量，无论如何都要送我去读书。"

何教授的求学经历，与那个年代发生在这片土地上无数的求学故事相似。她们翻山越岭、早出晚归，不仅要学习，还要帮家里务农。冬天手上是溃烂的冻疮，夏天走过山路，腿上全是蚊虫咬出的肿块。曾因脚下打滑滚下山坡，也曾营养不良在教室中晕倒。

可她学到了很多很多古诗词，能回家一首首念给母亲听。

"后来我问母亲，她那天到底听了哪些诗，她说不上来。说这也像，那也像，这也好听，那也好听，最后只认出了其中一首。我成绩好，念完初中又考上高中，还考上永川大学，是我们镇上第一个女大学生。"讲起过去，何教授仍感到骄傲。

"是，我妈妈说，因为何教授上了大学以后，其他家长都羡慕，才愿意送自家孩子去上学。我妈妈也是因为何教授，才有机会和她哥哥一起去上学的。"陪同的女教师这样说。

三民县中学已近在咫尺，天气晴好，沧江静水流深。

真正到讲讲座时，何教授并未讲述她的这段求学经历。

对于现在大部分孩子来说，苦难是过去，没有人会因为他人的一席话而发奋苦读。随着时代变迁，她意识到孩子们需要的是一些别的东西。或许是母亲曾经站在校舍前的感受，是一瞬间播下的憧憬与希望的种子。

林晚星帮忙规划了讲座内容，建议她说些与医学相关的有趣故事，她们当时的讨论主题是"未来手术"。

学校礼堂是近年新建的，设备完善，里面坐满初中低年级的孩子。

他们由老师带领，被喊到礼堂集合听讲座。

一开始的时候，孩子们都很乖，手放在礼堂长桌上叠好，坐得端端正正，但能看得出是遵从于开会纪律。

当何教授开始放映"未来手术工作室"的幻想片段时，学生们逐渐被吸引了。

宛如科幻片的画面，病人的病灶被完全立体呈现。

影像技术、虚拟现实和人工现实技术，让疾病诊断和手术精确而立体，医生在机器人的辅助下进行手术。

而"预手术"会代替真正的手术，疾病在发生前已被治愈。

随着讲述内容的深入，学生们从一开始的"乖乖"听讲，逐渐变得兴味盎然。他们时而指着画面啧啧称奇，时而交头接耳。

看到手术机器人工作时，整个礼堂都发出捧场的惊叹声。

整个讲座时间为一小时，何教授带着学生们畅想未来手术的时间只有半个钟头。

剩下的时间，安排学生们自由提问。

林晚星在与何教授核对讲座流程时提议，直接随机抽礼堂号码牌，让这一过程拥有更多随机性，由学生们主导讲座的后半部分内容。

学校领导一开始听到这个主意，都表示反对，他们担心学生说错话，问错问题。但何教授却信心十足，想要接受这个挑战。

总之，当何教授在台上宣布接下来的活动变成随机提问后，场内一片喧哗声。

有些学生很兴奋，甚至抢先举手；有些则变得紧张，生怕抽到自己。

但不管怎样，礼堂里每个学生都开始努力回想刚才的内容，思考自己究竟还想知道些什么。

"老师，你操作过那个手术机器吗？"

"没有，但我们有年轻医生去接受培训了。"

"我爸妈让我以后当医生，可如果以后都是机器人做手术了，我会不会没工作了？"

"虽然目前来看，手术机器人只是医生的辅助伙伴。但如果未来人类能免除疾病困扰，每位医生应该都很乐于自己失业。"

"老师，那你怎么想到要当医生的呢？"

"永川大学医学院，是我当年高考成绩能上的最好学校和专业，我挑了最好的。"

……

林晚星坐在台下，听何教授用温柔朴实的语言，一点点回答孩子们的问题。

大部分是她们提前准备好的回答，直到——

"您这辈子有没有什么特别后悔的事情？"提问进行到最后，站起来的学生问了这么一个问题。

原先幽默风趣地回答问题的何教授，突然愣住了。

场内静默了很长一段时间，每双眼睛都在盯着台上的她。

主席台的射灯下，可见她鬓发花白，时而目光闪烁，时而眉头轻蹙，像陷入一场漫长回忆。

一旁主持讲座的副校长很怕何教授下不来台。

"最后悔的事情，是我因为自己的出身过于自卑，所以挑选了一个错误的人，成为我的丈夫。"


林晚星从未想过，她会如此深入了解何教授的过往。

当然，何教授并不可能在演讲台上对着初中生们大谈自己的感情生活。

整个讲座在一个很恰当的时间点结束。学生们在老师的带领下，按序离开学校礼堂。

她们到三民县已是下午，结束讲座又被安排和学校领导座谈，真正得以解放，已经到了傍晚时分。

何教授借口要和亲朋好友聚餐，谢绝了学校的招待，说带她去吃好吃的。

柔和的夕阳遍洒整个县城，林晚星跟在何教授身边，漫步在沧江边的石板路上。

江边人家飘出炊烟，仍有原来的柴火香气。

"我今天表现怎样？"何教授问她。

"比我想象中更有趣。"林晚星如实回答。

何教授哑然失笑："你也觉得我以前很古板吗？"

林晚星听到这个问题，总觉得何教授可能是听到了什么评价，于是说："我没有，如果是其他学生背后偷偷这么说你，我的建议是：挂他科。"

何教授很高兴地笑了起来。

她们继续向前，来到江边的一片老居民楼前。

楼与楼之间是仅容两三人同行的小巷，巷口挂着个霓虹灯的小招牌，上面写着"天上飞"三个字。

等走进巷内，林晚星终于知道，为什么那家店要叫这个名字了。

小巷尽头有一道狭长的铁质楼梯，楼梯直接依附在居民楼外墙上，通向四层一户人家。因小巷空间有限，所以铁楼梯陡上陡下，看起来很是吓人。

林晚星拿手机仰头拍了张照片，忍不住微信发给王法。

何教授则熟门熟路，扶着栏杆一马当先。

楼梯被踩得咯吱作响，林晚星走上去才发现，踏板还是镂空的。她走了一半，站在半空中，想掏出手机再拍张照片发给王法，可身体晃晃悠悠的，最终还是放弃了。

"倒也不是学生说的，是我同事，讲我最近和以前不一样了，感觉心态都年轻不少。我就想，是不是我以前太生人勿近了。"

楼梯顶端的店门，应该原先是个外墙窗户，何教授弯腰踏进店内，回头这样说道。

林晚星的手机正好振了下，她几乎手脚并用地爬进店里，然后把心里话不小心讲出来："您同事是不是想找您换班？"

何教授身形一顿，忍俊不禁。

"天上飞"是典型的苍蝇馆子。店堂很小，菜价低廉，一到饭点就坐得满满当当。

何教授应该与老板是旧识，店里明明还有客人等位，老板娘一招呼，老板立刻拿着铁铲冲出厨房迎接，将她们领到靠窗的两人座前。

坐下后林晚星才发现，窗外便是沧江江景，夜色降临前，江水与天幕近乎同色。

老板应该是何教授曾经的病人。

坐下后，何教授仰头，很温和地问老板："最近身体感觉怎么样？"

"感觉什么都好，这不铲子也挥得得劲。"老板嗓门很大，说着还挥舞了几下铲子。

"还是要注意，三个月后再复查。"何教授叮嘱。

"去永川还得麻烦您。"老板娘立刻接话。

"提前挂我的号就行。"何教授说。

老板夫妇二人又是一阵感谢。

对话停下，林晚星正在拆一次性餐具，感到有目光落在她身上。

何教授说："老张，来份腊排骨火锅，请我远道而来的好朋友，尝尝我们三民的美食。"

林晚星很清楚，何教授是怕老板问出"是不是您女儿"一类的话让她尴尬，所以才提前打断。

她搓着刚掰开的一次性筷子，一时有些感动。

她们明明是坐在一起，也没办法向旁人解释原委的关系，但又自然而然是何教授口中的"朋友"。

这一切，都是因为何教授的坚持。

回忆她们曾经唯一一次见面，何教授是她鲜少参加学校活动的师母。

几乎第一眼，林晚星就知道她不爱与人交际，可不知出于什么原因，她那天还是来参加了活动。

林晚星很了解"社恐"，人多时如坐针毡，所以她单独拉着何教授给她拍照。

何教授夸她照片拍得好，她就现场给何教授展示科技修图。

因为何教授很喜欢她那些调亮精修后的图片，所以林晚星才想到做一本小册子，送与她留念。

在林晚星的记忆里，何教授可爱而有亲和力，她对年轻人玩的新玩意儿感到好奇。

"我从不觉得您古板。"她很认真地对何教授说。

店堂内吵吵闹闹，很多桌都点了腊排骨火锅。整个空间有些烟熏火燎，又充斥着人间烟火气息。

何教授正出神地望着窗外滔滔江水，听到她的话，像未从回忆里醒来："这样啊，可他总这么说我。"

她两鬓斑白，言辞和神色都淡淡的。

几乎一瞬间，林晚星就猜到那个"他"究竟是谁。

"他是很典型的自恋型人格障碍，贬低你是他的天性。"林晚星这样说。

或许是她太严肃认真，何教授很快回过神来。

"没关系。"何教授用柔和的语气宽慰道，"他已经死了。"

火锅很快端上桌。

老板点燃酒精炉，蓝色火焰轻轻摇曳。

林晚星这才意识到，舒庸的死对她来讲是解不开的结，可对何教授来说，或许是彻头彻尾的解脱。

何悠亭与舒庸的过去，几乎是那个年代婚姻的模板故事。他们是大学同学，彼此有几门重叠的专业课，但并非自由恋爱。

"他的母亲是我们马哲课老师，很喜欢我，我大四的时候，介绍我和她儿子认识。"何教授这样说。

林晚星有些不解地望着她。

好像自然而然，何教授就接上了那段她在学校礼堂未讲完的故事。

"你们现在的年轻人，应该都不太能理解这种婚姻，但那时候的我不一样。我是山里出来的姑娘，虽然读了大学，可终归觉得自己在大城市里低人一等。我的大学教授能看得起我，介绍她儿子给我认识，那是实实在在抬举我，我是没办法拒绝的。"

林晚星点了点头，几乎能感受到那种时代和家庭背景下，无法挣脱的思想束缚。

"好像自然而然地，我就结婚了。他们家认为我是老实本分的女人，我觉得他父母都是大学教授，高知家庭，没什么不好。"

火锅汤已经烧开，腊排骨和软糯的土豆在锅中沉浮。

"但其实，这世界上最难的并不是选择，而是你得知道，你其实还有得选。"何教授有些怅然若失。然后她举起手，问老板娘要了一瓶桂花米酒。

虽然米酒几乎没有酒精，但林晚星仍担心她的身体："您可以喝酒吗？"

"我是医生。"何教授说。

米酒很快上桌，林晚星给她们各自倒了半杯。甜口的米酒，中和了腊排骨火锅的咸味。

没什么不好，也意味着什么都不好。

婚后，舒家为她安排了医院的岗位。但何悠亭自己知道，那明明是她靠自己的能力也能得到的位置。

何教授的故事讲得平静而悠长，可不知为何，林晚星越听就觉得越冷。

她知道舒庸的家庭有问题，一个会听母亲话娶自己不爱的姑娘的人有问题；她也清楚舒庸虽然与她相敬如宾，可骨子里从来看不起这样一个养猪家庭出身的女孩。

但最可怕的永远是，你明明可以，却不知自己还有得选。

于是她分明已经走出大山挣脱命运，却又陷入一段新的命运中。

"知道他有问题，我们无法生育的时候，我甚至还松了口气。"

在压抑的婚姻生活中，何悠亭唯一能做的，就是全身心投入工作。她早出晚归，鲜少顾及家庭。这让她在舒庸自杀后，陷入了很长一段时间的茫然与不解中。

然后，林晚星听到了最让她心痛的一段自我剖析。

"人在困境中，是没办法清楚地意识到自己的生活是有问题的。我就这么生活了几十年，好像没什么不好，但却已经不知道快乐和幸福是什么样的感觉。可能是我潜意识里也清楚我的婚姻有问题，所以一直醉心工作。只有在完成重大手术，把病人从死亡线上拉回来的时候，我才能感觉到我是有价值的人。"

窗外是深不见底的滔滔江水，何教授举起桂花米酒，喝了一口。明明几乎没有酒精，也令她目光迷离。

"可能是因为长期生活压抑，我得了癌症，而他的死，活生生撕开了我的世界。第一眼看到他的遗书，我才知道世界崩溃原来是有声音的。我好像还是坐在猪栏前面的那个小女孩，猪病死了一大半，我却要交学费了。那么多年了，我还是什么都做不了。"

江风微凉，林晚星低头喝了口汤，才发现碗里的汤早就凉了。

抿一口，咸涩发苦，令人喉头哽咽。

"我当然不能接受这个事实，而你的存在和他的自杀，让我不至于在同事面前丢尽颜面。"何教授的眼神迷离又清醒，"比起我的先生是个从未爱过我的心理变态，他被年轻女学生勾走了魂，显得没那么难以接受。更何况他自杀是因为对我的愧疚，说明他还爱着我。我那会儿就是这么自己骗自己的。"

面前的女士难过极了，她的一生清高而忙碌，明明足够优秀，却错过太多太多。

"那天你站在我的门口，我知道。我心底有个声音一直在说，你应该去把门打开，听听她这么坚持到底是想说什么，那对你很重要，可我还是没有勇气那么做。我对不起你，也对不起我自己。"

林晚星用力摇头，她要开口，何教授却用目光温和地阻止了她。

"但人会逐渐清醒的，是不是在自欺欺人，只有自己最清楚。"她的声音愈加温和柔软，"我的世界是碎了，但也有光透了进来，我感到从未有过的轻松和自由，也为我曾经的婚姻选择，而深深后悔。所以关于你的事情，我不想再后悔，我想看看事情的真相到底是什么，我想知道答案。"

林晚星很清楚，何教授究竟付出了多少努力，才能在痛苦迷茫中保持理智。

虽然她们从未彼此依靠，但又在冥冥之中互相扶持，走过了这段漫长道路。

林晚星把杯中的米酒一饮而尽，告诉何教授："我想过无数次，我反复反复在想，我是不是真的有无意识勾引过他，给予他错误暗示，但我的答案始终是没有。"

"我相信你。"她说。

"所以何教授，在这段婚姻里，你也没有错。"林晚星同样坚定地说，"人很容易将选择错误带来的问题，归结自我身上。但他的错就是他的错，他卑劣怯懦，你堂堂正正，你没做错任何事。"

何悠亭眼眸低垂，排骨火锅的配料轻轻翻滚。

店里的客人走了一些，终于有几张桌子空了下来。

江岸灯光迷离，她抬起头，轻轻点了点。

可林晚星知道，那些道理谁都知道，但要走出来，还需要很长时间。

而他已经死了。

锅里的腊排骨已经煮得足够软烂，林晚星又拿了两个碗。

她告诉何教授，虽然舒庸看起来极度变态，但他始终是个弱者。

新达尔文主义范式认为，自然是冷酷无情的，道德准则是互相竞争的利益集团为繁衍所捏造的。

只是近些年心理学与神经科学研究的进展，冲击着舒庸坚信的理论体系。

他一直伪装得很好，很少有人知道。她也是后来在不断回忆中，才逐渐意识到的。

研究受挫，舒庸或许将自己视为真理的殉葬者，也想让她看清人性，让她动摇。

　　可无论他的理由多么充分，他始终是信仰之争中不敢再走下去的弱者。

　　她们边吃边聊，毫不避讳地谈论舒庸，讲起过去和未来，也聊到付新书最后的选择。

　　"或许我没办法证明我的老师是错的，但我的学生可以。"林晚星最后说。

　　何教授欣慰地笑了起来。

　　锅底的酒精灯已经熄灭，店堂中，只剩下老板夫妻在清扫。

　　按照计划，在今日三民中学之行结束后，林晚星要去往韩岭，接受每周一次的固定心理治疗。

　　而何教授是三民人，要回老家住一晚再离开。

　　也就是说，分别时刻已至。

　　林晚星按开手机，王法发来了最新的照片，是俯拍的一段江岸。

　　"他来接你了吗？"何教授问。

　　林晚星点了点头。

　　何教授笑了起来，让她拿好手机和背包，送她走到小店门口。

　　王法双手插兜，正站在巷口，不知来了多久。

　　"你眼光不错。"何教授拍了拍她的手背，温和地笑了起来，"回去吧，这次出来拍的照片，记得修好了发我。"

　　"那您呢？"

　　何教授回望店内的老板夫妻："我还要和老朋友再聊会天。"

　　站在四层楼高的铁质平台上，林晚星背着包，有些不舍得离去。

　　像看出她心中所想，何教授说："我们玩个小游戏，向对方提个问题，作为结束。"

　　林晚星点了点头。

　　"你今天送我的那束花，花语是什么？"何教授问。

　　"很高兴能陪在你身边。"林晚星回答。

　　"又学到了点儿你们年轻人的新东西。"何教授满意地点了点头，然后望着她。凛冽江风吹乱了她的发丝。

林晚星知道，现在轮到她提问了。

"您母亲在中学门口，听过的那首诗是什么？"林晚星问。

"是《木兰辞》。"何教授笑着说。

几乎是可以猜到的答案。

那瞬间，望着她的容颜，回想她曾走过的路，林晚星终于还是哭了。

# 番外三.

# 永 川

　　向梓不敢相信，他真收到了一张法院传票。

　　传票寄到了他的老家，母亲火急火燎地打电话给他，说出大事了。

　　他这才知道自己收到了一张来自"永川法院"的EMS邮件，他母亲以为是什么广告单，没留意就顺手拆开，然后当场吓得手抖。

　　对于普通工人家庭来说，这辈子老实本分，派出所都没有进过，更遑论亲手收到一张来自法院的传票。母亲以为他惹上了什么大麻烦，哭得不能自已，好像天都要塌了。

　　向梓握着手机，刚熬了个大夜帮导师干活，头疼欲裂。

　　虽然他心里也很紧张，但网络诈骗事件屡见不鲜。所以他一开始笃定地认为这是类似事件，再不济，也是什么人的恶作剧。毕竟他从没做错过什么，根本不用怕这些。

　　可当他挂断电话，看到母亲发来的法院传票照片时，他就知道，这是真的。

　　法院传票看上去只有薄薄一张A4纸，轻飘飘的。

　　第一行是案号。第二行是案由，写的是"名誉权侵权纠纷"，而他的名字赫然出现在第三行的"被传唤人"一栏。

送达地址是他身份证上的地址，这是他母亲收到传票的原因。

根据传票显示，他需要在一周后的13:30，前往永川市和平区人民法院。

最后的法院公章格外刺目。

向梓不敢相信自己的眼睛，他放下手机，去厕所洗了把脸，才重新回到自己的座位上。

手机已经熄屏，同学来问他一组数据的问题，向梓越听越觉得烦躁。

"你把原始数据给我。"女生很不信任地说。

"你算什么东西！"不知为何，一股邪火上来，向梓直接说道。


永川市和平区，长鸣律师事务所。

律师事务所是向梓精心挑选的。

首先这家律所离和平区法院很近，其次网上评价不错，最主要的是，据说律所收费合理，甚至时常减免诉讼费用，网上口碑极好。

向梓已经读到博士，虽然也有工资，但他的导师是潜心学术的老实人，好处是不奴役他们，坏处则是没有油水可捞。

早些时候，为了安抚母亲的情绪，他说已经打电话给法院，确定是诈骗，让母亲放心。

他母亲是普通流水线工人，虽然容易一惊一乍，但没什么文化，随便哄哄也就信了。毕竟自己儿子是博士，博士怎么可能吃官司，他母亲就是这么想的。

而向梓想，他确实是博士。

一开始的慌乱过后，他上网查询了所有相关资料，名誉权侵权而已，他有信心也有能力解决这件事。

所以现在，他要做的第二件事，就是听听专业法律人士的意见。


长鸣律师事务所。

沈周律师阅览完案件材料，看向办公桌对面的年轻人。

"你知道这个案子是怎么一回事，对方为什么要告你吗？"沉思片刻后，沈周问。

"我查过案号了，她告我发群邮件诽谤她，侵犯她名誉权。"过了最初愤怒的那段时间，向梓已很冷静了。

其实从收到传票开始，他就隐约知道是怎么一回事，等确认是林晚星搞的鬼后，他原先对导师舒庸自杀真相的怀疑也荡然无存。

如果要是假的，她为什么不早告他？那个女人就是因为有人撑腰了，又敢出来兴风作浪了，向梓就是这么想的。

所以听到律师询问后，向梓准备把林晚星的所作所为原原本本地告诉对方，他不相信自己打不赢这场官司。

可就在这时，他听到律师问他："邮件是你发的吗？"

向梓愣住，并不理解对方为什么这么问，这是重点吗？

"是谁发的并不重要，重要的是那个女人逼死了一个无辜的老教授！"向梓试图唤醒律师的良知。

"所以被告起诉书中提到的那些诽谤污蔑性质的邮件，是你发的吗？"律师却只是又平静地强调了一遍，"当然，我现在只是接受你的咨询，并不是你的案件律师，你可以选择对我保密。"

"这很重要吗？"向梓不解。

"如果邮件是你发送的，那作为律师，我的建议是你尝试与对方积极沟通，尝试庭前和解或调解。"

"这不可能！"

"如果你认为，对方起诉没有任何事实和法律依据，就多搜集对你有利的证据，积极应诉。"

"什么样的证据？"

"证明你自己没有发过那些邮件。"沈周说。


向梓离开长鸣律师事务所，认为网上的评价果然都是假的。他花了三百块一小时的咨询费用，得到的建议却一点儿用也没有。

律师根本不在乎告他的那个女人究竟做过什么，而认为案件的关键集中在他究竟有没有发过那些邮件上。如属实，那他发送邮件的内容和行为，有确定的侵权事实并造成了严重后果。他必须停止侵权、赔礼道歉、消除影响甚至还要赔偿损失。

所以，律师的建议是庭前和解。

但如果他没做过这件事，就不必担忧，只需积极自证应诉，法院会还他一个公道。

"还有什么别的办法吗？"向梓记得自己当时是那么问的。

律师像是完全猜到他心中的想法。

"既然是匿名邮件，原告未必有充分证据证明那些邮件究竟是谁发送的。虽然法院受理案件，证明原告在提起诉讼时肯定提供了一些模糊证据，但关键性证据来自邮件运营服务商。法官是否签发了调查令，以及邮件运营服务商是否能提供用户数据，都是未知数。"

律师说完那段话，分针正好走到十二点，时间到了。

向梓知道，接下来的内容，是需要他付出更多金钱，请对方帮他打官司才能听到的了。

而这个案件的报价是五万块，比正常高出五倍。

向梓坐在街上，拧开手里的矿泉水，空气里满是石楠的腥臭味。

他低头查了半天网络资料，终于明白，律师给他这个报价，是根本不愿意接他这个案子。

除非给得足够多。

向梓紧紧捏住手中的矿泉水瓶，太阳晒得他浑身滚烫。

环卫工人挥舞着大扫把，空气中的落叶扬尘令人窒息。

他以为这是一个正义终将实现的世界，但实际上呢，这里腐朽破败，他并不持有这个世界的通行证。


林晚星再次见到向梓，是在母校的那家咖啡厅里。

离校后，林晚星就从未回过永川大学。

记忆里的那个冬天像加了层灰滤镜，比单纯的黑白更黯淡无光。很多人知道她的事，她没办法处理那些事，所以没有继续读博，毕业后就离开了。

而现在，四月的天气已经有了些热意。

她坐在落地窗边，玻璃桌面反射着刺目的阳光，她甚至要眯起眼睛，才能

看清坐在桌对面的那个人。

冷硬的面容，凶悍的目光，对方曾经在教室里当众怒斥她，那些让她感到战栗的回忆仿佛仍徘徊在神经末梢，但阳光太烫了，快要把那些都晒化了。

"好久不见，林晚星。"桌对面的人用一种他认为带有威慑性的口吻打了个招呼。

"好久不见。"林晚星淡淡回道。

"你的学生们怎么样了？"向梓看上去胸有成竹，他摆手拒绝了服务生提供的饮品单，只要了一杯水，然后转头问她，"上次比赛的时候，听说有人参与赌球了，问题解决了吗？"

"你在试图用我的学生激怒我？因为你的家人收到传票，所以你很生气？"林晚星几乎瞬间就明白了向梓的意图。

向梓不想再听她说下去，立刻打断道："说吧，你现在到底想干什么？"

听到桌对面刻意压低声音的质问，像是有风透了进来。

原来向梓也很害怕家人知道他做过的事情。

林晚星忽然发现，很多她以为无法破解的困境，都会随着时间而瓦解。而终有一天，这也不过如此。

"我想要的已经写在起诉书里了，你可以自行查阅。"她直视向梓，平静回答。

"起诉什么，你的那些事情你做没做过你自己心里清楚。"向梓说。

"那么你呢，向梓，你做过吗？"林晚星反问。

几乎在那个瞬间，向梓就知道这是个陷阱。

他立刻看向桌面，林晚星的手机暗着，除此之外，她连包都没带。她今天穿了条连衣裙，也不像是能藏东西的样子。

"你在看我有没有录音吗向梓？"林晚星眼眸微抬，瞳仁漆黑，似乎洞穿他心中所想。

"你不会以为我是白痴吧林晚星？"向梓反而笑了。

这段时间他查阅了很多资料，也问了很多人。林晚星想要赢官司的关键，就是要证明那些揭露她和导师不正当关系的邮件是他发的。她根本没有证据，不然为什么他说想聊聊，她就同意来聊聊？

向梓认为自己终于明白过来："你是谈了新男朋友，要做给你男朋友看，所以突然想到要告我，证明自己清白了？"

林晚星依旧平静地看着他，目光既无嘲讽也不慌乱，像是完全没把他当回事。

"你很害怕吧向梓？"她缓缓开口，"无论你装得多么无所畏惧、正义凛然，你都很害怕。法庭败诉后，你必须向我公开道歉，届时很多人都会知道，你是个只敢偷偷背后编排女同学的小人。"

林晚星的语气实在像割骨的冰刀。从匿名走向台前，向梓忽然感到后背一阵凉，不由自主打了个寒战。

但他很快就稳定好自己的情绪，反而觉得好笑："你难道不怕？我认为发送邮件的那个人，已经给你留了足够的余地。他没有公开揭露你，只是私下在业内小规模地告诉大家事情的真相。如果那个人没有给你留余地，把事情闹得全网皆知，那你的名字会在很短时间内出现在互联网的每个角落。大家会知道一个名叫林晚星的女学生的故事。她的导师深深爱上了她，为她自杀，搞得家破人亡。你觉得对你一个女生来说，这是好事吗？"

很多次，林晚星想，她是那么害怕向梓口中的这件事情发生。

她害怕自己的名字出现在网络，害怕那些阴暗的口诛笔伐，害怕自己成为网络风口浪尖的议论中心。

她很清楚，在这个世界上注定会有人不相信她，注定会有人骂她是婊子、荡妇，是不要脸勾引导师的贱人。

她很清楚，这世界充斥着黑暗无耻的人性，它们乐于聚集、酷爱狂欢，这深深折磨着很多人。

她甚至很清楚，那些黑暗无耻的人性是舒庸敢于赴死的最大依仗。他很清楚，就算他死了，他的同类们也会折磨还活着的她。

但现在，林晚星看着面前这个阴暗丑陋的男人，忽然觉得他们也不过如此，她其实没什么好怕的。

"向梓，我不怕。"林晚星很平静地告诉他，"我希望你现在立刻去发帖，把事情闹得越大越好。因为你造成的每一点影响，都会变成你所要向我赔偿的具体数字。问题在于，你能付得起那些钱吗？"

她每说一个字，向梓脸上就灰暗上一分。

砰的一声，向梓一拳砸向玻璃咖啡桌。

服务生刚端上来的柠檬水汩汩流下，四周有不少视线向他们扫来。

向梓又开始假装擦桌，然后质问她："你到底想要怎么样，要钱？"

"你活这么大，连做错事以后该怎么做都不知道吗？"林晚星反问。

向梓紧紧握着拳头，脸色铁青，一言不发。

"我要你认错，向梓。"林晚星说。

"你是不是真心认错，这对我来说一点儿也不重要。我没有教化你的责任和义务，但我要求你弯下腰，向我说一声'对不起'。

"你是自愿的最好，你不愿意更好。因为我也很乐意看你跪在法律面前，虽然心中充满怨愤，却必须一个字一个字写下那些违心的道歉。

"我还会向法院申请，要求你向每一个曾收到你匿名邮件的校友发送澄清邮件，消除对我名誉造成的恶劣影响。届时，那些你非常在意的业界翘楚们，会知道你曾经干过什么。一切你想要施加给我的，最终都会落到你的头上。"

向梓猛地抬头，目光中是无法抑制的怒火。

可林晚星接下来的话，却像一盆冰水，直接泼到他的头顶。

她问："我的学生敢承认他做过的错事，承担应承担的后果，那自诩正义使者的你，敢吗？"


正式开庭那天，下着很大的雨。

向梓赶到法院时已经浑身湿透。他抖着雨伞，在法院门口见到了他的代理律师。

林晚星对他说的那些话，在一定程度上确实对他造成了影响，他甚至有那么一瞬想不顾一切。

但在甩手离开后，他很快就冷静下来。

向梓知道自己是成年人，不是热血上头的高中生。林晚星的那种道德良心论，是敌人的激将法，根本无法动摇他。

而经过上次与林晚星的谈判，向梓也充分认识到庭前调解的不可能性。

林晚星近乎赤裸地想折断他的脊梁，他决不能让林晚星如意。所以他下定决心，咬牙聘请律师，将专业的事情交给专业的人来办。

眼前的律师姓陈，据说接手过大量同类案件。

向梓相信，只有这样报价实在愿意帮助他的律师，才是真正的业界良心。

和平区人民法院，民事审判二庭。

民事庭小得可怜，靠门口的位置摆着几张旁听席，空气湿漉漉的。

向梓推开厚重木门，一眼望去只看到旁听席坐着个青年。

那人向梓见过，最早来学校了解林晚星过去的人之一，是个足球教练，应该就是林晚星新交的男朋友。

而令向梓意外的是，原告席上只有林晚星一人。

林晚星今日穿了件黑色连衣裙，被告席与原告席面对面实在太近，向梓坐上自己的位子，几乎能看清林晚星那张冷若冰霜的脸上的每一个细微表情。

就在这时，审判法庭的门再次被推开。

向梓循声望去，看到门口站着的中年妇女，以为自己眼睛出了问题。

"向梓，你真的吃官司了？"难以置信的声音从门口传来。

"妈，你怎么来了？"向梓听到自己慌乱的声音响起。

"我打了那张纸上的电话，人家说了就是法院，我不放心啊，我就过来看看。"他的母亲背着一个破旧背包，风尘仆仆，身上脏兮兮的，显然是刚从老家坐车过来的。

法院外的雨太大了，他的母亲浑身湿透，雨点声和母亲眼中的惊惶，让向梓感到一丝恐惧和冰凉。

"没事的妈，民事纠纷很常见。我不跟你说不就是怕你担心吗。"

"到底怎么回事，你跟我说实话！"

"就是这女的胡搅蛮缠而已，你先去外面休息，结束了我再跟你细说。"

民事庭实在太小了，他话音刚落，法院工作人员却问："马上要开庭了，被告家属想出去，还是坐下旁听？"

"你先出去吧。"向梓几乎在推搡他的母亲。

他的母亲却纹丝不动："我要听听到底怎么回事！"

开庭时间很快到来，向梓重新坐回被告席。

书记员开始核对他与林晚星的相关情况，宣布法庭纪律，然后请审判长、

审判员人庭。

不知为何，看着身披长袍的法官走入审判席时，向梓觉得自己的心脏猛跳起来。他很紧张，明明律师已经提前与他核对过开庭流程，他还是非常非常紧张。

法庭审理案件的流程，陈律师早就同他核对过。

可当林晚星开始展示她数量众多的邮件证据时，向梓仍有种不真实感。

他原来发过这么多邮件？连他自己都不记得了。

而更让他感到不可思议的是，林晚星出示的每一个邮件证据，都来自知名校友的收件箱截图。

整整135个邮箱，那些密密麻麻的邮箱账号背后，是精神科医生、心理学专家、脑科学研究翘楚，是曾经的邮件接收者，也是几十年来毕业于永川大学心理学院的知名校友们。

向梓自发出邮件后，从未收到这些人的任何回复。

而今天，那些眼高于顶的校友们，集体为林晚星出示了证据？

原告席上，林晚星就这么一个人展示邮件、叙述事情经过。

法庭内安静肃穆，雨依旧在下。

向梓觉得这个审判庭实在太小了，法官背后的国徽离他那么近，鲜红刺目。

终于，向梓等到林晚星的陈述告一段落。他得以喘息，立刻求助似的看向自己的辩护律师。

律师安抚地看了他一眼，开始侃侃而谈："我方认为，原告将我方当事人与匿名邮件发送者绑定，是非客观行为。该邮箱系永川大学信息服务中心为全校师生提供的电子邮件服务，我方当事人虽实名注册过该邮箱，但也存在发件人为非邮箱注册人的可能性，我方当事人邮箱系被他人盗用。"

这是他们庭前已经商量好的辩护内容，律师主张的方向就是他的邮箱被人盗用了。

而今林晚星的面容近在咫尺，她明明一句话都没有说，向梓耳边却仿佛有她的声音在响。

下一瞬，法官平和的问询声响起："被告，原告主张的发送侵权邮件的邮箱账号，其实并非你本人正在使用？"

拳头在桌下紧紧握着，向梓不由自主地看向旁听席。

在那里，他的母亲浑身湿淋淋的，正用急切的目光注视着他。

——你敢承认吗？

"不是我。"回答就这样脱口而出，"我之前登这个邮箱没登上去，以为是没记住密码，就重新注册了一个，没想到是被盗了。"

旁听席上，他的母亲松了口气。

原来说谎很轻松，向梓看着向林晚星，这一点儿也不难。

可接下来，林晚星目光中既无嘲讽也无蔑视，她仿佛早已料到他的回答，只是很平静地说："我有被告间接承认自己是匿名邮件发送者的一段录音。"

向梓一开始以为那是他和林晚星在咖啡厅的录音，他想着这女人果然还是有心机。可当他看到录音文件时，立刻意识到，那是当日林辰带着林晚星男朋友来永川大学时，他们在咖啡厅的谈话录音。

刹那间，恐惧和不可思议感涌上心头。

他几乎完全确定，这就是处心积虑布的局。

"你们当时就录音了？"

"是师兄行事缜密。"林晚星答。

代理律师立刻与他小声沟通，随后辩护道："根据2002年4月1日实施的《关于民事诉讼证据的若干规定》第六十八条关于'以侵害他人合法权益或者违反法律禁止性规定的方法取得的证据，不能作为认定案件事实的依据'的规定，我方当事人不清楚谈话过程中会被录音，该录音文件侵害我方当事人隐私权，不能作为认定案件事实的依据。"

林晚星却说道："法复〔1995〕2号批复所指的'未经对方当事人同意私自录制其谈话，系不合法行为'应理解为：在涉及当事人隐私的场所进行偷录并侵犯对方当事人或其他人合法权益的行为，视为不合法。而我方提供的录音文件，与被告谈话系在永川大学公共咖啡厅进行，录音系为公共场所录制，除被告向梓外，也有何悠亭教授、王法等其他人在场，并未侵犯被告合法权益，故对该录音证据应予采纳，并作为认定本案相关事实的依据。"

她是那么从容自若，没有看任何提示稿件。

可他花五千元钱聘请的律师甚至连一句反驳的话都说不出来。

林晚星曾说过的一段话，再次响在向梓耳畔。

——"我没有教化你的责任和义务，我只要求你弯下腰，向我说一声'对不起'。"

录音文件开始在法庭中缓慢播放。

向梓听到自己的声音从笃定变得慌乱。

他的母亲坐在旁听席上，脸色从铁青变得惨白。

"我没有撒谎，师母你就是被洗脑了！"

他自己说过的话，最终成为压死骆驼的最后一根稻草。

向梓缓缓闭上眼睛，只觉得今日的雨，比以往大了太多。

世界冷暗无光，他知道自己完蛋了。


202×年×月×日，永川市和平区人民法院，针对林晚星控告向梓侵犯其名誉权一案，做出一审判决。判决书如下：

永川市和平区中级人民法院

民事判决书

（202×）永和中民一(民)初第1357号

法院经审理查明，林晚星原系永川大学心理学院硕士研究生，向梓原系永川大学心理学院硕士研究生。

向梓于2019年×月×日至2019年×月×日，以匿名发送邮件的形式，向永川大学心理学院135位知名校友的邮箱，群发名为《心理学院教授舒庸自杀真相》一文。向梓在邮件中多次使用"勾引导师""不伦恋情""缺乏基本羞耻心""精神控制男性""致使导师自杀"等大量侮辱性词汇，并通过个人主观臆想，捏造林晚星与导师舒庸的不伦关系。

林晚星为此于202×年×月×日委托永川市和平区公证处对上述邮件证据进行收集保全，永川市和平区公证处于202×年×月×日出具了公证书，林晚星支付公证费人民币（以下币种均为人民币）5,000元。

同时，林晚星出具相关录音证据，证明向梓系匿名邮箱所有人及诽谤邮件发送人。既无证据证明录音内容虚假捏造，亦无证据证明录音证据是通过违法的方式取得。同时，该录音证据已在庭审中进行了质证，故本院认为该录音证据合法。

林晚星主张，向梓群发侮辱性邮件并公开散布的行为，使其声誉及正常工作生活受到严重影响，使其社会评价严重降低，并接受长期心理治疗，故诉至法院，要求判令向梓停止侵权。

　　林晚星要求：1.向梓向永川大学心理学院135位知名校友邮箱发送邮件，以澄清事实、消除影响，恢复林晚星名誉；2.向梓在永川大学校园网上发布公开致歉声明，声明内容需经法院审核；3.向梓赔偿其精神损失抚慰金50,000元；4.向梓偿付公证费5,000元。

　　法院经审理后认为，公民、法人享有名誉权，公民、法人的人格尊严受法律保护，禁止用侮辱、诽谤等方式损害公民、法人之名誉。

　　向梓以匿名发送邮件的形式，向永川大学心理学院135位知名校友的邮箱，群发名为《心理学院教授舒庸自杀真相》一文。该文捏造林晚星与舒庸的恋爱经历，对林晚星进行人身攻击和侮辱，在永川大学校友群体中造成重大反响，对林晚星的声誉造成严重影响，已构成对林晚星的名誉权的侵害。向梓应当对此承担相应的民事责任。

　　关于原告精神损失抚慰金的诉讼请求，向梓群发邮件，给林晚星的形象造成直接侵害，并对其造成精神上的严重损害，致使原告长期接受心理治疗。故原告林晚星要求向梓赔偿精神损害抚慰金的诉讼请求，于法有据，正当合理，本院依法予以支持。

　　公证费5,000元系林晚星为维护其合法权益而支出的合理费用，应当由向梓予以承担。

　　本院认为，以书面或口头形式侮辱或诽谤他人，损害他人名誉的行为，应认定为侵害他人名誉权。被告虽称其邮件系小规模匿名发送性质，但其所发表内容影响恶劣、严重侮辱妇女，对妇女人格进行了严重贬低。

　　据此，依照依据《中华人民共和国民法典》《中华人民共和国民事诉讼法》之规定，判决如下：

　　一、被告向梓在判决生效后十日内，向永川大学心理学院135位知名校友的邮箱，发送事实澄清及向原告林晚星公开道歉；

　　二、被告向梓在判决生效后十日内，在永川大学校园网发布向原告林晚星的致歉声明。声明内容应包含本民事判决书主要内容，致歉公开时间不少于

三十天，内容由法院核定；否则法院将本案判决书主要内容刊登于其他媒体上，费用由向梓承担；

三、本判决生效之日起十日内，被告向梓赔偿原告林晚星精神损害抚慰金50,000元；

四、被告向梓在判决生效后十日内偿付林晚星公证费5,000元。

五、本案诉讼费××元，由被告向梓承担。

如被告未按本判决指定期限履行给付金钱义务，应按照《中华人民共和国民事诉讼法》规定，加倍支付延迟履行义务期间的债务利息。

如不服本判决，可在判决书送达之日起十五日内，向本院递交上诉状，上诉于永川市中级人民法院。

审判长 刘玲

代理审判员 付橙子

代理审判员 姜明远

202×年×月×日

书记员 常思

番外四.

# 宏 景

随着副热带高压北抬，天气一天比一天炎热。

好像已经到了可以穿短袖吃冷饮的季节，但宏景八中足球队的学生们却不能随心所欲享受夏天的到来。

虽然青超联赛已经结束，可他们的体育生生涯好像才刚刚开始。

对体育特长生来讲，有三种高考路径，分别是：体育单招、体育统招和高水平运动队。

"单招"在高考前提前录取，文化考试由全国统一命题但非高考，被高校录取后无法参加高考。

而后两种途径的文化课和体育课都必须参加全国统一高考。

在这三种路径中，最好的当然是"高水平运动队"。

够格的体育生们甚至可就读大学非体育类专业，是普通体育生进入顶级名校学习的通道。

但它不仅需要学生高考文化课达到本科二批次分数线，还要求学生在省级以上比赛中有过硬成绩。

林晚星最早帮学生们申请校外学习时，就给钱老师画过"高水平运动队"这个饼。但那段对话仅限于她和钱老师知道，她从没给学生们设置过任何具体的高考目标。

对于学生们的未来规划，她很早就让大家各自准备好自己的高考文件夹。想读什么学校、选什么专业，想做什么、要做什么、怎么才能做到。招生简章网上都有，可以自己上网了解。

前段时间她离开了，回来后，她就得知学生们集体放弃体育单招的决定。

当时她以为学生们因为她的离开，而错过单招考试时间，还有点儿小内疚。

"想什么呢，你虽然很重要，但也不是我们的绝对核心！"秦敖同学当时就指出她的问题。

"就是，我们怎么可能混乱到忘记考试，放弃单招是我们深思熟虑的结果！"

"要是单招录取了，我们就参加不了普通高考和高水平运动队录取！"

学生们已经是"高考专家"，直接翻开一份他们从官网下载的《体育总局办公厅关于发布2020年体育单招考生指南的通告》，开始给她分析最新政策。

那份通告上的重要内容，他们都用荧光笔画出，纸也皱巴巴的，显然每个人都认真看过。

"老师，我们现在已经是'高级学生'，可以争取更好的学校。"林鹿很高兴地说。

"单招也不低级啊，还是有一些不错的学校的。"林晚星说。

"但参加高考有更多选择机会。"陈江河认真回答。

"体育单招提前录取的专业就'运动训练'和'武术与民族传统体育'两个，太单一了。"秦敖说。

"虽然我们也没完全想好要干吗，但就因为没有完全想好，所以想看看能做到什么程度！"林鹿说。

"说不定我超水平发挥，正常考上一本院校。然后大学足球队招新的时候，碾压那帮特招的体育生！"郑飞扬开始幻想。

"听上去不太可能。"祁亮评价道。

"我想参加全国统一高考。"付新书最后说道。

学生们你一言我一语，讨论得热火朝天。

林晚星也没有再多说什么。

放弃单招机会，是学生们综合各方面信息，确认自我情况后做出的决定。

他们想要更多的机会和可能性，也决心为之付出全部努力。

天气一天比一天炎热，高三生们的日子也一天比一天辛苦。

为准备文体两项高考，学生们不仅需要每天去学校，完成各项学校考试日常，还需要保持训练量，严格控制饮食和睡眠，维持肌肉和体能水平。

明明比赛已经结束，可他们去健身房的次数比之前踢比赛的时候更多。一切都是为了让身体在体育高考时保持最佳状态，多拿点儿分。

就这样，时间来到了四月下旬。

按照省教育考试院的安排，今年省体育高考足球专项考试考点，被安排在宏景市体育学院。

4月27日上午，省内各市学生到考点办理报到手续。

4月28日为100米、立定三级跳远考试。

4月29日为原地双手头后向前掷实心球和800米考试。

4月30日为足球专项考试。

这意味着，从4月26日开始，全省选择足球专项的体育生们，都将陆续赶来宏景，参加体育考试。

而林晚星也将第一次送学生们走上高考考场。

4月26日傍晚，天气晴好。

林晚星在被迫跟高考生吃了十来天少油少盐高蛋白的健身餐后，以无法忍受寡淡生活为借口，偷偷拉着教练出门"开小灶"。

每个城市好像都有自己的"老街烧烤"，宏景的这家就在体育学院附近。

被晒了一天的空气在傍晚时变得湿润柔和。

林晚星和王法从梧桐路7号出发，沿着小河在城市的街巷中散步。

路上，林晚星买了冰激凌和王法一人一口地吃完，逗了猫，撸了趴街的沙皮犬……

等他们抵达老街烧烤的时候，眼前的景象令人震惊。

老街烧烤门口，穿着各色校服的体育生们将不大的店堂挤得满满当当。

少男少女们高矮不一，但大多肤色黝黑，肌肉线条明显，无论男女都充满青春活力。

林晚星欣赏了一会儿少见的养眼景象，再回头时，却发现王法径直找了个店外的拼桌坐下。

塑料桌上有吃剩的竹签没收干净，林晚星知道王法略有洁癖，所以有点儿意外："你觉得人多的话，我们其实也可以换家店。"

王法也很意外："可我们不是特地来这里踩点的吗？"

"什么叫'踩点'？"

"'踩点'的意思是，小林老师因明天将送学生参加体育高考，心中忐忑，故以'想吃烧烤'为由，特地来这里提前了解考点。"

虽然心中想法被拆穿，但为了维持"甩手掌柜"的人设，林晚星还是决定狡辩一下："谁忐忑了，我就不能是喜欢这家店吗？"

"但我以为小林老师最喜欢的烧烤，是沧水街尾的那家，那家我们走过去只需十五分钟。而来这里，我们需要多走十分钟。"王法说着还停顿了下，像忽然醒悟似的说，"难道小林老师说换店是因为已经了解完第一条送考路线，现在准备马不停蹄地研究备选方案？"

看着餐桌边王法略带笑意的英俊面容，林晚星觉得有点儿晕。

"一、条、就、够、了。"她勉强从牙缝里挤出这几个字。

她嚷嚷完，有些恼羞成怒，立刻宣布剥夺王法挑选食物的权利，命他坐好，自己拿着餐盘，去冰柜前挑吃的。

店内挤挤挨挨，林晚星边拿鸡翅边纳闷，明明王法才从国外回来，也就谈个恋爱的工夫，她为什么就完全说不过他了？

刚想到这里，林晚星感到肩头被人轻轻拍了拍。

她抬头，她面前站着个羞涩的陌生人。

很高，应该是个体育生。


女朋友被搭讪时，王法刚低头回了两条消息。

等他再抬头，林晚星面前站了个身材高大的年轻男生。

男生低头拿着手机，离林晚星有些近，看她的眼神满是惊艳和羞涩，应该是在要微信。

而他的女朋友显然有处理此类情况的经验，她只是略带笑意地问了男生一个问题。

那位男生先是惊讶，片刻后，向他坐的位置看了过来。

王法很自然地冲他点了点头，男生立刻意识到什么，挠了挠头，有些失落地离开了。

林晚星完全没把这件事放在心上，转头就去挑吃的。不多时，她就拿着号码牌和两瓶橙子味汽水，愉快回来。

王法徒手打开了两瓶汽水，递了一瓶给她。

"你怎么不问我刚才那个男生是干吗的？"女朋友眨了眨眼，凑过来问。

"因为我要习惯。"他说。

"习惯什么？"

"习惯以小林老师的姿色，会有很多男生向你搭讪要微信，我要对此习以为常。"

林晚星同王法坐在塑料方桌转角的位置，这里实在很挤，他们的胳膊和腿都靠在一起。王法说话时的气息飘散在她四周，他还刻意又凑近了些，香樟树下的光斑落在他的鼻梁和唇边，显得整张脸都英俊温柔。

林晚星盯着他，一边绝望地想着"这个梗是过不去了"，一边又莫名觉得脸颊发烫。

她给自己灌了一大口汽水，冷静一下。

王法则拿起瓶子轻描淡写地抿了一口，然后问她："所以小林老师是怎么拒绝的？"

"我看他穿着宏景体校的队服，就问他百米跑的最好成绩是多少。"林晚星笑道。

"然后呢？"

"他说自己百米最好成绩是12秒01。"林晚星冲王法笑了起来，"我就跟他说，我只和跑进11秒40的人加微信。"

最近为了准备体育高考，足球队每天都进行100米跑测试，这个成绩，是

王法最近跑出的最好成绩。

林晚星等着王法接下来的话，准备进行高手过招。

可王法却只是看了她一会儿，没再说下去。

老街烧烤的上菜速度很快。不多时，两大盘烧烤就被端上桌。

因为习惯吃烧烤有一堆人抢着，所以林晚星一不小心就没控制好分量。她自己吭哧吭哧消灭了三串牛肉和一份鸡翅，王法却只是一如既往地喝着汽水。

"这家烧烤不合你胃口吗？你不吃？"林晚星感到奇怪。

"小林老师对体测要求过高，我怕过几年达不到你的标准，决定从现在开始严格自我要求。"王法慢悠悠说道。

林晚星忍不住伸手拍了拍王法的胸膛，逗他："不用担心，如果你哪天跑不了那么快了，那我就不和跑得比你快的人加微信！"

可话音刚落，她的手就被王法轻轻握住。

天色渐渐暗下，王法的手一直没松开，林晚星只能以缓慢的速度进食烧烤。但他们没什么事，所以慢一点儿也没关系。


老街烧烤马路对面，是离宏景体校最近的酒店。

大巴来来去去，参加体育高考的师生们在酒店门口进进出出。

最后一份扇贝上桌的时候，林晚星看到了绿景国际高中的校服。

差不多在她看到绿景国际的学生时，对方也看到了她。

绿景国际的教练姓陈名远，上次比赛后，她代表宏景八中足球队为促进与名校的交流，加过陈远的微信。

所以陈远走过来，直接和她打了个招呼："好久不见啊，林老师。"

"陈教练。"林晚星只得颔首致意。

正当林晚星思考要如何进行社交对话时，陈远目光微移，直直地看着王法，眼神古怪。

上次宏景八中和绿景国际交手时，王法借口要去永川远大试训并未在场。所以虽然王法与陈远隔空交手过，但陈远应该不认识王法。

正当林晚星准备为陈远介绍一下，却见对方很激动地上前一步，握住王法的手喊道："王法教练，没想到能在这里见到您，您是我的偶像，能留一个您的联系方式吗？"

林晚星："……"

明明上次见面，陈远还是场边运筹帷幄的酷哥，现在见了王法却像个初出茅庐的迷弟一样。

陈远兴奋极了，完全不把自己当外人，他直接拖了张塑料凳在王法身边坐下："我听说了决赛，简直不可思议。之前和你们踢的时候，我真的不敢相信你们能踢进决赛，后来我找了比赛录像，决赛真的太精彩了，你们完全放开手脚，您是怎么想到边后卫内收来增加中场厚度的？"

教练跑来"追星"，嗓门又大，球员们很快就发现了。不多时，几位身着绿景国际高中校服的学生也走到他们的座位前。

比起教练的自来熟，学生们则显得拘谨很多。

"那个，你们就要体育高考了，我就不邀请大家坐下一起吃了。"林晚星仰头看着四周人高马大的绿景国际学生，这样说。

绿景国际的学生却感到奇怪，几个男生彼此看看，然后其中一人问："你们这么严格控制饮食吗？"

"你们没有吗？"林晚星震惊。

"我们除了不喝碳酸饮料，就没忌口，吃饱就行。"绿景国际的学生有些羞愧地说。

"……"

想起她的学生们一直在吃自律健康餐，还要求她一起同甘共苦，林晚星顿时觉得手里的烤扇贝都不香了。

陈远越聊越激动，王法也不是有架子的人，他挑了一些陈远的问题进行简单答复。

而绿景国际的学生也不好意思真坐下吃烧烤，他们站了一会儿，林晚星听到有位同学问她："他们准备报考什么学校？"

"啊？"林晚星不太理解这句话。

"就是你们队的球员，他们准备考什么学校？"

"我也不太清楚。"林晚星据实以告。

几个男生皱了皱眉头，像是不太相信她的话。

"怎么了？"林晚星感到好奇，笑问道，"想和他们考一个学校吗？"

"不，我们是想避开他们要考的学校，这样机会大点儿。"绿景国际的学生们这样说。

体育高考开考当日，学生们非要有一些仪式。

明明有些人从家里去考点更近，还非要早上在梧桐路7号集合。他们一起吃个早饭，互相吵吵几句，做好考试的各项准备，然后出发。

林晚星象征性地检查了下学生们的准考证和身份证，按昨天踩点过的路线，把大家准时送到考场。

天气晴朗，考点外横幅高悬，考生们穿着运动服，朝气蓬勃。

正式考试第一日是100米考和立定三级跳远。

"加油！冲！"林晚星对学生们说。

"知道啦。"俞明摆摆手。

"这种小考试，你不要太紧张。"秦敖宽慰道。

"你再多说一个标点就尬了，点到为止吧。"这是祁亮。

"老师你回去吧，太热了，我们等会儿自己回去就行。"还是付新书一如既往地懂事可靠。

林晚星点头，目送学生进入考场。

可她刚想回家偷懒，就被陈远喊住："林老师！"

林晚星身形一顿。

"您也要等学生吧，不如我们一起坐坐？"

外地的学生家长和老师围在警戒线外，体育学院给大家安排了一处校外休息点。

林晚星被邀请和全省各校老师、家长共进一杯绿豆汤。

被团团围住后，林晚星总算知道王法今天为什么不来送考了。

休息室里，头顶风扇呼呼地吹着，远处操场传来考生热情洋溢的呼喊声。

家长和老师们在互相交流，林晚星被围在中央——"优秀学生家长"就是有这些困扰。

"小林老师的球员们未来有什么规划？"

"啊？"林晚星抹了抹嘴，"我不知道。"

陈远很明显地噎了下。

"是这样的。"陈远看了下周围，继续说，"每个高校高水平运动队名额有限，我们都是足球生家长，就想大家商量一下，这样大家考上好大学的概率更大。"

"还能这样？"林晚星很震惊。

"信息都是交流出来的，我们还有报考信息分享群。"

和陈远聊天，林晚星才知道，他儿子竟也是绿景国际高中的足球特长生，今年高考，与秦敖他们同届。老父亲在送儿子走俱乐部职业足球这条路，还是考大学拿文凭上摇摆不定，整天犯愁。

"好苗子职业梯队从十三岁就开始盯着你，我那会儿就是太犹豫，耽误了孩子。"

"国内足球环境就这样，不就是怕他们挣不到钱，还落一身伤病嘛。"

"大学不是唯一的出路，但能读上谁不想？"

陈远说的时候，林晚星就安静听着。

类似的话，以前林鹿的妈妈也对她讲过。说国内足球环境不好，担忧孩子的未来。陈远甚至连同类型考生具体报考院校都要打听好，只为多争取那么一点儿概率。

体育场上，发令枪响，好像有胶鞋与跑道摩擦的奋力奔跑声传来。

讲到最后，陈远有些不好意思："不知道怎么就和小林老师说了那么多。"

"啊，没事。"

"我把你拉进我们的微信群吧。"陈远说。


月明星稀，城市夜风凉爽。

晚饭餐桌上，学生们眉飞色舞，给林晚星讲着今天考试时的英勇表现，林晚星也和他们聊起陈远的忧虑。

"所以你最后进群了？"文成业感到不可思议。

"没，我决定把这个机会让给老付。"林晚星看着付新书笑道。

"老付是中老年之友，合理！"俞明点头。

其他学生纷纷同意。

"老师，还有件事要和你说下。"秦敖夹了一筷子番茄炒蛋，装作不经意地开口。

"什么？"

"我们足球专项考试结束，下午不是还有空吗，绿景国际还有安宁实验那帮人……哦对，还有逢春高中的，他们要来我们这儿玩。"

林晚星咬着叉子，和王法对视一眼，有点儿怀疑自己的耳朵。

玩是什么意思？

没给她提问的时间，林鹿紧接着说道："是他们缠着我们的！"

"对，他们非让我们尽地主之谊，和他们熟吗？！"秦敖不屑。

"不是你先吹牛？说我们有最先进的训练场和教学楼。"文成业冷笑。

"我怎么吹牛了，我这不是怕打击他们嘛！"

"呵呵。"

秦敖和文成业你一言我一语。

林晚星直接举手打断他们："就直接跟我说，有多少人要来吧……"


人声鼎沸。

上次梧桐路7号这么热闹，还是爷爷奶奶健在时。

那时元元补习班还没有停办，下至幼小衔接上至高中补课，附近很多孩子都来这里。学生多的时候，楼里还住着大厨和阿姨专门照顾。

林晚星靠在栏杆上，望着集合的足球生们，忽然好像能理解老人当时的快乐了。

楼下。

秦敖也不知从哪里搞来面小旗子，他像个专业导游似的，给各校足球生们激情介绍："这是我们平时生活和学习的地方，那是我们的训练场。"

他指着远处的五川路体育场说。

其他学校的足球生仰着头，看着眼前的破旧小楼，有种浓浓的不可思议感："就这里？"

"现代化、高科技？"

"全新的足球学习体验？"

男生们纷纷质疑，付新书很耐心地推开居民楼铁门，回答他们的问题。

"你们平时器材怎么练？"

"我们有专业的健身房啊。"

"那为什么不在学校里上课？"

"学校哪有校外自由！"

走到二楼。

元元补习班的牌子被擦拭得很干净，楼道里摆着学生们在天台养得很好的绿植。花盆颜色、材质各异，月季和铁线莲的花朵交织在一起，绿萝低垂，一切都郁郁葱葱。

"怎么还摆鲜花夹道欢迎我们？"

"太客气了！"

"你们这些手下败将，不要往自己脸上贴金好不好，这是我们楼上养的，摆不下了放下来而已。"秦敖无语。

楼道里干净整洁，墙面上贴着各式各样的海报。

教室只开了一间，这里的一切在这些足球名校生们看来都略显陈旧，似乎没什么特别，但又好像处处都与众不同。

"怎么感觉你们这里……"安宁实验的球员欲言又止。

"看起来东拼西凑的。"绿景国际的同学则直接很多。

"肯定啊，都是我们捡来的。"秦敖边说，边推开一扇门。

看到门内的场景，其他各校的足球生们都愣住了。

那是一整面墙的木架。

木架上摆着密密麻麻的电子元器件和塑料壳，有些很脏，有些则被擦拭得很干净。

仔细看去才发现，架子上竟然有很多淘汰的游戏机，小到那种学校门口小店卖的掌上俄罗斯方块机，大到看起来还不错的进口款，琳琅满目，应有尽有。

而更夸张的是，房间中间是一张电工桌，摆满了各种点焊和维修器械。

男生们从没见过这么多的"破烂"，都惊呆了。

宏景八中的球员们你一言我一语，很高兴地为大家介绍起架子上的游戏机。

其他学校的球员听得合不拢嘴："这些都是你们捡来自己修好的？"

"对啊，有什么问题，网上有大神的拆解，多修修就会了。"

"不是兄弟，大家天天辛苦练体育，你们怎么还提前进电子厂了？"

关键是体育也没落下……

"不要羡慕，不要嫉妒。"宏景八中的球员们得意地说。

宏景八中学生们的生活，显然是其他各校足球生们从未见过的。他们无法理解为什么宏景八中这帮人能边训练、边上课，还能边捡垃圾。

不知道谁偷偷碰到了桌上的掌上游戏机，嘀嘀嘀的声音把所有人都拉回现实。

比起手工作坊，隔壁第二个房间要正常很多，但也没有正常到普通水平……

这是间教室，窗明几净、书桌整洁，不过没有高高垒起的课本和习题集，取而代之的是很多文件夹。

教室前后各有一块黑板。

他们从后门进入，发现黑板上画着一张战术图，不仅有对阵细节，还有传球线路图。

"你们还研究比赛呢，这是哪场？"

郑飞扬笑了起来，一副就等你问的得意模样："这当然是我们鏖战永川远大的那场巅峰之战，必须要永远铭记！"

问问题的球员无语："给你秀到了。"

但更多的球员看向黑板上的阵型图，充满了好奇。他们不知道决赛的全部细节，但大家都是青超联赛参赛队伍，看着宏景八中一路杀进决赛，目睹了传奇的诞生。

"战术看起来挺复杂的。"有人评价。

"那肯定，这可是我们教练的变阵！"郑飞扬边说边兴高采烈地介绍起来。

虽然有说有笑，但宏景八中的足球战术储备，还是让其他学校的足球生们暗自心惊。他们有些庆幸，不用再和这帮变态做对手了。

而教室前方的黑板则空空如也，右侧墙上贴有一张A3大小的海报纸。

所有人凑近看才发现，那是一张详细的体育高考招生总结表。

按照"体育单招""体育统招""高水平运动队"三项分类，表格上列有"招生对象""考试内容""时间安排""分数计算"等等一系列详细到不能再详细的招考细节。

但这不是最夸张的，因为海报下摆着一个三格小矮柜。

矮柜按照海报的三类，摆放着不同类型高校的招生简章、历年分数线，以及大学四年课程内容，甚至还有些重要的可供参考的校友评价，分类检索一目了然。

"你们老师好细致啊。"其他学校的足球生们把矮柜上的资料翻了一遍，感慨道。

"什么我们老师？这些材料都是我们自己收集的，我们老师就指挥了一下。"秦敖回答完，又震惊地看着其他学校的同学，"你们的材料收集工作都是老师做的，太爽了吧？"

"呃，好像也没有。"安宁实验的学生说，"我们没见过这么多材料啊。"

"那你们怎么选学校？"陈江河不理解。

"我们就是看自己水平，老师会给点儿建议，学校安排我们去考什么就去考了啊……"绿景国际的学生很自然地说。

听见这话，宏景八中的学生完全无法理解："不是，你们自己高考，都听别人安排的，自己不去了解学校？"

"适合我们体育生的学校就那些，选择余地也不大吧。"逢春高中的男生说。

"怎么会不大，食堂数量差得远呢！"林鹿嚷嚷。

"原来你们自己什么都不知道，就跑来问我们想考什么学校？"文成业这样说。

"人生是你们自己的，你们怎么对自己的未来一点儿都不关心？"付新书无奈地说。

宏景八中的人你一言我一语，七嘴八舌，直接把其他学校的人说晕了。


林晚星在楼上等了很久，也不见大部队上来。

她命王法端上切好的西瓜下楼。

元元补习班的走廊静悄悄的，只有付新书讲话的舒朗声音清晰传来。

教室里，其他学校的学生都坐在座位上。

而付新书则站在讲台前，为他们介绍不同的大学招考细节，专业得不能再专业。

台下不时传来提问声和翻阅纸张的声音。

"还给他们送西瓜吃，真的亏了。"林晚星看着王法，"陈远是不是该给我的学生交点儿补课费？"

## 番外五.
# 未 来

六月的天气一天比一天热，已经到了坐在户外天台也需要开个小电扇的日子了。

临近高考，学生们的心态反而越来越平静。他们每天保持自己的节奏，甚至连高考周的工作任务都提前妥善安排了。

"为什么我要负责给番茄套袋子？"林晚星无法理解。怎么说作为这栋楼的业主，她有好吃懒做的权利。

"因为如果不套袋子的话，刚长出来的番茄会被鸟和棉铃虫吃掉。"付新书解释。

林晚星被噎了下，于是检举揭发王法："为什么你们教练不用干活？"

"我被安排今明两天洗碗。"王法补充，"我也可以和小林老师换。"

"老师，是你教育我们说，人首先要学会照顾自己，做力所能及的事情。"

"番茄又不是我种的！"

"可是老师喜欢吃。"

总之，抗议无效。

午饭后，学生们说是要培养考场感觉，下楼做英语听力题。

林晚星则搬了张椅子，监督王法洗碗。

天空湛蓝，葡萄藤蔓轻摇。

王法从小被母亲指派干活，碗洗得不错。他们这里洗碗有明确流程，一清二洗三冲四消毒五保洁。当王法把餐具放进消毒柜，林晚星的一袋薯片已经吃完。她准备去拿第二袋时，听到王法问："小林老师还不去务农吗？"

"优秀的男朋友这时候不该自告奋勇吗？"林晚星反问。

王法笑了起来："你的男朋友当然愿意为你效劳。"他顿了顿，温和说道，"但爸爸妈妈马上要打电话过来，你知道的，家庭会议时间。"

闻言，林晚星立刻跳起："你不早说！"

手忙脚乱找到学生们留下的尼龙网纱袋和棉线，林晚星跑到番茄架前认真务农。

王法坐在餐桌边，打开了笔记本电脑。

和王法谈恋爱后林晚星才知道，王法嘴上说家庭关系冷漠，但其实父母都非常在意他。无论踢球还是放弃，父母始终支持他对未来的选择。

他遭遇变故时，家里有专门的家庭心理咨询会议。后来他回国，心理咨询会就变成家庭线上闲聊会，每半个月一次。

以前王法都是在自己房间和父母打电话，后来有次他们在韩岭，家太小，王法坐在老房子的客厅通话前，和她说起这件事。

"我爸妈比较麻烦，要求定期维护家庭感情，所以我必须履行下义务。"王法是这么解释的。

虽然意外，可林晚星很羡慕这样的家庭关系。

通话中，王法不会要求她在父母面前出镜，每次打电话前也会礼貌告知，随她听或者不听。

王法在维持亲密关系上永远有令人安心的尺度，大概也源于父母的良好教育。

但不可避免的是，王法和父母聊天，话题总会不知不觉绕到她身上，中年人有中年人的八卦。

夏风带来他和家人的聊天声。

王法的妈妈很关心学生们种的蓝雪花，因为这几株是扦插的，迟迟不开，所以她给了一些养护建议。

王法的爸爸据说是位工程师，下班后的乐趣是在后院做木工，所以他格外喜欢欣赏学生们的"作品"。

他们聊了一会儿，林晚星忽然听到王法的妈妈问："我们小林老师怎么样了？"

隔着小半个天台，林晚星也听不太清，却下意识看向王法。

他们养的小黑猫正趴在桌上舔爪子。

王法抬头，略带笑意地看她一眼，说："小林老师系着围裙，在给番茄套袋子，很可爱。"

接下来，一阵夏风吹过，林晚星也听不清视频电话那头又说了什么。

过了一会儿，王法对着镜头说："我们进展很快，我不可能像爸爸一样，暗恋三年都不表白。"

哪有人这么吐槽自己亲爹的，林晚星不由得笑了起来。

她结束套袋的工作，摘了颗柠檬加蜂蜜泡水。

"那你们未来有什么打算，等学生高考结束，去韩岭生活一段时间？"

林晚星端着刚冲好的蜂蜜柠檬水，站在王法的笔记本电脑背后，听到了这个问题。

"目前是这么打算的，不过爸爸……"王法抬眸，望着镜头，"我19岁那年你没管过我，现在我29了，你也不用想太多。"

"可是好想见见小林老师，给妈妈偷偷看一眼。"王法妈妈的声音温柔又可爱。

"偷拍不合法，她会害羞。"王法再次拒绝。

就在这时，林晚星把水杯放在王法手边。

柠檬片与冰块轻晃，撞上杯壁，叮当作响。

桌上的球球吓了一跳，林晚星把跳起的小黑猫抓在怀里，在青年愣怔的目光注视中，在他身旁坐下。

她捏着小猫的爪子，望向电脑屏幕。

显示器中的夫妇温文尔雅、从容端庄，和林晚星想象中的样子有些相似，

也有不一样。而现在，他们很明显紧张了。

林晚星笑了起来，同他们打招呼："叔叔阿姨，你们好。"


暖风微热。

对宏景八中足球队的学生们来讲，短短一年不到的时间里，他们经历过太多重要时刻。

第一次稀里糊涂重新组队，预选赛突围战，小组赛生死战，四分之一决赛、半决赛、决赛……

他们生命里重要的事有那么多，大多机会稍纵即逝，以至于高考也只是那些绝无仅有的事中的一件。

大不了他们再去试训其他球队，大不了还可以复读，甚至拧螺丝也不是不能干。

学生们想得很透彻，搞得林晚星给他们准备的考前心理辅导都没怎么用上。

高考前一天傍晚，他们按照值日表各自洗碗、打扫、浇菜。

天台的角落，陈江河给球球的猫碗添上新粮。

"你们要带小球去韩岭？"

明明之前已经聊过的话题，男生还是又问了一遍。

"是呀。"

"那不用我们喂了。"

"只是球球不用而已，新村里的猫，你们要继续喂啊，我的小锅盖、小黑炭、大黄小黄、大狸、小八嘎。"林晚星把所有"外室"的名字都报了一遍，又突然想到，"哦，上次没抓到大狸绝育，你们要能抓到就带它去医院。"

"残酷。"陈江河说。

秦敖端盘子路过，忍不住说："用得着交代那么清楚吗，不是说还不知道以后干吗么？"

"那我确实不知道啊。"林晚星说。

不知为何，学生们都没有再接着说下去。

六月的晚霞温柔得像粉色棉花糖。远处城市底噪与车流声相互交织。

小猫低低地"喵"了一声。

天色暗下，世界渐渐归于平静。

傍晚后，林晚星带王法去附近买西瓜。

这是属于童年回忆那类了。

宏景水路纵横，小时候爷爷奶奶会带她去附近船上挑瓜，后来她很多年没回来，以为习惯大多会改变，没想到楼下邻居跟她讲原来的地方其实还有船。

路灯渐次亮起，光线在半明半暗间。

林晚星和王法漫步小河边，河水是深沉的青绿色，格外宁静。

学生高考后他们会去韩岭住一段时间，是因为她的心理治疗还未结束，但再接下来如何，她其实一直没有和王法聊过。

"感觉……你最近好久没运动了。"想到这里，林晚星对王法说，"我没别的意思啊，就是陈述一个事实啊。以前你还带足球队训练的时候，是有跟着一起锻炼的，但自从他们要文化课考试，你也跟着偷懒了。"

王法忍俊不禁："小林老师是怎么知道的？"

"肯定是通过我缜密的观察。"

"但小林老师的观察时间是早上十点后开始，会不会存在一些漏洞？"

呃……

"还是说小林老师对近期的体验有所不满。那我也可以加大练习力度。"

"……"

斗嘴这种事，果然还是不要脸的一方赢面比较大。

林晚星脸红了。

西瓜船在前方小码头，她挣开王法的手，快走几步，跳上了甲板。

挑瓜这种事讲究望闻问切。

瓜船晃晃悠悠，林晚星很享受这种开盲盒的快乐。

老板和他们很熟了，之前都是她挑完买单，让学生第二天来扛。但如今高考期间，考生们还是可以享受一下特殊待遇的。

"麻烦您给我们两个袋子，我们自己提回家。"林晚星对老板说。

"西瓜这么沉，我等会儿不忙了给你们送上门吧。"老板好心提议。

王法接过袋子："不麻烦您了，我提就行。"

天色比他们来时暗了不少。

王法左手提个瓜，右手提个瓜。

林晚星本来是想帮忙的，刚开口问"沉不沉"，王法就说："沉是有一些，但女朋友要求多锻炼，我得努力。"

林晚星立刻收回了手。

晚饭后，小河边散步的人多了起来。灯火如珠链点缀河岸，遥遥望去，依稀能看到梧桐路7号的天台。

"王法。"林晚星徐徐地喊了一声。

她还没说下去，就听到王法讲："由你定。"

林晚星噎了下："我不是问你明天吃什么，是问你跟我去了韩岭以后，有什么长远的职业规划？比方说……"

"比方说去哪里工作，要不要回英国？"

"嗯。"林晚星低低地应了一声。

"一定要是固定的国家吗，为什么不能是西班牙？很多球员都喜欢巴塞罗那的阳光。意大利足球最近因为经济原因工资不高，但也可以考虑。另外，我对我们国内最近的村超也很感兴趣。"王法对未来如数家珍，好像认真思考了全部选择。

林晚星有些愧疚，感觉自己对王法的关心有点儿少："那你有没有清单，我们可以讨论一下？"

他们正好路过一家文具用品店，王法思考片刻，带她拐进店内，买了一份世界地图。

老板把卷起的地图交到她手上时，林晚星还有些恍然："这就是清单？"

"嗯，这就是清单。"

"很有格局。"

"是对技术的自信。"王法说。

好吧……想一想，王法好像就算去山沟沟里教足球，也能调教出一支大杀四方的队伍。

林晚星轻咳一声，觉得还是有必要提醒下："虽然我们现在是这种关系，但我比较喜欢以前你的那种神秘高手气质。"

"其实我以前也这样，是小林老师变敏感了。"

"！！！"

耳根通红，林晚星卷起地图，抽了下王法的背。


梧桐路7号，天台。

铁门洞开，夏夜长风灌入。

林晚星打开葡萄架的灯，将地图铺开在桌上。

藤蔓光影斑驳，投射在纸上有种奇异陆离之感。

陆地线条包围着色块，更多地方是大片大片的海洋蓝。

世界是那么小，只在盈盈一水之间，又天宽地阔、一望无际。

温热的硬币被塞进手心。

林晚星微微抬头，看着王法。

夜色下，青年的侧脸映着光，神态认真。

"如果扔到我不想去的地方怎么办？"林晚星问他。

"可以耍赖，小林老师教我的。"王法答。


夏风吹过万里晴空。

又一年的高考临近尾声。

曾经的租客已经把行李收拾干净，小猫在航空箱里打滚，桌上压住的纸被风吹得哗哗作响。

字迹清秀，那是一封留信。


给我的学生们：

我于去年入职宏景八中，当我站在体育器材室门口时，从未想过会如此深入地参与他人的人生旅途。

那时我困于悲惨命运，深知最不可战胜的自我是心灵的困境。

我和其他人一样，盼望见到所向披靡的黑马，盼望从你们的故事中找到坚持下去的意义。

后来我才意识到：原来人生最难的不是踏上征途的决心一瞬，而是攀登高

峰的念力恒久；人生最苦的不是跌落悬崖后的咬牙坚持，而是诘问自我后更符合良心的那个选择。

　　教育从来不是我对你们的教导，而是我们之间的彼此帮助与互相成长。

　　奥林匹克诉说更快、更高、更强，而你们也告诉了我，追求肉体的磨炼、意志的极限，心灵的疆域也会在苦难中更加宽广。

　　大人们总说，你们长大后会发现，人生的路将越来越宽。

　　可不安与迷茫、痛苦和彷徨，极端困境与是非考问，从来都是少有人能走过的狭窄旅途。

　　真实的人生苦涩漫长，坚持到底未必真能海阔天空，所以逃避也没有关系。

　　可我始终盼望你们有自由意志与独立人格。

　　盼望你们学会生活，融洽自我，发现所爱，勇于追求。

　　盼望你们能时刻与怯懦的人性抗争，充满勇气，始终给予人绝望中明悟的力量。

　　而我更盼望的是，我自己也能成为我所盼望成为的人。

　　现在的你们，已不必再看这些无用文字。

　　可在毕业之际，我仍想祝福你们未来人生，不远狭路，终见光明。

林晚星

6月8日于梧桐路7号天台

【全文完】

# 参考文献

运动与足球训练相关：

[英]伊恩·弗兰克斯.足球比赛决策分析及针对性训练[M].北京:人民邮电出版社,2018.

[德]托托·施穆格.6周打造有战斗力的球队[M].北京:人民邮电出版社,2020.

[德]弗兰克·托梅斯.德国足球训练全书[M].北京科学技术出版社,2016.

[德]皮特·施赖纳.进攻型足球打法训练指南：如何发动快速反击，组织进攻并漂亮进球[M].北京:人民邮电出版社,2017.

[德]蒂莫·扬科夫斯基.如何像瓜迪奥拉和穆里尼奥那样执教：足球战术周期模型及训练方法[M].北京:人民邮电出版社,2017.

[美]约翰·加卢西.足球运动损伤预防与治疗：运动员、父母和教练操作指南[M].天津科技翻译出版社,2019.

[美]丹·布莱克.足球智商[M].北京科学技术出版社,2017.

[美]杰伊·马丁.足球执教的艺术 53位杰出教练的执教精华录[M].北京:人民邮电出版社,2018.

[英]德斯蒙德·莫里斯.为什么是足球？我们踢足球、爱足球、恨足球却又离不开足球的原始根源[M].北京联合出版社,2018.

[美]李·E·布朗.速度、灵敏和反应训练[M].3版.北京:人民邮电出版社,2018.

[日]林雅人.图解荷兰足球战术基础训练120项[M].修订版.北京:人民邮电出版社,2017.

李禹廷.拿什么拯救你？ 中国足球：策论问答200例[M].北京:新华出版社,2017.

《全国青少年校园足球发展报告》项目组.全国青少年校园足球发展报告（2015—2017）[M].广西师范大学出版社,2017.

U19青超联赛竞赛规程.中超青年


运动心理学：

[美]理查德·H·考克斯.运动心理学[M].7版.上海人民出版社,2015.

[英]斯蒂芬·帕尔默.教练心理学手册：从业者指南[M].二版.上海:华东师范大学出版社,2021.

王青.教练心理学:促进成长的艺术[M].上海:华东师范大学出版社,2017.

龙秋生,谢特秀.校园对抗性运动伤害事件的心理影响与心理干预[A].第九届全国运动心理学学术会议论文集[C],2010

张维蔚.广州市中学生运动伤害心理应激因素配对病例对照分析[J].中国学校卫生,2011,32（9）.

魏烨.大学生运动员运动损伤与心理应激因素及人格特征的相关性研究[J].哈尔滨体育学院学报,2006.

尹明敏,王书梅,陈佩杰.上海市青少年运动伤害现状调查[J].中国学校卫生,2011.


发展教育学心理学：

[美]理查德·勒纳,劳伦斯·斯坦伯格.青少年心理学手册[M].北京师范大学出版社,2015.

[苏]B.A.苏霍姆林斯基.给教师的建议[M].武汉:长江文艺出版社,2014.

[美]WILLIAM DAMON,RICHARD M.LERNER.儿童心理学手册[M].6版.上海:华东师范大学出版社,2015.

[英]A.S.尼尔.夏山学校[M].北京:新星出版社,2019.

[英]侯赛因·卢卡斯.夏山学校毕业生[M].上海:华东师范大学出版社,2015.

[美]威廉·达蒙.儿童道德心理学[M].上海社会科学院出版社,2020.


心理咨询与治疗:

[澳]克莱尔·威克斯.焦虑症的自救[M].广西科学技术出版社,2020.

[美]]艾德蒙·伯恩.心理医生为什么没有告诉我[M].5版.重庆大学出版社,2014.

[美]莉莎·M·娜佳维茨.寻求安全[M].北京:中国轻工业出版社,2014.

钱铭怡.变态心理学[M].北京大学出版社,2006.


其他相关:

[美]亨利·M·罗伯特三世.罗伯特议事规则简明版[M].上海:格致出版社,2015.

[美]史蒂文·斯洛曼,菲利普·费恩巴赫.知识的错觉[M].北京:中信出版社,2018.

[美]史蒂文·诺韦拉.如何独立思考[M].北京:中信出版社,2020.

[日]池谷裕二.考试脑科学[M].北京:人民邮电出版社,2021.

德鲁克.SMART目标管理法

赵璇.道德启动和心理成本对亲社会行为的影响[M].武汉:华中师范大学,2012.

宋仕婕,丁凤琴.不同移情能力大学生亲社会行为的道德启动效应[J].教育学术,2016.

张玥,辛自强.社会心理学中的启动研究:范式与挑战[J].心理科学进展,2016.

体育总局.公安部关于严肃查处赌博、假球等违规违纪违法行为 切实强化行业自律自治的通知.中国体育网.

## 图书在版编目（CIP）数据

狭路. 下 / 长洱著. -- 北京：中国致公出版社，
2023.12

ISBN 978-7-5145-2124-5

Ⅰ. ①狭… Ⅱ. ①长… Ⅲ. ①长篇小说－中国－当代
Ⅳ. ①I247.5

中国国家版本馆CIP数据核字(2023)第107117号

**狭路 . 下 / 长洱 著**
XIA LU

| | | |
|---|---|---|
| 出　　版 | 中国致公出版社 | |
| | （北京市朝阳区八里庄西里 100 号住邦 2000 大厦 1 号楼西区 21 层） | |
| 出　　品 | 湖北知音动漫有限公司 | |
| | （武汉市东湖路 179 号） | |
| 发　　行 | 中国致公出版社 （010-66121708） | |
| 作品企划 | 知音动漫图书·漫客小说绘 | |
| 责任编辑 | 万旭进 | |
| 责任校对 | 魏志军 | |
| 装帧设计 | 商块三　周沫 | |
| 绘画支持 | 晓泊 GEGY 挤挤 海老牛蒡卷 | |
| 责任印制 | 程磊 | |
| 印　　刷 | 武汉鑫兢诚印刷有限公司 | |
| 版　　次 | 2023 年 12 月第 1 版 | |
| 印　　次 | 2023 年 12 月第 1 次印刷 | |
| 开　　本 | 880mm×1230mm　1/32 | |
| 印　　张 | 9.5 | |
| 字　　数 | 300 千字 | |
| 书　　号 | ISBN 978-7-5145-2124-5 | |
| 定　　价 | 49.80 元 | |